ALINE DURET

Elle s'en repentira

ÉDITIONS DU PALÉMON
ZI de Kernevez - 11 B rue Röntgen - 29 000 Quimper

PRÉFACE

« PROLOGUE »

Trois mecs et deux nanas plus ou moins éméchés roulent à fond la caisse dans une BMW, et hurlant à pleins poumons :

C'est dans dix ans, je m'en irai,
J'entends le loup et le renard chanter…
L'hiver viendra les gars, l'hiver viendra…
La jument de Michao elle s'en repentira…

« PREMIER CHAPITRE »

Et premiers mots : « Neuf ans plus tard »

Là, tu te doutes que toute l'histoire qui va suivre a pour alpha et pour oméga la fin heureuse ou tragique de cette virée en bagnole. Je n'en dirai pas plus pour ne pas lever ne serait-ce que le coin du voile sur les surprises qui émaillent les pages d'un polar prenant, rythmé par des personnages aussi attachants et différents que Cassidy Higgins et Gabriel

Mancini, jusqu'à la conclusion fatale pour l'un des protagonistes, dernière phrase du thriller : « Elle s'en repentira… »

Et puisque je m'oblige à ne parler ni de l'énigme, ni donc de ses rebondissements, ma préface devient inutile. À moins que, à moins que…

À moins que je ne profite sournoisement de l'occasion qui m'est offerte pour éplucher la chanson du prologue : *La Jument de Michao.*

Tout d'abord, un détail qui a son importance. Il ne s'agit pas d'une, mais de deux chansons, l'une et l'autre traditionnelles. Et c'est l'alternance des deux qui rompt la monotonie et contribue à en faire le tube inoxydable d'un sacré paquet de bals de mariage !

Premier thème :

C'est dans dix ans, je m'en irai,
J'entends le loup et le renard chanter.
J'entends le loup, le renard et la belette,
J'entends le loup et le renard chanter.

On le retrouve un peu partout de la Bretagne au Béarn, avec parfois des nuances, le lièvre remplaçant la belette, par exemple.

Second thème :

C'est dans neuf ans, je m'en irai,
La jument de Michao a passé dans le pré,
La jument de Michao et son petit poulain
A passé dans le pré et mangé tout le foin.
L'hiver viendra les gars, l'hiver viendra,
La jument de Michao elle s'en repentira.

L'histoire est plus rare ; alternative à *La Cigale et la Fourmi*, elle ne se rencontre qu'en Bretagne. Plus intéressante aussi, c'est en elle-même un petit roman policier, la jument et son petit poulain (donc mineur) paraissant être les seuls coupables du vol de foin dans le pré alors qu'en réalité l'auteur fait à Michaud (pseudo : Michao) et à juste titre le reproche de pousser ses bêtes à aller se nourrir gratos dans le champ du voisin.

Et si l'hiver fera tomber la sentence sur la jument et son enfant, le gros bonnet de cette histoire, Michaud, s'en tirera à bon compte, tout juste condamné à une chanson satirique pour mauvais voisinage, pourtant aggravé par le larcin. J'espère t'avoir convaincu/e de l'injustice du verdict, conséquence d'une enquête bâclée.

Pour en revenir plus sérieusement à l'œuvre d'Aline Duret, enseignante en littérature et écrivaine atteinte d'une maladie génétique orpheline dégénérative qui affecte sa vue, je tiens à souligner ici son militantisme actif pour l'édition de livres en grands caractères, à commencer par ses romans, disponibles en deux tailles de police, chez le même éditeur. Je soutiens bien sûr sa démarche et espère avoir l'occasion de le faire concrètement.

Jean-Louis Jossic
TRI YANN

À mes filles, Alice et Émilie
À Didier

La vie nous rattrape toujours, rien à faire,
on ne s'échappe pas, jamais.
Pierre Lemaitre.

PROLOGUE

Concarneau, route des Sables-Blancs, 4 h 30

« Chauffeur… si t'es champion… »

Affalé entre deux jeunes femmes, sur la banquette arrière du cabriolet, Maxime Desplanches chantait à tue-tête, les cheveux fouettés par le vent. Une bouteille de Whisky à la main dressée comme un flambeau, il semblait défier le ciel.

« … Appuie, appuie… chauffeur, si t'es champion… »

Encouragé par les paroles enivrées du jeune homme et les rires des passagères, le conducteur reprit le refrain à s'en casser la voix, martelant le volant de la paume de ses mains en suivant le tempo.

« … Appuie sur l'champignon ! »

Grisé par l'alcool qui coulait dans ses veines, il pressa la pédale de l'accélérateur et klaxonna en cadence.

Marc se tenait cramponné au siège passager, les yeux rivés au compteur qui affichait 110 km/h sur cette route côtière particulièrement sinueuse. Il regrettait amèrement d'avoir confié les clefs de sa bagnole à cet abruti, de s'être laissé embarquer dans ce rodéo nocturne avec cette bande de branquignoles.

Il ne pouvait s'en prendre qu'à lui-même. Il avait voulu leur en mettre plein la vue avec sa BMW flambant neuve qui paraissait tout droit sortie d'un film de James Bond… À présent, il s'en mordait les doigts. Quel diable l'avait poussé en sortant de la discothèque à les laisser conduire à tour de rôle ! La vanité ? L'orgueil ? Sans doute un peu des deux.

À vingt-sept ans, il pouvait se targuer d'avoir amassé une petite fortune sans avoir demandé un centime à qui que ce soit. Tout ce qu'il avait, il ne le devait qu'à lui-même, contrairement à la plupart de ses camarades dont la réussite sociale était tracée depuis leur naissance. Issu d'une famille ouvrière, il avait sué sang et eau pour s'offrir ce bolide.

— Lève le pied ! On est pas sur un circuit !

— Fais pas ta fiote, Marco, je gère ! J'ai appris à conduire sur les routes de Bonifacio… Alors c'est pas ces p'tits lacets de Bretagne qui vont m'effrayer !

Le chant à l'arrière du véhicule s'était tu.

Le conducteur jeta un œil dans le rétroviseur central. Son sang ne fit qu'un tour. Tête renversée en arrière, Maxime déversait le fond de la bouteille dans sa gorge.

Un sourire narquois au coin des lèvres, le pilote effleura la pédale de frein. Les pneus crissèrent. Les blagues cessèrent. Tous les passagers basculèrent en avant en poussant des cris d'effroi, croyant leur dernière heure arrivée.

À la vue de leur face décomposée, un rire glaçant jaillit de sa gorge.

— Hey, Max ! Tu ne comptes tout de même pas t'enfiler le flacon à toi tout seul ?

Maxime croisa son regard noir dans le rétroviseur. Il se redressa sur la banquette, l'air contrit. Les jeunes femmes assises à ses côtés se remettaient de leurs émotions, le souffle court.

— File-moi le sky ! ordonna le conducteur d'un ton péremptoire.

À contrecœur, Maxime glissa la bouteille de whisky entre les sièges avant. D'un geste vif, Marc l'intercepta au vol ; la main du conducteur resta suspendue dans le vide.

— T'as assez bu comme ça ! décréta Marc, les lèvres crispées. Concentre-toi sur la route, putain ! J'ai pas envie de finir contre le parapet.

Les doigts tremblants, il cala la bouteille au sol entre ses pieds. À l'arrière, plus personne ne chantait.

Le pilote accusa le coup. Il mit le pied au plancher. Les 420 chevaux de la M3 rugirent dans le silence de la nuit.

— Cramponne-toi, Marco : on va voir ce que ton bolide a sous le capot, lança-t-il d'un air de défi.

Le visage de Marc blêmit. La tension monta d'un cran. Des perles de sueur envahirent son front.

— Fais pas l'con, cria-t-il, cramponné aux accoudoirs. J'ai pas encore fini de rembourser le crédit.

— C'est mon enterrement de vie de garçon ! Fais pas chier !

À ces mots, le chœur reprit de plus belle à l'arrière de la voiture.

« *C'est dans dix ans je m'en irai…* »

Les pupilles dilatées, les doigts agrippés au volant en cuir, le conducteur savourait cet instant de gloire.

Un cocktail de dopamine et de sérotonine afflua dans ses veines.

« *J'entends le loup et le renard chanter...* »

À l'approche de l'hôtel des Sables Blancs, la BMW fit une embardée sur le bas-côté de la route. Les cris des deux passagères assises à l'arrière du véhicule se mêlèrent à ceux de Marc.

— Bordel, t'es complètement malade ! Arrête la bagnole !

Dans la tiédeur de l'habitacle, sourd aux supplications de son camarade, le conducteur paraissait possédé par le démon de la nuit. Le bolide fendait l'asphalte à pleine balle. Les phares des véhicules qui croisaient sa route disparaissaient comme des étoiles filantes happées par l'obscurité profonde.

D'un geste désespéré, Marc agrippa son bras.

Une grimace d'effroi déformait les traits de sa face livide. Ses lèvres tremblaient avec fureur.

« *L'hiver viendra, les gars, l'hiver viendra...*

Le conducteur dégagea son bras en le repoussant violemment. Ses yeux lancèrent des éclairs. À la surprise générale, il leva le pied et stoppa la sportive une centaine de mètres plus loin sur l'accotement. Il coupa le moteur, descendit de voiture et claqua la portière derrière lui. Marc serra les dents en l'observant contourner le capot, les poings fermés.

« *La jument de Michao, elle s'en repentira* »

*

Quelques minutes plus tard, la sportive redémarra dans la poussière ; un silence de plomb s'était abattu sur l'habitacle.

La plus jeune des passagères déclipsa sa ceinture de sécurité et s'agrippa à l'appuie-tête du siège avant droit.

— Putain les mecs! s'écria Marina, les cheveux au vent. Vous n'allez pas vous faire la gueule toute la nuit! On est là pour s'amuser, pas pour tirer des tronches d'enterrement.

Comme personne ne réagissait, elle se mit à secouer le siège passager comme un prunier.

— Allez, Marco, pousse le son! Fais péter tes enceintes!

Bien que le cœur ne fût plus à la fête, Marc s'exécuta; il tourna le bouton du volume aux trois quarts. Une musique endiablée jaillit des haut-parleurs et se propagea à bord telle une onde. Les basses étaient si puissantes que les passagers éprouvèrent une sensation d'oppression dans leur poitrine, comme si leur corps s'était transformé en une caisse de résonance.

La BMW amorça un virage serré. Les visages se figèrent, les yeux s'écarquillèrent, subjugués par les phares de la voiture qui roulait droit sur eux.

Un violent coup de volant déséquilibra le véhicule. Il quitta sa trajectoire. Emporté dans son élan, le cabriolet se déporta sur la droite. Les freins hurlèrent, les pneus crissèrent. Il s'immobilisa à l'envers dans un fracas assourdissant de tôle froissée et de verre brisé. On n'entendit plus que le grondement des vagues qui se fendaient contre le parapet de la route.

1

Neuf ans plus tard, jeudi 19 juin

Cassidy Higgins referma la porte vitrée de l'agence « SKYE Recouvrement ». Elle traversa d'un pas décidé le parking attenant au bâtiment qui scintillait tel un joyau sous le soleil.

Elle ouvrit la portière de sa Fiat 500, déposa la cage sur le siège passager avant. Une vague de chaleur cuisante enveloppa son visage et ses bras nus, s'immisça jusque dans ses narines.

— Quelle fournaise là-dedans ! grommela-t-elle en ajustant la ceinture de sécurité autour des barreaux.

Elle referma la portière, contourna le véhicule, et se glissa derrière le volant. La morsure du cuir brûlant sur ses cuisses lui arracha un cri. Elle s'empressa de mettre la clim en marche.

Se sentant observée, elle jeta un œil en direction de la cage. Le volatile au plumage flamboyant la fixait avec intensité. Ses pupilles noires dilatées contrastaient avec le milieu de leur cercle oculaire rosé.

— Ce n'est pas la peine de me regarder comme ça ! Si t'as chaud, tu n'as qu'à t'en prendre qu'à toi-même !

Le perroquet inclina la tête sur le côté et ouvrit son bec.

— Bibi pas contente… Bibi pas contente, répéta l'oiseau de sa voix perçante.

— Comment ça, t'es pas contente ? Si tu ne faisais pas ta folle à l'appart, je ne serais pas obligée de te traîner avec moi au bureau. Les voisins en ont ras le bol de t'entendre crier comme une dératée à longueur de journée !

Le perroquet aplatit sa huppe implantée au sommet de sa tête et fourra son bec cornu sous son aile repliée.

— C'est ça, cache-toi !

Cassidy tourna le bouton de la clim à fond et se pencha en avant pour recevoir sur son visage l'air frais qui soufflait au travers des grilles de ventilation. Elle dénoua le ruban en satin de la robe qui enserrait sa taille et éventa le tissu plaqué sur ses cuisses moites.

Elle attacha sa ceinture et consulta le cadran du tableau de bord : 17 h 30.

Elle fit un rapide calcul ; le mari de son amie ne rentrait généralement pas du travail avant 18 h 30. Elle disposait donc de près d'une heure pour se rendre chez Camille et se réconcilier avec elle.

— Prions pour que l'Autre soit pris dans les bouchons du périph ! pensa-t-elle tout haut.

L'autre en question était Gabriel Mancini ; elle évitait autant que possible de prononcer le prénom de celui qui partageait la vie de son amie depuis dix ans. Dix ans… Rien que d'y penser, elle en avait des aigreurs à l'estomac. Comment Camille avait-elle pu supporter toutes ces années ce menteur de première catégorie, manipulateur à souhait, et pour couronner le tout, égoïste invétéré ? Bref, à ses yeux, Gabriel était l'archétype du pervers.

La Fiat 500 quitta le parking sur les chapeaux de roue.

À peine dix kilomètres séparaient la commune de Saint-Joseph de Porterie de celle de Carquefou. À l'heure de la débauche, des convois de véhicules et de cars scolaires pleins à craquer serpentaient le long du boulevard des Européens en direction du bourg.

Cassidy pesta derrière le volant ; elle aurait eu plus vite fait de terminer la route à pied. Sans cette chape de plomb et ses talons de cinq centimètres, elle n'aurait pas hésité une seconde.

Le trajet lui parut interminable ; elle en profita pour réfléchir à la meilleure stratégie à adopter pour renouer le dialogue et se faire pardonner. En vingt ans d'amitié, les deux jeunes femmes n'en étaient pas à leur première dispute. Mais cette fois, Cassidy avait conscience d'avoir dépassé les bornes.

D'un tempérament franc et direct – qui frisait parfois avec l'insolence – elle avait cette fâcheuse tendance à dire tout ce qui lui passait par la tête. C'était plus fort qu'elle ; elle ne pouvait s'en empêcher.

Avec la dextérité des plus grands orateurs, elle soupesa chacun de ses mots, organisa sa pensée.

Pour commencer, des excuses appuyées s'imposeraient. Sur ce point, il lui faudrait faire illusion. Car dans les faits, Cassidy ne regrettait aucunement de s'être immiscée dans l'intimité du couple en s'improvisant détective privé. Avec du recul, elle se félicitait même d'avoir eu l'audace d'espionner Gabriel. Armée de son vieux Nikon équipé d'un téléobjectif, elle avait percé à jour la duplicité de cet homme dont l'arrogance n'avait d'égale que sa suffisance. Les photos qu'elle avait prises de lui et de sa maîtresse étaient sans équivoque. Gabriel trompait une fois de plus sa femme.

À la suite de cette découverte, Cassidy avait donné rendez-vous à Camille sur la terrasse du Carquefood, une halle à manger conviviale, prisée des Carquefoliens. Elle avait extrait d'une enveloppe kraft quelques photographies couleur. Elle les avait étalées sur la table une à une, comme un joueur qui abat ses cartes, convaincu d'avoir suffisamment d'atouts en main. Sur certaines, on y voyait Gabriel enveloppant de son bras l'épaule d'une blonde platine tirée à quatre épingles. Sur d'autres, il l'embrassait à pleine bouche, les mains glissées sous sa jupe. Ces instants volés étaient des preuves accablantes de son infidélité avec une bimbo de quinze ans sa benjamine.

2

Contre toute attente, Camille avait pris la défense de son mari. Depuis la naissance de leur fille, elle avait délaissé son rôle de femme au profit de celui de mère. Il n'y avait donc rien d'étonnant à ce que Gabriel soit allé voir ailleurs. N'importe quel homme en de pareilles circonstances en aurait fait autant, avait-elle rétorqué. Ils étaient mariés pour le meilleur et pour le pire. Le meilleur restait à venir… Elle en discuterait avec lui et les choses rentreraient dans l'ordre, avait-elle assuré, le menton levé.

Cassidy avait objecté que ce n'était pas la première fois que Gabriel donnait des coups de canif à leur contrat de mariage.

Les yeux luisants, Camille était montée aux créneaux :

— Ma relation avec Gabriel ne regarde que moi. Qu'est-ce que t'y connais, en mariage ? Toi qui n'es pas fichue de rester avec le même homme plus de trois semaines d'affilée ! Trouve-toi un mec et laisse-moi gérer mon couple comme je l'entends !

— Pour être trompée ? Ah ça… non merci !

Les joues enflammées, Camille s'était levée de table. Elle avait balayé tous les clichés du revers de la main. Sidérée, Cassidy les avait regardées se disperser dans l'air en tourbillonnant comme des feuilles mortes soulevées par le vent. Camille avait quitté la terrasse du restaurant sans un mot.

Depuis, Cassidy était sans nouvelles. Cela faisait une semaine jour pour jour. Affectée par ce silence inhabituel, elle avait tenté de joindre Camille à plusieurs reprises ; en vain.

Cassidy ne se serait pas inquiétée outre mesure s'il n'y avait pas eu ces visions. Au début, il s'agissait d'impressions fugaces, d'effets de lumière miroitante. Au fil des nuits, les images avaient gagné en précision. Elles s'étaient assemblées pour composer une sorte de tableau impressionniste au centre duquel elle percevait une tache claire en forme d'étoile. Elle s'était efforcée de donner un sens à ces visions, croquant sur un carnet ce qu'elle entrevoyait durant son sommeil. Tous les dessins, sans exception, représentaient le corps nu d'une femme. La silhouette longiligne à la peau de nacre flottait au-dessus d'une masse sombre, bras et jambes écartés. Elle avait acquis la certitude qu'il s'agissait de Camille.

Ce n'était pas la première fois qu'elle était sujette à ces étranges manifestations. Depuis l'explosion accidentelle qui avait dévasté son appartement, cinq ans plus tôt, elle avait développé une forme de prescience, une aptitude à prévoir certains événements. Sur les conseils de son amie et malgré ses réticences, Cassidy avait consulté une énergéticienne. Cette dernière lui avait expliqué que ce don était inné ; le choc traumatique lié à la déflagration avait joué le rôle de catalyseur. Outre les rêves prémonitoires, Cassidy avait développé une grande sensibilité aux énergies, qu'elles soient positives ou négatives. Plusieurs séances avaient été nécessaires pour apprendre à vivre avec cette « anomalie ». C'est ainsi qu'elle qualifiait ce sixième sens qui bouleversait son existence. Cassidy évitait soigneusement les contacts physiques, la plupart d'entre eux lui procurant des sensations désagréables.

Les cris stridents du cacatoès la tirèrent brutalement de ses pensées.

17 h 50 et elle n'avait pas encore fait la moitié du chemin. Les probabilités de croiser Gabriel Mancini augmentaient de minute en minute. Cette perspective la fit grincer des dents.

Cassidy tapota nerveusement le volant. À ses côtés, l'oiseau montrait lui aussi des signes d'impatience. Il dandinait de la tête en battant l'air chaud de ses ailes à demi-déployées, faute d'espace.

Elle mit l'autoradio en marche. La voix nasillarde du journaliste déversa un flot continu de faits divers tout aussi déprimants les uns que les autres ; en fin de matinée, des policiers avaient découvert dans un appartement de la banlieue nantaise le corps sans vie d'un sexagénaire. L'homme reposait dans son lit, une main posée sur sa poitrine. Selon les premières constatations du légiste, son décès remontait à plusieurs années…

— Quelle tristesse ! s'exclama Cassidy en songeant au malheureux qui avait rendu son dernier souffle dans l'indifférence totale. Personne ne s'était inquiété de son silence, pas même le bailleur. La découverte macabre s'était faite de manière fortuite. Des pigeons s'étaient introduits dans l'appartement du défunt par une fenêtre brisée à la suite d'un violent orage de grêle. Importunés par le ballet incessant des oiseaux qui allaient et venaient dans leur nouveau domicile, les voisins s'étaient plaints auprès du syndic. Un cordiste avait été mandaté pour réparer la fenêtre. De l'homme, il ne restait plus qu'un squelette flottant dans une robe de chambre maculée de déjections animales.

— À croire que seules les nouvelles macabres génèrent de l'audimat, souffla-t-elle.

Pleinement consciente qu'elle sombrait dans l'acrasie en prolongeant son écoute, Cassidy se contorsionna pour attraper son sac à main posé sur la banquette arrière. Elle s'empara de son téléphone portable. En deux clics, elle bascula sa playlist sur l'autoradio. Les premières notes de musique cubaine résonnèrent dans l'habitacle.

La huppe blanche du perroquet se dressa avec panache. Le volatile, dont les pupilles avaient rétréci instantanément en un minuscule point noir, se balança de gauche à droite en suivant la mélodie.

La jeune femme ne put s'empêcher de sourire. Même si ces dernières semaines, Barbie lui en avait fait voir de toutes les couleurs, au sens propre comme au sens figuré, elle était très attachée à cet animal. Se fiant au diagnostic du vétérinaire, elle prenait son mal en patience : Barbie traversait l'équivalent d'une crise d'adolescence. C'était assez courant chez les jeunes cacatoès rosalbins. Cela n'allait pas durer, avait-il assuré, un sourire malicieux en coin.

Camille le lui avait offert pour ses trente ans. Cassidy était tombée des nues en découvrant la petite boule de plumes rose pelotonnée au fond d'une boîte à chaussures. Un perroquet, quelle drôle d'idée !

— Tu verras, avec elle, plus jamais tu ne te sentiras seule, avait affirmé Camille.

Cette prédiction s'était très vite confirmée. L'entretien d'un perroquet requérait bien plus de soins que Cassidy se l'était figuré. Barbie était en demande constante d'attention. Sans le savoir, elle en avait pris pour une cinquantaine d'années, au minimum !

Le clocher de l'église de Carquefou dressa sa flèche à l'horizon, perçant un ciel bleu exempt de tout nuage.

À l'approche du cimetière, les ralentissements se dissipèrent enfin. Malgré la présence du panneau de limitation de vitesse à 30 km/h, Cassidy pressa la pédale de l'accélérateur. La Fiat 500 dévala la route de Châteaubriant, laissant dans son sillage des notes de salsa.

Le gyrophare d'une Laguna bleue apparut dans le rétroviseur central.

— Il ne manquait plus que ça ! maugréa la jeune conductrice en levant le pied.

La sirène deux tons du véhicule de la gendarmerie se mêla aux accords endiablés de la musique qui jaillissaient de ses haut-parleurs. À son plus grand soulagement, la Laguna la dépassa à vive allure, poursuivant sa course en direction de la quatre-voies.

À l'angle du cimetière, la Fiat vira à droite et remonta la rue des Gauteries. La maison des

Mancini fut bientôt en vue ; Cassidy ralentit en passant devant le grand portail en fer forgé. Le véhicule de Camille était stationné devant le garage, comme à l'accoutumée. Elle fit demi-tour au rond-point suivant et vint se garer sur le trottoir à l'ombre d'un tilleul.

3

L'estomac noué, la jeune femme coupa le moteur et jeta un regard inquiet en direction de la maison de Camille.

Dans le quartier du Bois Saint-Lys, la demeure du couple Mancini se démarquait tant par le style que par ses dimensions exubérantes. Camille et Gabriel y avaient investi une bonne partie de leurs économies. D'architecture ultra moderne, elle suscitait autant l'admiration que la convoitise du voisinage. Par crainte des cambriolages, Gabriel avait récemment fait installer un système de vidéosurveillance à la pointe de la technologie, transformant sa propriété en une véritable forteresse.

Le portail de l'entrée était ouvert; ce n'était pas dans les habitudes du couple. Cassidy leva les yeux en direction de l'étage. Elle constata avec étonnement que les stores étaient baissés, y compris celui de la chambre de sa filleule. Or, Clara avait peur du noir et la pièce gardait toujours un filet de lumière.

Cassidy abaissa le miroir de courtoisie et remit un peu d'ordre dans l'épaisse chevelure cuivrée qui encadrait son visage rond. Elle ouvrit la boîte à gants et s'empara d'un déodorant qu'elle appliqua sous ses aisselles.

— Bien, on fait comme on a dit ! annonça-t-elle d'une voix qui se voulait rassurante.

L'oiseau sauta de son perchoir et éventa l'air de ses ailes en babillant.

— Toi, tu restes ici, rectifia-t-elle ; et tu te tiens à carreau !

Alors qu'elle refermait la portière de sa voiture, un reflet lumineux attira son attention à sa droite. Elle pivota sur ses talons et scruta la façade de la maison située de l'autre côté de la rue. Une silhouette sombre se tenait immobile derrière le voilage de l'une des fenêtres du rez-de-chaussée. Elle réajusta les pans de sa robe et détourna la tête.

— Sale voyeur ! grommela-t-elle entre ses dents.

Camille lui avait parlé à plusieurs reprises de ce nouveau voisin qui passait son temps à espionner les habitants du quartier. Depuis son emménagement en mars dernier, personne ne l'avait jamais côtoyé. Il se faisait livrer ses courses à domicile et sortait exclusivement la nuit pour promener son molosse, un rottweiler à la mâchoire redoutable.

« Tel chien, tel maître ! » maugréa-t-elle en ouvrant la porte de son coffre.

Elle attrapa un paquet cadeau aux couleurs acidulées et le glissa dans son sac à main. Malgré les protestations de Camille, Cassidy ne pouvait s'empêcher de gâter sa filleule à chacune de ses visites.

À trente-deux ans, elle se désespérait d'être mère à son tour. Toutes ses relations amoureuses s'étaient soldées par des échecs cuisants. Son apparente assurance et son caractère indépendant effrayaient la gent masculine. Elle s'était rendue à l'évidence : la vie à deux n'était pas faite pour elle. La perspective de finir comme ces vieilles filles aigries ne l'enchantait guère, mais elle se consolait en se répétant que mieux valait vivre seule que mal accompagnée. Le célibat présentait des avantages indéniables comme celui de ne pas se sentir obligée de préparer des repas élaborés, ou d'être toujours apprêtée. Adepte des plateaux-repas pris sur le pouce devant la télévision, elle avait vu sa silhouette s'arrondir au fil des années... Elle s'en souciait peu.

Cassidy gravit les marches du perron et pressa le bouton de la sonnette.

La porte demeura fermée. Elle renouvela ses appels.

— Je sais que tu es là, Camille ! Ouvre ! Il faut que je te parle.

Elle colla son oreille contre la paroi. Aucun signe de vie ne lui parvint de l'intérieur.

Déterminée, elle descendit les marches et contourna la bâtisse par la droite, espérant accéder au jardin ; le portillon était verrouillé. Le volet de sécurité de la piscine demeurait ouvert. Une gerbe d'eau projetée par le robot nettoyeur sur le dallage en marbre de la terrasse la fit sursauter. Camille ne devait pas être bien loin.

Elle revint tambouriner à la porte d'entrée, plus déterminée que jamais.

— Camille ! appela-t-elle d'une voix forte. Je ne partirai pas d'ici avant de t'avoir parlé !

Elle jeta un œil à son portable. L'Autre n'allait pas tarder à rentrer ; mieux valait ne pas rester dans les parages !

Alors qu'elle s'apprêtait à regagner son véhicule, le bruit d'un tour de clef dans la serrure se fit entendre.

La porte d'entrée s'ouvrit. Cassidy resta bouche bée face à l'imposante carrure de Gabriel Mancini.

— Qu'est-ce que tu viens foutre ici ? interrogea l'homme d'un ton hostile.

4

— Je ne savais pas que tu étais là, bredouilla Cassidy, les lèvres pincées.

Gabriel Mancini croisa les bras sur son torse et écarta ses jambes arquées à la manière d'un cow-boy. À quarante ans passés, malgré une calvitie naissante et un embonpoint précoce, il se prenait toujours pour un bellâtre.

— C'est ce que je vois, persifla-t-il, un rictus mauvais au coin des lèvres. Qu'est-ce que tu viens foutre ici ? insista-t-il.

La jeune femme leva le menton et soutint le regard gris de l'homme qui la jaugeait derrière ses lunettes teintées.

— Toujours aussi accueillant ! lança-t-elle du tac au tac.

La réaction de Mancini fut immédiate.

— Comment oses-tu mettre les pieds chez moi après le bordel que t'as foutu ?

— Le bordel que j'ai foutu ? répéta-t-elle, incrédule. Que je sache, ce n'est pas moi qui ai trahi la confiance de Camille.

Les muscles faciaux de son interlocuteur se tendirent d'un coup sec et brutal. Il fit deux pas en avant sur le perron, espérant la faire reculer à l'extrémité des marches.

— Fous le camp d'ici ! ordonna-t-il d'un ton péremptoire en désignant de sa large main le portail ouvert sur la rue.

Elle tressaillit au son de sa voix mais ne bougea pas d'un iota. Il était si proche d'elle qu'elle pouvait sentir son haleine avinée balayer son visage.

Les poings serrés, il la considéra de haut en bas. Gabriel était le genre d'homme qui avait l'habitude qu'on se plie à ses volontés. Cassidy était bien décidée à ne pas se laisser impressionner par ce rustre personnage… Ou du moins, à n'en rien laisser transparaître.

— Pas avant d'avoir vu Camille ! eut-elle l'audace de décréter en le regardant droit dans les yeux.

Il retroussa les manches de sa chemise comme pour se donner plus de prestance.

— Je suis inquiète, ça fait une semaine que je n'ai plus aucune nouvelle d'elle…

— Qu'est-ce que j'en ai à branler ?

— Ce n'est pas dans ses habitudes de ne pas répondre à mes messages. Je veux juste savoir si elle va bien.

Gabriel n'était disposé à faire aucun effort pour apaiser la conversation. Il s'adossa contre le montant de la porte d'entrée et prit un air mystérieux.

— Camille n'est pas là, lâcha-t-il d'une voix blanche.

— Sa voiture est pourtant garée devant le garage.

L'homme parut hésiter.

— Je me sers de l'Audi pour aller au boulot. La mienne est en révision. J'ai eu un accrochage.

Bien qu'elle n'en crût pas un mot, Cassidy battit des cils en signe d'acquiescement.

— Je vois…

Elle marqua une courte pause.

— Puisque je suis là, je vais en profiter pour embrasser Clara. À moins que tu y voies une objection…

Sans attendre de réponse, elle plongea la main dans son sac.

— Je lui ai apporté un petit cadeau…

Il enfonça les mains dans ses poches, ostensiblement embarrassé.

— Ça ne va pas être possible…

Elle feignit de ne pas avoir entendu :

— Quand j'ai aperçu cet attrape-rêve dans la vitrine de l'Atelier Bazar, j'ai tout de suite pensé à celui que j'avais étant petite. Je suis certaine que Clara sera ravie d'en avoir un au-dessus de son lit.

— Clara n'est pas là non plus, l'interrompit-il sèchement.

Cassidy inclina la tête sur le côté.

— Écoute, Gabriel, je sais bien qu'on s'apprécie peu tous les deux, mais que cela te plaise ou non, je suis la marraine de ta fille ! J'ai le droit de la voir.

— Clara n'est pas à la maison, elle est chez mes parents à Quimper. Depuis une semaine, précisa-t-il.

Elle esquissa une moue dubitative.

— Je la récupère demain en fin de matinée. Si tu ne me crois pas, tu peux toujours monter, mais sa chambre est vide !

— Décidément, ironisa la jeune femme, je n'ai pas de chance aujourd'hui ! Très bien…

Elle allait repartir lorsqu'un bruit semblable à un écoulement d'eau se fit entendre à l'intérieur de la maison. Elle revint sur ses pas. Gabriel n'était pas seul. Encore un mensonge de plus…

— Tout bien réfléchi, je préfère attendre le retour de Camille. Elle ne doit pas être partie bien loin sans sa voiture… Puis-je entrer ?

Gabriel parut ennuyé, oscillant d'une jambe sur l'autre. Il avait perdu sa belle assurance.

— Je suis occupé, balbutia-t-il.

La jeune femme réprima un rire nerveux. Gabriel, occupé ? En dehors de son travail, il passait le plus clair de son temps libre affalé dans le canapé devant une série Netflix, la télécommande dans une main, une bière dans l'autre.

— Dans ce cas… je vais patienter dans ma voiture.

Le visage de Gabriel blêmit.

— Inutile… Camille ne rentrera pas…

— Comment ça « ne rentrera pas » ? répéta-t-elle, interloquée. Elle est où ?

— Je l'ignore…

— Tu plaisantes ?

Gabriel secoua la tête en signe de dénégation. Il déglutit avec peine.

— Je pensais que tu étais au courant…

— Au courant de quoi ? demanda-t-elle, le front plissé.

D'un signe de tête, Gabriel l'invita à entrer. Elle le suivit à l'intérieur tel un automate, les bras ballants.

5

Des effluves de tabac froid flottaient dans l'air. Elle examina le vaste salon au toit cathédrale. L'écran de la télévision était allumé en mode sourdine ; des canettes de bière et des cartons de pizza jonchaient le tapis en cachemire.

Assis à la table de la cuisine, la tête calée entre ses mains, Gabriel respirait bruyamment.

Cassidy ne pouvait se détacher du désordre qui régnait dans cette maison habituellement bien tenue. Dans l'évier, des assiettes et des casseroles sales formaient une pyramide éclectique. Un amas de verres, de bouteilles vides et d'emballages cartonnés traînaient sur le plan de travail ; un vrai capharnaüm !

Elle s'installa en face de Gabriel et l'observa sans desserrer les lèvres. Après l'accueil glacial qu'il lui avait réservé, son visage apparaissait transfiguré, il semblait préoccupé au plus haut point. Ce brusque changement d'attitude lui rappela qu'elle avait à faire à un manipulateur hors pair… Néanmoins, jamais elle ne l'avait vu aussi abattu.

— Camille… commença-t-il.

Cassidy se pencha en avant tant la voix de son interlocuteur était faible.

— Camille m'a quitté, avoua-t-il dans un souffle, les paupières mi-closes.

Incrédule, elle battit des cils. Avait-elle bien entendu ? Ou était-ce le fruit de son imagination ?

— Elle est partie… Dix ans de vie commune partis en fumée…

Sa voix tremblait comme si elle fût chargée d'émotion, mais son expression était vide.

Cassidy recula contre le dossier de la chaise. Elle fit des efforts pour ne rien laisser entrevoir des sentiments qui l'animaient.

Car, intérieurement, elle jubilait. Camille avait enfin ouvert les yeux ! Elle avait enfin mis un terme à cette relation toxique !

Cassidy se félicitait d'avoir été sans aucun doute le catalyseur de cette rupture. À n'en pas douter, les photos qu'elle avait prises de Gabriel et de sa maîtresse avaient joué le rôle d'un détonateur.

— Tu as une idée de l'endroit où elle aurait pu aller ? demanda-t-elle d'une voix aussi neutre que possible.

Gabriel haussa les épaules et fit craquer les jointures de ses phalanges.

— Je ne sais pas… Je pensais justement que toi, tu pourrais me le dire. Camille et toi, vous n'avez aucun secret l'une pour l'autre, n'est-ce pas ? Elle te raconte tout… y compris ce qui ne te regarde pas. Elle n'a jamais su tenir sa langue…

Cassidy s'abstint de tout commentaire. Sur ce point, elle ne pouvait que lui donner raison.

L'intimité du couple Mancini n'avait aucun secret pour elle. Camille ne lui avait épargné aucun détail quant aux penchants de son époux. Des images s'imposèrent à son esprit. Ses muscles zygomatiques s'étirèrent malgré elle en un large sourire.

— Ne fais pas la maligne, ça marche dans les deux sens, déclara-t-il.

Cette allusion à sa propre vie sentimentale – qui était un véritable fiasco – la désarçonna. Ses joues se tintèrent de rose en songeant aux confidences intimes qu'elle avait faites à son amie. Camille avait-elle révélé à son mari que Cassidy n'avait jamais éprouvé de sentiment d'abandon dans les bras d'un homme ? Une femme frigide, c'est l'image qu'il devait avoir d'elle.

Gabriel reluqua le décolleté généreux de son interlocutrice, arborant un regard concupiscent.

Cassidy resta de marbre.

— J'ignorais qu'elle t'avait quitté, se défendit-elle.

Il eut l'air d'en douter ; elle ajouta :

— Tu crois sincèrement que je serais là, à perdre mon temps avec toi, si je savais où la trouver ?

Elle avait haussé la voix, exaspérée par son attitude.

— Ça ne t'inquiète pas, toi, de ne pas savoir où elle est… si elle va bien…

— Comme je te l'ai dit, ça ne me concerne plus.

Cassidy sentit une boule se nouer au fond de sa gorge.

— Écoute, Gabriel, je n'avais pas l'intention de t'en parler, car je sais que tu ne crois pas à ce genre de choses, mais j'ai fait des rêves étranges, enfin, je veux dire que j'ai eu des visions, commença-t-elle.

Gabriel l'interrompit d'une main levée.

— Arrête avec tes prémonitions ou tes visions à la con. Enfin, appelle ça comme tu veux. Pour moi, c'est du pareil au même ; ce n'est rien que du vent. J'ai autre chose à faire que d'écouter tes élucubrations.

— Et pour Clara ?

Il fit l'étonné.

— Comment allez-vous vous répartir la garde de la petite ?

Il eut un mouvement d'épaules.

— Quelle question ! Elle reste ici, avec moi ! trancha-t-il.

— Cette décision ne t'appartient pas, Gabriel ! Camille fera valoir ses droits !

Le sang de Gabriel ne fit qu'un tour dans ses veines. Il se pencha en arrière sur sa chaise et tendit son bras en arrière. Il saisit une canette de bière sur le plan de travail, la fit tournoyer entre ses doigts avant de la froisser comme s'il se fût agi d'une feuille de papier.

— En nous quittant, elle a perdu tous ses droits. C'est sa décision, pas la mienne. Point final !

— Tu connais la loi aussi bien que moi, ça ne marche pas comme ça ! Si tu ne l'avais pas trompée, elle ne serait jamais partie !

Gabriel abaissa son poing sur la table.

— Comment oses-tu m'accuser sous mon propre toit ? La seule responsable, ici, c'est toi ! Rentre-toi bien ça dans le crâne, vociféra-t-il en pointant son index dans sa direction. Je n'ai rien à me reprocher.

— J'ai pourtant des photos qui prouvent le contraire…

Gabriel se leva d'un bond. Sa chaise se renversa sur le carrelage dans un grand fracas.

— De quelles photos parles-tu ?

Cassidy se mordit la lèvre inférieure. De toute évidence, et contrairement à ce qu'elle avait supputé, Camille ne lui avait pas révélé l'existence des clichés qu'elle avait pris à son insu.

— Putain, de quelles photos parles-tu ? répéta-t-il en détachant chaque syllabe.

— De celles où tu t'affiches en public avec ta maîtresse. Camille les a vues… et c'est précisément pour cette raison qu'elle t'a quitté !

En deux enjambées, Gabriel contourna la table. Cassidy voulut se lever à son tour, mais il l'en empêcha en plaquant une main sur son épaule. À ce contact, une bouffée de chaleur envahit Cassidy ; son cœur se mit à battre comme s'il allait sortir de sa poitrine.

— Qu'est-ce que t'as encore foutu ? hurla-t-il.

— Lâche-moi, Gabriel, tu me fais mal !

Elle esquissa un mouvement pour se mettre debout. L'homme, bâti comme une armoire à glace, l'en empêcha. Il la dominait de toute sa hauteur, les muscles contractés, l'œil mauvais.

Cassidy crut qu'il allait la frapper.

Son sang afflua par saccades au niveau de ses tempes. Un flot d'images déferla dans sa tête à un rythme vertigineux, comme des flashs lumineux qui l'aveuglèrent. Sans même s'en rendre compte, elle avait cessé de respirer.

Il lâcha prise et s'adossa au mur de la cuisine. Il renversa la tête en arrière et ferma les paupières. Sa respiration se fit lente et profonde.

— Dégage d'ici ! ordonna-t-il d'une voix caverneuse.

Les jambes flageolantes, elle se dirigea vers l'entrée. Gabriel lui emboîta le pas, le visage fermé. Au moment où elle passait devant le couloir, une ombre furtive se faufila au niveau de la suite parentale.

Cassidy s'immobilisa.

Il la saisit par l'avant-bras et la poussa sans ménagement vers la sortie.

Bien que la prudence lui intimât de s'éloigner de cet homme, elle fit volte-face sur le perron.

— Une dernière question, Gabriel : quand est-elle partie au juste ?

— Qu'est-ce que ça peut te foutre ?

— Réponds, s'il te plait.

— Vendredi soir, enfin je suppose…

— Tu n'en es pas sûr ?

— Elle était déjà partie quand je suis rentré du bureau. Elle avait laissé une lettre sur la table de la cuisine.

— Une lettre, dis-tu ?

Il montra des signes d'agacement.

— Oui, quelques mots. Elle n'a même pas eu le courage de me l'annoncer en face ! Ça suffit, dégage !

Il allait refermer la porte, mais elle glissa son pied dans l'entrebâillement et revint à la charge.

— Attends une minute… Je peux voir cette lettre ?

Gabriel dodelina de la tête.

— Dégage !

Il la repoussa sans ménagement et lui claqua la porte au nez.

Dans un état second, Cassidy descendit les marches en se tenant à la rambarde. Ses doigts tremblaient. Elle se dirigea vers le portail d'une démarche hésitante. Elle était sous le choc à la fois de sa violente confrontation avec Gabriel et des révélations qu'il lui avait faites.

Des dizaines de questions se bousculaient dans sa tête dans une valse infernale. Où était Camille ? Pourquoi ne répondait-elle pas à ses appels ? Comment avait-elle pu se résoudre à fuir sans la petite Clara ? Gabriel n'avait jamais manifesté d'intérêt pour leur fille, trop accaparé par son travail… et ses maîtresses. Cette grossesse, il ne l'avait pas désirée. C'était le choix de Camille, pas le sien. Quant au fait de rompre par lettre, ça ne ressemblait pas à Camille.

Cassidy secoua la tête comme pour remettre de l'ordre dans son esprit confus. Cette histoire lui paraissait abracadabrantesque.

Il y avait aussi cette ombre fugace qu'elle avait aperçue dans le couloir… Était-ce le fruit de son imagination ?

Cassidy regagna son véhicule avec l'intime conviction que Gabriel ne lui avait pas révélé toute la vérité. Tout dans son attitude, ses gestes, sa voix, respirait la duplicité.

Elle allait ouvrir la portière lorsque des aboiements firent rage de l'autre côté de la rue. Le rottweiler du voisin, à la musculature impressionnante, allait et venait le long de la clôture comme s'il cherchait une faille dans le grillage. Cassidy s'engouffra dans son véhicule sans demander son reste.

Tapi dans un coin de la cage, son perroquet, tout aussi affolé qu'elle, émettait des sons stridents. Cassidy glissa ses doigts entre les barreaux et caressa le plumage soyeux du volatile qui se calma peu à peu. Cassidy scruta la maison d'en face. La silhouette sombre se tenait toujours en retrait, immobile, derrière le voilage frémissant.

Elle eut envie d'aller frapper à la porte de ce voisin indiscret. Peut-être avait-il vu ou entendu des choses qui pourraient l'aider à répondre aux questions qui la taraudaient.

La présence du cerbère à la mâchoire de fer l'en dissuada.

Elle mit le contact et prit la direction du bourg, bien décidée à éclairer toutes les zones d'ombre de cette disparition.

6

Vendredi 20 juin, 7 h 45

Stationnée sur le parking situé non loin de la gendarmerie de Carquefou, Cassidy abaissa le miroir de courtoisie. Elle esquissa une grimace de mécontentement ; malgré le maquillage, ses yeux étaient auréolés d'immenses cernes bleus.

Marquée par sa confrontation de la veille et toujours en proie à des visions, elle n'avait pas fermé l'œil de la nuit. Elle avait arpenté son appartement de long en large jusqu'au lever du jour, tentant de donner un sens à ces images énigmatiques qui s'imposaient à elle durant son sommeil. Depuis sa discussion avec Gabriel, elle avait acquis la certitude qu'elles avaient un lien avec la disparition de Camille. La frêle silhouette qu'elle entrevoyait était assurément celle de son amie.

Après sa visite au domicile des Mancini, elle s'était rendue directement au salon de coiffure dans lequel travaillait Camille.

Madame Barat, la gérante, lui avait fait une révélation qui avait accrédité cette thèse. Le soir même de sa disparition, Camille lui avait adressé une lettre de démission par courriel. Madame Barat en avait été fort surprise : Camille avait récemment émis le souhait de s'associer à elle pour l'ouverture d'un nouveau salon dans le quartier du Bouffay à Nantes. Le mail ne donnait aucune explication quant au motif de cette soudaine rupture de contrat.

Sa patronne avait dans un premier temps perçu cette fuite soudaine comme une rupture de confiance dans leur relation professionnelle. Mais face à l'incompréhension et aux éléments apportés par Cassidy, elle l'avait assurée qu'elle la contacterait à la moindre nouvelle.

Une pluie orageuse frappait avec violence la carrosserie de la Fiat 500. Un long frisson parcourut le dos de Cassidy. Elle remonta le col de son trench et s'empara du parapluie posé sur la banquette arrière.

Du bout des doigts, elle effleura le pommeau en bois de rose. Ce modèle avait dû coûter une fortune à Sébastien. Il le lui avait offert une semaine avant leur séparation. Cassidy avait découvert de manière fortuite que son jeune prétendant échangeait avec d'autres femmes sur des sites de rencontre. Elle avait conservé le présent en guise de dédommagement.

Elle consulta l'horloge du tableau de bord une énième fois : 7 h 58. L'accueil de la gendarmerie allait bientôt ouvrir. Elle s'extirpa du véhicule en toute hâte.

— Quel temps de chien ! maugréa-t-elle en ouvrant son parapluie.

Malgré ses origines écossaises, elle avait une sainte horreur de la pluie. C'était un temps à rester sous la couette avec un roman policier et une boîte de Quality Street.

Le parapluie en bouclier, tête baissée, elle lutta contre les assauts du vent. Plus qu'une centaine de mètres à parcourir sous cette pluie diluvienne et elle serait à l'abri à l'intérieur de la caserne. Les yeux rivés sur ses bottines en daim, elle s'élança sur la chaussée transformée en miroir d'eau.

Un crissement de pneus la fit stopper net au milieu de la rue.

Le souffle coupé, elle considéra avec stupeur le pare-chocs de la Toyota Auris qui se trouvait à quelques centimètres d'elle. Une violente bourrasque happa son parapluie et l'emporta dans les airs tel un pantin désarticulé. Chancelante, elle s'appuya contre le capot pour ne pas vaciller.

Moteur allumé, le conducteur avait bondi hors du véhicule.

— Vous n'êtes pas blessée ? interrogea-t-il en la soutenant par les épaules.

Figée sur place, Cassidy ne put détacher son regard des feux de détresse qui clignotaient.

— Vous allez bien ? insista-t-il.

La voix rauque de l'homme lui apparut lointaine et diffuse. Ses jambes se dérobèrent sous elle. Elle sentit un bras s'enrouler autour de sa taille et la soulever de terre. Telle une poupée de chiffon, elle se laissa entraîner sur le trottoir. Il la posa au sol.

Le conducteur la dépassait d'une bonne vingtaine de centimètres. Elle leva ses yeux verts et distingua au travers des mèches de cheveux plaquées sur ses joues le visage émacié de celui qui avait manqué de la renverser.

— Vous êtes inconsciente ! gronda-t-il d'une voix gutturale. Une seconde de plus, et vous passiez sous mes roues !

Ne sachant que dire, elle se contenta de hausser les épaules.

Il marmonna des phrases incompréhensibles et s'éloigna de quelques pas. Abasourdie, elle demeura sur le trottoir, les bras ballants. Il revint avec le parapluie en main qui, dans la tourmente, était allé s'encastrer contre le portail de la gendarmerie.

— À l'avenir, tâchez d'être plus prudente avant de traverser ! recommanda-t-il en le lui tendant.

Sans attendre de réponse, il remonta à bord de son véhicule et disparut derrière le rideau de pluie qui s'abattait sans discontinuer.

À peine remise de ses émotions, elle poussa la porte de la gendarmerie. Elle fut accueillie par un vaste miroir sans tain qui ornait tout un pan de mur. Elle se désola à la vue du reflet ingrat qu'il lui renvoyait ; les cheveux ébouriffés, les coulures de mascara sur ses pommettes saillantes. Fort heureusement, le hall d'accueil était désert à cette heure aussi matinale. Elle retira son imperméable ruisselant et le secoua au-dessus du tapis. Elle considéra avec stupeur la transparence de son chemisier en flanelle, puis remit de l'ordre dans l'épaisse chevelure qui encadrait l'ovale de son visage. Elle rectifia son maquillage à l'aide d'un mouchoir en papier.

Un toussotement lui signala la présence d'un agent dissimulé derrière la paroi vitrée de la loge. Le gendarme l'observait, l'air amusé. Tenant son imperméable plaqué contre son chemisier, elle se dirigea vers lui d'une démarche hésitante.

Le gendarme procéda à une rapide vérification de son identité et l'interrogea sur le motif de sa venue. Elle sentit sa gorge se nouer. Sa présence dans les locaux de la gendarmerie officialisait en quelque sorte la disparition de son amie.

Les traits crispés, elle suivit le militaire dans le dédale de couloirs sombres qui distribuait une dizaine de bureaux, tous aussi exigus les uns que les autres. Ils passèrent devant une porte d'où s'échappaient des bribes de conversations animées.

Des effluves de café mêlés à des odeurs de croissants frais lui rappelèrent qu'elle n'avait pas songé à prendre de petit-déjeuner avant de quitter l'appartement. Les derniers événements lui avaient coupé l'appétit. L'envie de grignoter comme elle avait l'habitude de le faire à toute heure de la journée lui était passée. C'était un mal pour un bien, se réconfortait-elle en songeant aux kilos récalcitrants qui arrondissaient ses hanches.

Le militaire l'installa dans une salle située à l'extrémité du couloir, et prit congé. Il la laissa seule, sur une chaise, au milieu d'une pièce à la décoration spartiate. Deux vastes bureaux et une armoire métallique constituaient l'unique mobilier. Une carte de la commune hors d'âge, un tableau en liège rongé par l'usure du temps et divers documents administratifs tapissaient les murs jaunis par le soleil.

Afin de ne pas se laisser envahir par l'émotion, Cassidy focalisa son attention sur le bureau devant lequel elle était assise. Un amoncellement de dossiers et de feuillets éparpillés occupaient la quasi-totalité de l'espace de travail. Le second bureau contrastait singulièrement avec celui-ci tant il était ordré.

La pendule suspendue au-dessus de la porte marquait 8 h 15. L'angoisse de la jeune femme grandissait à mesure que les aiguilles progressaient sur le cadran.

Dehors, la pluie avait cessé de battre le pavé ; des grondements sourds se faisaient entendre dans le lointain, signe que l'orage s'éloignait. L'atmosphère n'en restait pas moins chargée en électricité. Cassidy respirait difficilement dans cette moiteur ambiante.

Elle éventa son chemisier bleu qui peinait à sécher, regrettant d'avoir opté pour cette tenue dans laquelle elle se sentait incommodée.

Un colis de taille moyenne, recouvert d'un papier cadeau à demi ouvert, attira son attention. Elle ne parvint pas à lire le nom qui figurait sur la carte jointe. Elle tourna la tête en direction de la porte.

Le champ était libre.

Du bout de ses doigts, elle entreprit de faire pivoter le paquet. Telle une onde fulgurante, une sensation de brûlure se propagea en elle. D'instinct, elle retira sa main.

Saisie d'effroi, elle demeura immobile sur la chaise, droite comme un i.

— Navré pour l'attente, mademoiselle Higgins, s'excusa le militaire qui venait de pénétrer dans la pièce, une tasse de café fumant à la main. La relève de l'équipe de nuit a pris plus de temps que d'habitude. La saison des cambriolages a commencé !

Un large sourire éclaira le visage juvénile du gendarme. Cassidy ne put lui en adresser un en retour : ses zygomatiques étaient tendus comme des arcs.

— Laissez-moi encore quelques instants, déclara-t-il.

Il entreprit de mettre un peu d'ordre sur son bureau. Ses gestes étaient maladroits et confus.

Tandis qu'il empilait les dossiers les uns sur les autres, Cassidy scruta son visage. Il avait les traits fins, la peau blanche dénuée de toute imperfection. Elle eut le sentiment de l'avoir déjà croisé, sans toutefois savoir où et quand.

L'appréhension monta d'un cran lorsqu'il redressa la tête et chaussa ses lunettes.

— Bien, je suis à vous, mademoiselle Higgins.

Le regard bleu du militaire glissa sur l'étoffe de son chemisier. Cassidy serra son sac à main contre sa poitrine.

— En quoi puis-je vous être utile ?

Ses doigts jouèrent nerveusement avec les lanières en cuir. Elle se racla la gorge.

— Je viens signaler la disparition de mon amie, Camille Mancini.

Le gendarme l'encouragea à poursuivre d'un hochement de menton.

Alors qu'elle s'apprêtait à exposer les circonstances de la disparition de Camille, un second militaire, à la silhouette athlétique, aux épaules carrées, pénétra dans la pièce ; il tenait une pile de dossiers calée sous le bras.

Cassidy reconnut immédiatement le conducteur de la Toyota Auris noire.

7

L'homme, qui avait revêtu l'uniforme, ne prêta aucune attention à Cassidy. L'air absorbé, il passa près d'elle et s'installa dans le fauteuil en cuir du second bureau. Il ouvrit le tiroir de l'imprimante, attrapa une feuille et s'appliqua à la plier en deux de manière équitable.

D'un œil perplexe, l'adjudant Belfort les considéra à tour de rôle. Tandis que l'un affichait une attitude ostensiblement détachée, l'autre paraissait décontenancée. Il éclaircit sa voix :

— Je vous présente mon coéquipier, l'adjudant-chef Velganni, le meilleur enquêteur de la brigade... Après moi, cela va sans dire, ajouta-t-il comme pour détendre l'atmosphère.

Hadrien Velganni fusilla son collègue du regard. Simon ne pouvait s'empêcher de faire de l'humour en présence d'une jolie femme. Ses yeux étaient d'un noir profond, surmontés de deux sourcils bien dessinés. Le teint hâlé de sa peau laissait entrevoir des origines méditerranéennes. En d'autres circonstances, Cassidy eut volontiers reconnu qu'il était tout à fait son genre d'homme.

Elle lui adressa un sourire pincé auquel il répondit par un signe du menton à peine perceptible. Stylo à la main, il se concentra sur le dossier qui était posé devant lui.

À la demande de l'adjudant Belfort, Cassidy entama le récit circonstancié de la disparition de Camille. Elle mit l'accent sur l'étrange comportement de Gabriel, qui semblait faire contre mauvaise fortune bon cœur. Par crainte d'être prise pour une illuminée, elle passa sous silence les visions qui la tourmentaient depuis quelques jours. Les gendarmes n'étaient pas hommes à adhérer aux sciences ésotériques.

L'adjudant Belfort l'avait écoutée sans l'interrompre, griffonnant quelques notes sur un cahier à spirales.

Le récit achevé, il consulta la base de données. Ses longs doigts blancs couraient sur le clavier de l'ordinateur. Il ne trouva aucun élément. Pas la moindre anicroche avec le voisinage, pas la moindre contravention.

L'adjudant Belfort se cala dans le fond de son fauteuil. Il retira ses lunettes et porta une branche à ses lèvres, la mâchouilla d'un air sceptique.

— Je suis navré, mademoiselle Higgins, je ne vais rien pouvoir faire.

Cassidy ne put cacher sa déception.

— La découverte d'un adultère est une épreuve difficile à surmonter, reprit-il en prenant soin de choisir chacun de ses mots. Dans ce genre de situation, il n'est pas rare d'éprouver le besoin de s'éloigner le temps de prendre une décision.

Cassidy secoua farouchement la tête.

— Je connais Camille : nous avons grandi ensemble. Ce n'est pas le genre de personne à partir comme ça du jour au lendemain sans prévenir.

— Peut-être l'a-t-elle fait. Vous avez contacté ses relations, sa famille ?

— J'ai interrogé ses amis, ses collègues. Personne n'a eu de ses nouvelles depuis une semaine. Pour ce qui est de sa famille… elle est orpheline depuis l'âge de douze ans. Sa mère est morte d'une leucémie. Quant à son père, elle n'a jamais su qui il était. Elle a remué ciel et terre pour tenter de le retrouver. Ce sont mes parents qui se sont occupés d'elle. Camille a beaucoup souffert de l'absence des siens, elle n'aurait jamais abandonné sa fille, vous comprenez ? Clara est ce qu'elle a de plus cher au monde. Elle n'a que dix-huit mois…

— L'enfant est avec son père, il…

— Gabriel est tout sauf un père ! objecta-t-elle. Il ne sait même pas changer une couche ! Depuis sa naissance, il n'a pas passé une journée seul avec sa fille. Il est incapable de s'occuper d'une autre personne que de lui-même.

Cassidy avait élevé la voix.

— Écoutez, mademoiselle, chaque année nous recevons des dizaines de signalements comme celui-ci. Dans 99 % des cas, les personnes réapparaissent après une absence plus ou moins longue. Je ne pense pas qu'il y ait lieu de vous inquiéter. Votre amie a certainement éprouvé le besoin de faire une pause et de…

— Une pause ? répéta-t-elle sans lui laisser le temps d'achever sa phrase. Vous n'avez rien écouté de ce que je viens de vous dire !

Cassidy fit des efforts pour maîtriser la colère qui grandissait en elle. Elle serra les dents.

Le gendarme fit tournoyer son stylo sur le bureau, le visage fermé.

— Excusez-moi... bredouilla-t-elle, les yeux baissés.

L'adjudant Belfort tendit le bras et décrocha le calendrier qui était pendu au mur.

— Voilà ce que je vous propose : laissons passer quelques jours, une semaine tout au plus. Si vendredi prochain, vous n'avez toujours aucune nouvelle de madame Mancini, nous irons interroger son mari.

— Une semaine, mais c'est trop long !

— Pour qu'une enquête soit ouverte, il faut que la disparition soit jugée « inquiétante » – il avait insisté sur ce dernier mot. C'est la procédure habituelle. Or, en l'état actuel des choses, elle ne...

— Mais que vous faut-il de plus ? Qu'on retrouve son corps au fond d'un étang ?

Sa voix trahissait l'émotion. Sous son corsage, sa poitrine se soulevait.

À court d'arguments, Simon Belfort passa une main sur son front brillant. L'adjudant-chef Velganni avait interrompu sa lecture.

Cassidy surprit le regard de lassitude qu'ils échangèrent. N'ayant plus rien à perdre, elle tenta le tout pour le tout.

— Je ne vous ai pas tout dit...

Elle avait parlé d'une voix éraillée. Ses doigts tremblaient nerveusement sur l'étoffe de sa robe.

L'adjudant Belfort leva un sourcil interrogateur.

— Je vois des choses... annonça-t-elle.

Elle fixait un point invisible sur le mur. Elle poursuivit après une courte pause.

— Il m'arrive d'être capable de prévoir certains événements avant qu'ils ne se produisent…

L'adjudant Belfort toussota dans sa main.

— Des supers pouvoirs en quelque sorte ? ironisa-t-il en clignant de l'œil.

Cassidy tourna la tête en direction du second gendarme. Le visage d'Hadrien Velganni affichait une expression indéchiffrable. Il ne souriait pas. Elle rassembla ses affaires et se leva de sa chaise.

— Vous ne me prenez pas au sérieux. Très bien, je sais ce qu'il me reste à faire.

L'adjudant-chef Velganni s'était levé à son tour et avait contourné son bureau.

Elle fit un mouvement en direction de la porte ; il s'interposa.

— Comme mon collègue vient de vous l'expliquer, la décision ne nous appartient pas. Sans éléments probants, le parquet de Nantes ne mettra aucun moyen en œuvre pour retrouver votre amie.

Elle soutint son regard ; il était quasi hypnotique.

— Si ce sont des preuves que vous voulez, qu'à cela ne tienne, je vous en apporterai !

Elle esquissa un pas en avant, mais l'adjudant-chef ne bougea pas. Il se tenait devant elle, tel un soldat de plomb.

— Qu'allez-vous faire ?

— Votre travail ! s'entendit-elle dire du tac au tac.

Le ton avait été cinglant. L'adjudant-chef ne cilla pas. Il demeura imperturbable.

— En d'autres termes ?

Elle campa les mains sur ses hanches.

— Je vais publier des avis de recherche, placarder la photo de Camille, contacter des associations, les médias…

Essoufflée, elle s'interrompit.

Hadrien Velganni croisa les bras sur son torse.

— Je vais commencer par interroger les clients du salon de coiffure dans lequel elle travaillait. J'irai frapper à la porte de ses voisins… y compris à celle du voyeur qui habite en face de chez elle.

Le gendarme la jaugea, avec insistance. Elle eut le sentiment qu'il sondait les profondeurs de son âme. La jeune femme paraissait déterminée. Ce n'étaient pas des paroles lancées en l'air.

Hadrien Velganni tira une carte de la poche de son uniforme et la lui tendit.

— Si vous avez de nouveaux éléments, contactez-nous à ce numéro.

Il fit un pas de côté.

— L'adjudant Belfort va vous raccompagner à la sortie.

8

Belfort reparut dans la pièce quelques minutes plus tard. Il se laissa glisser dans son fauteuil sous le regard interrogateur de son collègue. Il renversa la tête en arrière et croisa les doigts sur sa nuque.

Le tonnerre avait cessé de gronder au loin ; les nuages gris avaient laissé la place à un ciel dégagé d'un bleu pastel.

— Tu as déjà consulté une voyante ? lança Simon, avec une pointe d'hésitation.

— À ton avis ?

Non, évidemment ! songea Simon. Hadrien était plutôt du genre cartésien.

— Et toi ?

— Je pense que ça pourrait être une expérience… – il chercha le mot juste –… intéressante.

— En effet… Surtout si tu as du temps à perdre et de l'argent à jeter par les fenêtres.

— Parfois, je t'envie, Hadrien. Tu as la douce tranquillité de ceux qui ne doutent jamais de rien.

Hadrien fit cliquer son stylo, le rangea dans le pot à crayons avant de rétorquer :

— Laisse-moi deviner, Simon… Mademoiselle Higgins et son chemisier transparent ont réussi à te convertir aux sciences occultes ? À moins que ce ne soit son petit accent écossais…

Simon se troubla.

— Non, il y a autre chose… c'est ce qu'elle m'a dit avant de partir qui m'a perturbé. Elle m'a raconté une vieille légende écossaise.

Hadrien referma le dossier qui se trouvait devant lui et inclina la tête sur le côté.

— Je t'écoute.

— Cette légende illustre le fait que tous les êtres humains seraient liés les uns aux autres par des liens invisibles… comme les ramifications d'un arbre ; tu vois ce que je veux dire ?

Le sourire aux lèvres, Hadrien ironisa :

— Une sorte de super connexion Bluetooth ?

Simon roula les yeux au plafond.

— Laisse tomber… Je me demande pourquoi je t'en parle à toi qui ne crois qu'en deux et deux font quatre. Dans la vie, tout ne répond pas nécessairement à un principe arithmétique.

Ébloui par le soleil qui dardait ses rayons sur les vitres, Simon plissa les yeux.

— Tu veux bien baisser les stores ?

Il desserra le col de son uniforme. Hadrien s'exécuta.

— Tu es blanc comme un cachet d'aspirine ! Ça va pas ? s'inquiéta-t-il.

— Oh… Ça va passer… c'est à cause de cette chaleur…

Sa peau était couverte d'un voile de sueur. Il ouvrit le second tiroir du bureau, attrapa un mouchoir en papier avec lequel il se tamponna le front. Hadrien lui tendit une bouteille d'eau et s'assit sur le coin de son bureau, les mains jointes.

— Alors, que raconte cette fameuse légende ?

Simon vida le reste de la bouteille d'une traite et ferma les paupières à demi.

— Pour faire court, lorsqu'un être meurt subitement, sans avoir fait la paix avec ses proches, son âme reste prisonnière entre le monde des vivants et des morts, sans parvenir à trouver le repos éternel. Comme si elle était coincée entre deux vitres. Tu comprends ?

— Jusque-là, je te suis.

— À la fin de l'histoire, mademoiselle Higgins m'a regardé bien en face. Elle m'a dit : « Il est temps de vous pardonner et de la laisser partir ».

Interloqué, Hadrien écarquilla les yeux.

— Elle parlait de Caroline… conclut Simon.

— Rassure-moi, c'est un sketch là, tu me fais marcher ?

— Cette fille a un don, ça ne fait aucun doute !

Hadrien regagna son fauteuil en dodelinant de la tête.

— On va dire que tu n'as pas les idées claires aujourd'hui, Simon…

— Elles n'ont jamais été aussi limpides. J'ai eu comme une révélation…

— De mieux en mieux, murmura Hadrien.

— J'ai senti qu'il se passait un truc entre elle et moi.

Hadrien eut un rire franc.

— Non, ce n'est pas ce que tu crois… c'était comme si elle…

Il chercha ses mots.

— Comme si elle lisait en moi.

Il montra ses avant-bras.

— Tiens, regarde, j'en ai encore des frissons. Elle a forcément un don cette nana, sinon, comment aurait-elle pu être au courant pour Caroline ?

— Pas besoin d'être devin pour savoir ce qui t'est arrivé. Il y a des tas d'articles qui relatent l'affaire, même les médias nationaux en ont parlé.

Des bruits de pas pressés dans le couloir interrompirent leur discussion. La silhouette élancée du lieutenant Girard fit irruption dans le bureau. Hadrien comprit que la foudre allait s'abattre sur eux.

9

— Lequel de vous deux a déposé ce torchon sur mon bureau ? interrogea-t-elle sèchement, agitant un feuillet.

Ses longs doigts fins aux ongles impeccables étaient aussi blancs que le papier. Hadrien aperçut la bague sertie d'émeraude qu'elle portait à l'annulaire droit. La pierre scintillait dans les rayons du soleil. C'était la première fois qu'il voyait ce bijou. Il devait s'agir d'un cadeau de Jérôme Fabrègues, songea-t-il. Une bague de fiançailles ?

Une expression amusée passa au même instant sur le visage de Simon.

— Ça vous fait sourire, messieurs ?

Elle les toisa l'un après l'autre.

— Dans ce rapport, il y a plus de fautes que de lignes ! À croire que c'est un gamin de dix ans qui l'a rédigé. Il est hors de question que je le transmette en l'état au procureur ! Vandeuvre va se faire un plaisir de nous le retourner corrigé à l'encre rouge.

Les deux hommes se regardèrent ; chacun se renvoyait la responsabilité.

— Velganni, je vous charge personnellement d'y remédier !

De sa main droite, elle fit glisser le rapport sous les yeux du gendarme et scruta son visage. Hadrien resta impassible ; il la connaissait trop bien. Cette mise en scène n'avait qu'un seul objectif : retourner le couteau dans la plaie et appuyer là où ça pouvait faire mal. Cela ne fit que défaire un peu plus l'image qu'il avait de cette femme.

— Je le veux sur mon bureau dans dix minutes ! ordonna-t-elle d'un ton péremptoire.

Hadrien prit sur lui et afficha un air stoïque.

— Ce sera fait, lieutenant.

Elle allait quitter la pièce quand elle aperçut le paquet cadeau posé sur le coin du bureau de Simon. Intriguée, elle revint sur ses pas.

— Serait-ce votre anniversaire, adjudant Belfort ? Une admiratrice ? s'enquit-elle d'une voix mielleuse.

Embarrassé, Simon répondit que ce n'était ni l'un ni l'autre. Hadrien s'étonna de la promptitude avec laquelle il rangea le colis dans le dernier tiroir de son bureau. Celui qu'il fermait généralement à clef.

— Une dernière chose, j'ai besoin d'un volontaire ce soir pour assurer la garde de nuit. Paul vient de se mettre en arrêt maladie.

Elle se pencha légèrement vers Simon et cligna des paupières.

— Vous n'avez pas l'air d'être dans votre assiette, adjudant Belfort. J'espère que vous n'allez pas nous faire faux bond, vous aussi.

Sans attendre de réponse, le lieutenant Girard tourna les talons et disparut dans le couloir, laissant dans son sillage des effluves floraux. Hadrien reconnut les fragrances de jasmin. Ce parfum, il le lui avait offert quelques semaines avant leur rupture[1].

Simon tendit l'oreille afin de s'assurer qu'elle se fut suffisamment éloignée. Il siffla longuement entre ses dents.

— Eh bien, en voilà une autre qui n'a pas tourné la page ! J'ai comme l'impression qu'il y a de l'eau dans le gaz entre toi et la patronne. Je me trompe ?

— Avec le temps, elle finira par reconnaître que j'ai pris la meilleure décision, pour elle comme pour moi.

— Je doute qu'elle l'entende ainsi…

— Ne t'en fais pas pour elle : elle se console dans les bras de son Auvergnat… Pour ma part, l'affaire est classée.

— Ça risque d'être compliqué… Vous travaillez dans la même brigade et visiblement, elle a décidé de t'en faire baver.

Plus pour longtemps, pensa Hadrien. Il eut envie de confier à Simon son désir de quitter la gendarmerie. À quarante ans, il aspirait à faire autre chose de sa vie. Convaincu que Simon tenterait de l'en dissuader, il s'abstint. S'il était vrai qu'il y songeait de plus en plus, cela restait encore au stade de projet. À ses heures perdues, il parcourait les offres d'emploi en ligne. Aucune d'entre elles n'avait retenu son attention. Il savait toutefois qu'il s'orienterait vers une profession qui ne requerrait pas de rester enfermé dans un bureau à remplir de la paperasse à longueur de journée. Cette lourdeur administrative lui pesait de plus en plus ; Hadrien

1. *Voir* Le manoir des secrets, *même auteur, même collection.*

était avant tout un homme de terrain. Simon revint à la charge.

— Vous formiez un joli couple tout de même… tu n'as vraiment aucun regret ?

— Aucun, trancha Hadrien. Le respect et la confiance sont à mon sens le ciment d'un couple. Sans cela, tout s'effondre comme un château de cartes à la première tempête. Elle a perdu l'un et abusé de l'autre. Fin de l'histoire.

Simon fut pris d'un vertige. Il appuya sa tête contre la paume de ses mains.

— Tu devrais monter prendre une douche froide et te reposer. Moi, je vais corriger ce fichu rapport. Il me reste cinq minutes pour le relire. Je suis prêt à parier qu'elle a l'œil rivé à sa montre !

10

Samedi 21 juin, 18 h 30

Malgré la chaleur écrasante, Cassidy se dirigea vers le bourg de Carquefou au pas de charge. Plan Vigipirate oblige, elle avait été contrainte de garer sa voiture sur le parking du Super U. Les gendarmes avaient établi un large périmètre de sécurité à l'aide de barrières Vauban.

Des dizaines de badauds se pressaient vers la place Aristide Briand, dans un flot continu, soucieux de ne pas rater le lancement de cette vingtième édition de la Fête de la musique.

Cassidy se hâta, désireuse d'arriver avant l'ouverture des festivités pour une tout autre raison. Elle voulait s'entretenir avec l'un des musiciens du groupe qui se produisait en première partie de soirée. Les échos d'un djembé s'élevèrent dans le ciel au-dessus des marronniers centenaires qui entouraient la place.

Trop tard, se dit-elle.

Déçue, Cassidy se planta au milieu du trottoir, ne sachant si elle devait continuer à avancer ou rebrousser chemin. Des passants la bousculèrent sur leur passage, lui rappelant à quel point elle avait horreur de la foule.

Elle parcourut le programme des yeux ; un second groupe était prévu à 20 h 30. Elle n'aurait qu'à patienter une heure tout au plus, ce n'était pas la mer à boire, songea-t-elle pour se donner du courage.

Elle franchit les derniers mètres, veillant à ne pas se trouver dans la trajectoire des passants qui couraient presque pour avoir les meilleures places, près de la scène. Elle s'adossa contre le tronc d'un arbre, à l'écart de la cohue. Il n'y avait pas un souffle de vent. Elle observa cette place comme si elle la découvrait pour la première fois. Les anciennes cartes postales qu'elle avait vues lors de sa visite au musée du Temps qui Passe lui revinrent en mémoire. La conservatrice lui avait expliqué que ce lieu emblématique était jadis un champ de foire.

Attirée par le halo de fraîcheur qui enveloppait le bassin d'agrément, elle traversa la rue. Elle se posta devant le couple de rainettes sculptées dans la pierre qui reposait sur le granit. Bercée par l'écoulement de l'eau qui se déversait de leur bouche, elle demeura contemplative, étrangère au brouhaha du concert.

De là où elle se trouvait, elle avait une vue imprenable sur l'arrière de la scène. Elle ne voyait les musiciens que de dos. Pourtant, elle reconnut au premier coup d'œil celui dont Camille lui avait tant parlé. D'origine congolaise, il avait la peau plus sombre que les autres membres du groupe. Il était aussi plus athlétique. Poussée par la curiosité de voir son visage, elle contourna la fontaine et s'approcha de la scène. Il lui apparut nettement plus jeune que dans la description que Camille lui avait faite. Il devait avoir vingt-cinq ans, guère plus. Le jeune homme aux cheveux de jais faisait vibrer les cordes de sa kora avec virtuosité.

À ses côtés, une jeune métisse, revêtue d'un dashiki aux couleurs vives, entama un chant traditionnel.

Cassidy se laissa subjuguer par sa voix ensorcelante sans prêter attention aux spectateurs qui affluaient en nombre sur la place. La foule, galvanisée par les rythmes enjoués du balafon et de la calebasse, se déhanchait dans une frénésie collective.

Au milieu de cette cohue mouvante, Cassidy se tenait figée, les poings enfoncés dans les poches de son cardigan. Lorsque la voix se tut, un sentiment d'étrangeté s'empara de tout son être. Elle réalisa qu'elle était encerclée par une masse grouillante et informe. Ses intestins se serrèrent, ses muscles se contractèrent.

Ne pas céder à la panique, rester calme.

« Je ne crains rien ; c'est dans ma tête que ça se passe », se répéta-t-elle à mi-voix.

11

Pivotant sur ses talons, elle chercha une issue. Elle esquissa un pas en avant. Des cheveux fleurant le graillon fouettèrent son visage. Elle grimaça de dégoût et tenta une nouvelle évasion par la droite. Elle se retrouva plaquée contre le ventre bedonnant d'un quinquagénaire à la barbe broussailleuse et au front dégoulinant de sueur.

Un sourire jaune se dessina sur la face rougeaude de l'individu, découvrant deux rangées de dents irrégulières, exhalant des odeurs de cimetière.

Soulevée par un haut-le-cœur, Cassidy fit un bond en arrière. Un violent coup de coude reçu entre les omoplates lui arracha un cri.

Déboussolée, les bras en protection devant son visage, elle tenta de se frayer un chemin hasardeux au travers de cette forêt de corps ondulants, malodorants.

Prise de vertiges, le cœur battant, elle s'immobilisa. Les mains en visière sur ses tempes, elle haleta.

Une main s'enroula autour de son poignet avec douceur. Elle se laissa entraîner sans opposer de résistance. La vue brouillée, les jambes flageolantes, elle suivit la silhouette sombre qui se frayait un chemin, esquivant avec habileté les bourrades des spectateurs.

L'individu la conduisit à l'écart de la foule près du muret en pierre qui bordait la place. Assise à l'ombre d'un marronnier au feuillage dense, la tête entre ses mains, elle reprit peu à peu son souffle.

— Décidément, mademoiselle Higgins, vous vivez dangereusement.

La voix rauque de l'adjudant-chef Velganni acheva de lui faire retrouver ses esprits.

C'était bien sa veine, songea-t-elle. Voilà qu'elle venait de se donner en spectacle une seconde fois devant ce gendarme. Une écervelée, c'est l'image qu'il devait se faire d'elle à présent.

Elle maintint les paupières baissées.

— J'ai horreur de la foule, murmura-t-elle, comme pour se justifier.

— Vous êtes agoraphobe ?

Elle décela une pointe d'ironie.

— Haptophobe, corrigea-t-elle en levant son regard vert sur lui.

Les sourcils du militaire dessinèrent un V interrogatif.

— C'est la peur des contacts physiques. Je ne supporte pas qu'on me touche. C'est plus fort que moi. Ça me révulse.

Elle regretta aussitôt cette précision aussi inutile que maladroite, qui laissait entendre bien plus qu'elle ne disait.

À la pensée qu'il puisse la prendre pour une vierge effarouchée en plus d'une nigaude, ses pommettes virèrent au rouge. Elle dissimula son trouble derrière le rideau de boucles cuivrées qui couvrait son visage. Elle ne vit pas le sourire malicieux de l'adjudant-chef.

— Dans ce cas, que faisiez-vous au beau milieu de cette mêlée ? s'enquit-il en désignant du menton la centaine de mélomanes qui se balançait au rythme endiablé de la musique africaine.

— Je pensais retrouver des amis sur cette place, mentit-elle.

Elle fit semblant de regarder autour d'elle puis esquissa une moue dubitative.

— Je ne les ai pas vus.

Il y eut un silence durant lequel il la fixa avec intensité. Le gendarme n'était pas dupe.

— Votre présence ici a-t-elle un rapport avec la disparition de votre amie ?

Elle se mordilla les lèvres. Le militaire lisait en elle comme dans un livre ouvert. Prise en défaut, elle baissa la tête. Il se pencha au-dessus d'elle et, de ses doigts, dégagea les mèches qui cachaient l'ovale de son visage. Elle ne fit aucun geste pour l'en empêcher et en fut la première surprise.

12

— Je voulais parler au guitariste, reconnut-elle dans un souffle.

— Pourquoi ?

Elle garda le silence.

— Vous pensez qu'il sait où est votre amie ?

— Vous posez toujours autant de questions ? laissa-t-elle échapper.

— Simple déformation professionnelle, répartit-il en désignant son uniforme.

Un tonnerre d'applaudissements accompagnés de sifflements interrompirent leur échange.

— Les questions, c'est à Gabriel Mancini que vous devriez les poser !

Le gendarme se raidit et positionna ses mains dans son dos comme s'il fût soumis à une inspection.

— Qu'est-ce qui me vaut cette agressivité ?

— Je vous ai laissé plusieurs messages au numéro que vous m'aviez donné. Vous n'avez pas daigné me rappeler !

Il parut ennuyé.

— Je n'en ai pas été informé, se défendit-il. À quelle heure avez-vous cherché à me joindre ?

— Entre 13 h 30 et 14 h 30.

— C'est l'adjudant Belfort qui avait le portable avec lui. Il ne m'a rien dit.

— Heureusement que ce n'était pas urgent ! J'aurais eu le temps de mourir dix fois si j'avais été en danger.

Cette remarque fit l'effet d'une gifle sur le gendarme. Il accusa le coup.

— Pour sa défense, l'adjudant Belfort est souffrant. Que vouliez-vous me dire ?

— Je suis retournée voir Gabriel ce midi. J'ai la preuve qu'il a menti sur toute la ligne.

Deux autres gendarmes s'étaient approchés à quelques pas d'eux. Hadrien leur adressa un vague signe de tête semblant signifier qu'il arrivait. Il écourta leur discussion.

— Mon service se termine bientôt. Retrouvez-moi à La Vespa des Halles… disons à 20 h 30. Nous poursuivrons cette conversation autour d'un verre.

Le ton avait été directif. Ce n'était pas une proposition. Par pur esprit de contradiction, elle fut tentée de lui dire qu'elle avait d'autres projets pour ce soir, mais elle n'en fit rien. Ce n'était pas le moment de se le mettre à dos. Elle avait besoin de lui pour retrouver Camille.

Le gendarme s'éloigna d'une démarche assurée. Il traversa la rue et rejoignit ses collègues qui l'attendaient. Il disparut à l'angle d'un barnum à confiseries devant lequel se pressait une dizaine de gamins surexcités. L'attention de la jeune femme se porta sur un individu vêtu d'un t-shirt kaki et d'une casquette semblable à celle d'un chasseur. Il était adossé contre le mur d'une maison, à quelques pas de l'échoppe.

13

L'individu portait des lunettes de soleil ; il regardait dans sa direction.

Il lui sembla que ce n'était pas la première fois qu'elle voyait cette silhouette trapue. Pour en avoir le cœur net, Cassidy tira subrepticement son téléphone portable de son sac à main. Regardant volontairement dans la direction opposée, elle fit un quart de tour sur elle-même. Discrètement, elle prit plusieurs clichés de l'homme à la casquette.

Feignant de mettre de l'ordre dans sa chevelure, elle fit glisser ses deux doigts sur l'écran du mobile pour agrandir l'image. Le visage de l'homme lui apparut plus nettement.

Oui, il s'agissait bien de la personne qu'elle avait croisée en tout début d'après-midi dans le quartier du bois Saint-Lys. Elle se souvint l'avoir vu à quelques encablures du domicile de Gabriel. Malgré sa tenue de camouflage, ce n'était pas le genre de personnage à passer inaperçu.

Une boule se noua au fond de sa gorge.

Deux fois dans la même journée, ce ne pouvait être le simple fruit du hasard. Le temps de ranger son téléphone, de refermer son sac à main, et l'individu à la casquette avait disparu de son champ de vision.

Elle traversa la route au pas de course et jeta des regards de part et d'autre des groupes qui stagnaient sur le trottoir. L'homme n'était plus là. Elle regarda autour d'elle. La seule issue possible était ce passage sombre et étroit, aménagé sous le premier étage d'une ancienne bâtisse. Le tunnel qui en marquait l'entrée, bien connu des Carquefoliens, était une curiosité architecturale auréolée de mystère. Autrefois emprunté par le curé pour se rendre au presbytère, il débouchait sur la place de l'église via une allée d'à peine un mètre de large qui serpentait entre des maisons datant de la fin du XIXe siècle. À la tombée de la nuit, ce raccourci au nom prédestiné, le passage du Cou du Lien, prenait les allures d'un vrai coupe-gorge. Rassemblant son courage, elle s'y engagea, prenant garde à chaque recoin et alcôve qui le jalonnaient. À tout moment, l'homme était susceptible de surgir de l'ombre. Alors qu'elle passait près d'un escalier en fer, une forme bondit hors d'un conteneur en poussant des cris de bête sauvage. Elle reçut une violente décharge d'adrénaline. Haletante, elle accéléra la cadence.

Une cinquantaine de mètres plus loin, elle fut presque soulagée de se retrouver sur le parking de l'église, bondé de spectateurs qui assistaient au concert de rock d'un groupe de lycéens. Elle scruta la foule à la recherche de l'homme à la casquette. Aucune trace. Il semblait s'être évaporé dans la touffeur de ce premier jour d'été.

14

Cassidy se présenta en début de soirée au rendez-vous fixé par l'adjudant-chef Velganni.

En ce jour de fête, la terrasse de La Vespa des Halles était animée d'un joyeux brouhaha auquel se mêlaient les accords de guitare d'un groupe local installé sous les arcades du marché. Une myriade de volutes de fumée blanche tourbillonnait au-dessus des tables tels des rubans de soie. C'était à peine si on sentait les effluves de pizza.

— Si vous préférez, nous pouvons marcher dans le parc du Charbonneau, proposa l'adjudant-chef Velganni.

Cassidy, peu encline à prendre un second bain de foule, accueillit cette proposition avec félicité. Ils traversèrent la rue et empruntèrent la volée de marches qui descendait vers l'esplanade de l'hôtel de ville. Du haut de ce promontoire, la vallée du Charbonneau s'étendait à perte de vue. L'étang, niché au cœur de cet écrin de verdure, miroitait sous les rayons ardents du soleil de fin de journée. Hormis quelques pêcheurs à la ligne et des grappes d'adolescents, bière à la main, qui squattaient les bancs autour d'une enceinte connectée, ils ne croisèrent personne.

Ils marchèrent côte à côte, loin du tumulte de la Fête de la musique, comme hors du temps. Le gendarme, au port de tête altier, à la démarche souple, avait revêtu une chemise en lin blanche et un pantalon en toile beige qui mettaient en valeur le hâle de sa peau. Rasé de près, le regard vif, il paraissait beaucoup plus jeune qu'il ne l'était.

— Quels sont les nouveaux éléments dont vous souhaitiez me parler ?

— Eh bien, comme je vous l'ai dit, je suis retournée voir Gabriel ce midi. Je lui ai demandé de me montrer la lettre que Camille aurait soi-disant laissée avant de partir. Il m'a répondu l'avoir jetée. Évidemment il mentait ! Pour moi, il n'y a jamais eu de lettre.

Le gendarme leva un sourcil interrogateur.

— Qu'est-ce qui vous permet de l'affirmer ?

— Il était nerveux… et manifestement pressé de me voir partir. J'ai fait semblant de regagner ma voiture, puis je me suis cachée derrière un buisson. J'avais une vue imprenable sur la baie vitrée du salon. C'est là que je l'ai reconnue…

Elle eut un rire nerveux.

— Faut avouer que ce n'est pas le genre de femme qu'on oublie : cheveux blond platine, faux ongles, faux cils. Une vraie pétasse !

— De qui parlez-vous au juste ?

— De la femme avec laquelle Gabriel trompe Camille !

— Comment pouvez-vous être certaine qu'il s'agit de sa maîtresse ?

— Vous voulez que je vous fasse un dessin ? Ils étaient allongés sur le canapé et…

— Passez-moi les détails, je vous prie. Vous l'aviez déjà vue ?

Cassidy marqua un temps d'arrêt. Elle ne pouvait décemment pas lui avouer qu'elle avait joué les détectives privés. L'image qu'il avait d'elle était déjà bien entachée. Inutile d'en rajouter.

— Il m'est arrivé de la croiser dans le bourg une ou deux fois… peut-être plus.

Hadrien avait cessé de marcher. Il la regardait avec un drôle d'air. Elle détourna la tête par crainte qu'il ne sonde son âme.

— Cette femme ne recule devant rien !

Elle avait haussé le ton.

— Comme si ça ne lui suffisait pas de s'être accaparé le mari de Camille, elle s'est aussi approprié sa garde-robe. Quel culot ! Elle se pavanait avec son chemisier sur le dos, vous vous rendez compte ?

— Vous avez pu confondre…

— Non, impossible ! trancha-t-elle. C'est celui que j'avais offert à Camille l'été dernier. Je l'avais acheté dans une petite boutique de créateurs à La Rochelle. Un modèle unique qui m'avait coûté les yeux de la tête. Quand je l'ai vue avec… j'ai eu envie de l'étriper !

Elle reprit son souffle.

— Et ce n'est pas tout… Figurez-vous qu'elle a dormi dans le lit de Camille !

Le gendarme lui demanda d'où elle tenait cette information pour le moins singulière.

Cassidy repoussa distraitement de la main une mèche de ses cheveux qui flottait sur son front. Elle la cala derrière son oreille, histoire de gagner un peu de temps. Mensonge ou vérité ? Piètre menteuse, elle opta pour la seconde.

— D'après vous ? demanda-t-elle d'un air de défi.

Les traits de son interlocuteur se crispèrent.

— Ne me dites pas que vous êtes entrée dans la maison !

Elle feignit de ne pas avoir entendu la remarque et poursuivit son récit avec plus d'entrain.

— J'ai attendu qu'ils s'installent dans la cuisine pour déjeuner. Après avoir escaladé le portillon qui donne accès au jardin, je me suis glissée dans la chambre par la porte-fenêtre. Ce fut un jeu d'enfant, je connais les lieux comme ma poche.

— La violation d'un domicile est passible d'une peine d'emprisonnement, crut-il nécessaire de préciser.

Elle leva les yeux au ciel.

— Si vous pensez que ce genre de détail m'arrête…

Cassidy avait travaillé pour le compte d'un huissier de justice. Ce notable qui profitait avec largesse des prérogatives de sa fonction lui avait tout appris. Douée d'un esprit vif, persévérante – certains diront obstinée – elle avait par la suite monté sa propre agence de recouvrement. Son efficacité lui avait valu une solide réputation dans le milieu.

— Attendez d'entendre la suite et vous conviendrez que j'ai bien fait d'entrer dans leur chambre.

— J'en doute fort, répliqua-t-il, comme se parlant à lui-même.

Quelles que soient les révélations qu'elle s'apprêtait à lui faire, Hadrien ne pouvait cautionner les agissements de la jeune femme. Au vu du portrait à charge qu'elle avait brossé du mari, elle avait par ailleurs pris des risques inconsidérés. Sans qu'il n'osât se l'avouer, une pointe d'admiration sourdait en lui.

— Ce n'était pas le parfum de Camille sur l'oreiller, précisa-t-elle. Pendant que j'y étais, j'en ai profité pour jeter un œil au dressing ; les vêtements de Camille étaient tous là… y compris ses préférés. Dans la salle de bain, même constat ; son maquillage, ses crèmes de soin étaient posés sur les étagères. Dans le coffret à bijoux, il y avait ses colliers, ses bagues, et notamment celle que sa grande tante lui avait offerte pour la naissance de Clara.

— Ça ne prouve rien.

— Vous connaissez beaucoup de femmes qui partiraient sans emporter leurs bijoux avec elles, ou leur maquillage ?

Il s'abstint de répondre. Oui, il en connaissait une. Émilie Girard était le genre de profil à tout plaquer sur un coup de tête, sans rien prendre avec elle qui lui rappelerait sa vie d'avant. Le souvenir de la bague sertie d'émeraude tournait en boucle dans sa tête. L'Auvergnat n'avait pas perdu de temps pour faire sa demande. Elle avait accepté avec la même promptitude. Il serra les poings.

15

— Vous m'écoutez ?

— Je vous demande pardon, j'avais l'esprit ailleurs, avoua Hadrien.

— Je vous disais qu'avant de revenir sur mes pas, je les ai entendus se disputer. J'ignore quel en était le motif, mais ça avait l'air sérieux. Gabriel était furieux. En plus des photos que j'ai prises, j'ai un enregistrement sur mon mobile.

Décontenancé par l'audace de son interlocutrice, le gendarme resta sans voix. Elle ne s'était visiblement imposé aucune limite.

Elle plongea la main dans son sac à la recherche de son portable.

— Je peux vous montrer les preuves…

L'adjudant-chef l'arrêta d'un geste.

— Ce n'est pas nécessaire. Après ce que je viens d'entendre, je vous crois sur parole.

Une lueur vive illumina le visage de Cassidy.

— Ça signifie que vous allez enfin m'aider à retrouver Camille ?

Le gendarme se tourna vers elle, le front plissé.

— Je regrette, mademoiselle Higgins, mais il n'y a toujours pas matière à ouvrir une enquête. Au regard de la loi, tromper son conjoint ne constitue pas un délit.

Le visage de Cassidy se décomposa en une fraction de seconde.

— Vous plaisantez ? Après tout ce que je viens de vous dire…

Un lourd silence les enveloppa tous les deux.

Alors qu'ils empruntaient la passerelle en bois qui reliait les deux rives de l'étang, Cassidy s'immobilisa au milieu de la structure.

— La disparition d'un enfant est-elle soumise aux mêmes règles que celle d'un adulte ?

— Non, pour les mineurs, la procédure est simplifiée. Pourquoi me posez-vous cette question ?

— Parce que j'ignore où se trouve leur fille. Gabriel m'a assuré que Clara était chez ses parents, en Bretagne. Il devait aller la chercher ce matin. Or, quand je suis passée, elle n'était pas à la maison.

— Il suffit de les appeler pour être fixé.

— C'est ce que j'ai fait.

Le militaire n'en fut pas étonné.

— Que vous ont-ils dit ?

— Rien, justement. À peine ont-ils entendu ma voix qu'ils m'ont raccroché au nez !

— Tout dépend sur quel ton vous les avez interrogés…

— Pour qui me prenez-vous ? s'offusqua la jeune femme dans un haussement d'épaules. Je sais me montrer diplomate quand c'est nécessaire.

Bien qu'il n'en pensât pas moins, il ne fit aucun commentaire.

— J'ai le sentiment qu'ils me cachent quelque chose eux aussi. Ils n'ont aucune raison de se comporter ainsi avec moi.

— Avez-vous d'autres éléments à me communiquer ?

Cassidy hocha la tête. Il y avait ce mystérieux individu qui résidait en face du couple.

— Camille m'avait confié qu'elle se sentait espionnée par son nouveau voisin. Moi-même, j'en ai fait l'expérience lorsque je suis allée la voir. Il reste planqué derrière ses rideaux à longueur de journée, sans bouger. C'est flippant ! Il faudrait aller sonner à sa porte… Depuis son poste d'observation, il a certainement vu des choses.

— Je suis étonné que vous ne l'ayez pas déjà fait, ironisa-t-il, le sourire narquois aux lèvres.

— Sans le molosse qui monte la garde devant sa porte, ce serait déjà fait !

— Vous avez aussi la phobie des animaux ?

Cette allusion à son attaque de panique, place Aristide Briand, la déstabilisa.

16

— Avez-vous réussi à parler au musicien du groupe ?

— Oui, mais il est clair que j'ai perdu mon temps. Il n'a pas vu Camille depuis plusieurs semaines.

— Pourquoi pensiez-vous qu'il aurait pu vous aider ?

Elle eut un moment d'hésitation.

— Une intuition, rien de plus.

— Si vous voulez que je vous aide, il serait judicieux de ne rien me cacher, mademoiselle Higgins. Quel lien entretient-il avec votre amie ?

— C'est un client du salon…

Elle parut embarrassée. Il semblait attendre la suite, elle joua cartes sur table.

— Zacharie avait flashé sur Camille, il y a quelques mois de cela.

— Je vois…

— Ce n'est pas du tout ce que vous imaginez, se récria-t-elle comme s'il s'agissait de sa propre personne. Camille a toujours été fidèle à son mari. Dieu sait pourtant qu'elle aurait eu de bonnes raisons de le tromper ! Depuis la naissance de Clara, elle était transparente aux yeux de Gabriel.

— Il n'y a jamais rien eu entre eux ?

— J'imagine qu'au début, elle s'est sentie flattée qu'un homme aussi jeune s'intéresse à elle. D'autant que Zacharie est plutôt séduisant. Camille est une femme droite et honnête. Elle n'aurait jamais pris le risque de s'attirer les foudres de Gabriel. Elle le savait capable du pire, quand bien même elle n'aurait fait que lui rendre la pareille, ajouta-t-elle avec cynisme.

Il lui lança un regard réprobateur.

— Je ne suis pas un adepte de la loi du talion !

— Elle non plus. Dès le début, elle a repoussé ses avances. Mais Zacharie s'est obstiné. Il a commencé à lui envoyer des textos suggestifs, puis des mails enflammés. Le jour où il est venu sonner à sa porte pour lui apporter des fleurs, elle a pris peur. C'est à ce moment-là qu'elle s'est confiée à moi. Je lui ai conseillé de le menacer de porter plainte pour harcèlement.

— Comment a-t-il réagi ?

— Du jour au lendemain, il a cessé de l'importuner. Elle n'a plus jamais entendu parler de lui.

— C'est ce qu'elle vous a dit ?

Cassidy inclina la tête sur le côté.

— Je ne comprends pas votre insinuation, fit-elle.

— Ce n'en était pas une. Quelle a été la réaction de Zacharie lorsque vous lui avez appris que votre amie avait quitté son mari et que depuis vous étiez sans nouvelles ?

— Il paraissait inquiet… Non, il était très inquiet, corrigea-t-elle.

Un voile sombre passa dans le regard du militaire.

— Votre sixième sens ?

— Je sais très bien ce que vous pensez…

— Vraiment ? Je serais curieux de vous l'entendre dire.

Cassidy se mordit la lèvre inférieure. Elle regrettait de s'être aventurée sur ce terrain.

— Savez-vous si le mari avait accès au téléphone et à la boîte mail de votre amie ?

— Je l'ignore mais Camille m'a certifié qu'elle prenait soin d'effacer les messages au fur et à mesure.

— Avec un bon logiciel, restaurer les données est un jeu d'enfant.

Elle eut un mouvement d'épaules.

— Gabriel est une vraie bille en informatique ! L'ordinateur c'est pas son truc. À la maison, c'est Camille qui s'occupait de tout ce qui avait trait au numérique. À mon avis, il n'y aura même pas songé. Il était à des années-lumière d'imaginer qu'un autre homme puisse s'intéresser à sa femme.

Hadrien eut l'air d'en douter.

17

— Comment votre amie a-t-elle découvert l'adultère de son époux ?

Cassidy se mordit la lèvre inférieure. Elle jugea inutile de ternir un peu plus l'image que le gendarme se faisait d'elle. Elle expliqua, sans entrer dans les détails, que Camille avait reçu des photos dans sa boîte aux lettres. Dans une grande enveloppe, sans affranchissement, précisa-t-elle. De telle sorte qu'il lui avait été strictement impossible de déterminer leur provenance.

Curieusement, le gendarme ne lui posa aucune question à ce sujet. Il se contenta de lui demander à quand remontait cette « découverte ».

— C'était la veille de sa disparition. Et c'est principalement pour cette raison que je suis inquiète. Connaissant Camille, elle a dû demander des explications à Gabriel en rentrant chez elle. Vu le tempérament de Gabriel, il y a fort à parier qu'il se soit mis en colère.

Elle se tut avant d'ajouter à mi-voix :

— Gabriel tient plus à sa réputation et ses intérêts qu'à sa propre vie…

— Qu'est-ce qui vous fait dire ça ?

— Ça fait longtemps que leur couple bat de l'aile. Pour être honnête, je pense qu'il ne l'a jamais réellement aimée. Pourtant, il s'est marié avec elle et par la suite, n'a jamais voulu divorcer.

Hadrien marchait à pas lents, les mains croisées dans le dos, le front pensif.

Sa réflexion fut interrompue par la vibration de son téléphone. Après avoir pris connaissance du message affiché sur l'écran, il le rangea dans la poche arrière de son pantalon. Cassidy scruta ses traits à la recherche d'une émotion. Elle n'y lut que ce que le gendarme laissa paraître tant il contrôlait les muscles de son visage. Une forme de froideur incarnée, une indifférence feinte.

— Je dois rejoindre mes collègues, annonça-t-il.

— Je pensais que vous aviez la soirée devant vous.

— Moi aussi.

Elle décela dans sa voix une pointe de lassitude.

— Trois de mes collègues sont tombés malades en même temps, expliqua-t-il. Je vais devoir renoncer à mes projets de week-end.

Elle eut envie de lui demander ce qu'il avait prévu, par simple curiosité. Cette question lui sembla incongrue et elle y renonça.

— L'adjudant Belfort ? s'enquit Cassidy.

Hadrien acquiesça.

— Il a les mêmes symptômes que les deux autres, en moins grave.

— Grave à quel point ?

— L'adjudant Paul Landrin, le premier à avoir déclaré les symptômes, vient d'être transporté aux CHU de Nantes. Son état est jugé préoccupant.

— Ce pourrait être une épidémie ?

— Les médecins pensent plutôt à une intoxication alimentaire.

La jeune femme en fut navrée.

— L'adjudant Belfort n'avait pas l'air en grande forme vendredi matin.

Hadrien releva la tête.

— La conversation que vous avez eue avec lui lorsqu'il vous a raccompagnée à la porte l'a pas mal chamboulé, répliqua-t-il sans la regarder.

Elle s'immobilisa au milieu du sentier et le considéra avec étonnement. L'accusait-il d'être responsable de l'état de santé de son collègue ?

— Je vous demande pardon ? s'offusqua-t-elle.

— Nous en reparlerons une prochaine fois. Ce n'est pas le moment…

Il enfonça les poings dans les poches de son pantalon.

— Je vous raccompagne à votre voiture ?

Il avait parlé d'une voix douce.

— Je vais profiter encore un peu de la fraîcheur du parc. Mon appartement est exposé plein sud ; je ne suis pas pressée de le rejoindre.

L'adjudant-chef la salua d'un signe de tête et fit quelques pas avant de se retourner vers elle.

— J'irai interroger Gabriel Mancini demain dans le courant de la matinée. Je vous tiens informée.

Cassidy n'eut pas le temps de le remercier que déjà il s'éloignait en direction du bourg. Elle le suivit des yeux jusqu'à ce que son ombre disparaisse en haut des marches de l'hôtel de ville.

Quel personnage énigmatique ! songea Cassidy. Elle ne put s'empêcher de sourire en se remémorant leur rencontre devant le portail de la gendarmerie. Au premier abord, il lui était apparu hautain, d'une froideur implacable. Force était de constater que ce n'était là qu'une façade. Il avait accepté de l'aider à élucider le mystère qui enveloppait la disparition de Camille. Elle ne serait plus seule désormais à tenter de comprendre ce qui s'était réellement passé ce vendredi 13 juin.

Elle demeura un long moment assise sur un banc à l'ombre d'un saule pleureur, dont les branches au port retombant formaient une coiffe majestueuse, une voûte protectrice. Bercée par le frémissement du feuillage, elle s'efforça de ne penser à rien d'autre qu'à l'instant présent. Elle promena son regard sur l'étendue d'eau miroitante qui s'offrait à elle. Ses paupières se baissèrent sans qu'elle s'en rendît compte. Elle glissa peu à peu dans un état proche de l'endormissement. La forme évanescente, d'un blanc transparent, lui apparut en songe, flottant à la surface de ce qu'elle prit pour un lac. Les cheveux déployés autour de sa tête formaient une corolle flavescente, à laquelle se mêlaient des branchages et des feuilles mortes.

Des cris d'enfants la tirèrent brutalement de ses pensées. Ils chahutaient à quelques pas d'elle, au bord de l'eau, sous la surveillance d'un couple d'une vingtaine d'années. Le plus âgé des deux martyrisait une rainette qui tentait désespérément d'échapper à son bourreau. Quand ils relâchèrent la créature à l'eau, inerte, elle flotta sur le dos, offrant son petit ventre blanc aux derniers rayons du soleil.

L'âme en peine, Cassidy se mit sur ses deux jambes et délaissa le banc. La tête lourde, elle contourna l'étang et remonta l'allée qui serpentait vers le parking du Super U. Elle eut alors la sensation d'être observée. Oppressée, elle se retourna à plusieurs reprises. Elle ne vit personne.

18

Dimanche 22 juin, fin d'après-midi

Étendue de tout son long sur le canapé en velours mauve, Cassidy somnolait, la tête calée entre les coussins en organza. Des rayons de soleil filtraient au travers des stores baissés. La température flirtait avec les 33 °C.

Les muscles ankylosés, elle avait la sensation de s'enfoncer millimètre par millimètre dans les profondeurs du matelas, hypnotisée par le ronronnement poussif du ventilateur. Le bruit du moteur lui parvenait comme dans un rêve lointain et diffus.

N'ayant pas prévu de mettre un pied en dehors de l'appartement et n'attendant aucune visite, elle avait opté pour une tenue décontractée. Un simple débardeur porté sur un vieux shorty délavé. Le seul qu'elle arrivait encore à enfiler sans faire craquer les coutures.

Peu encline à faire du shopping dans des boutiques bondées de corps suants, encore moins adepte des ventes en ligne, qui constituaient à son sens un véritable désastre écologique, elle se contentait de ses vieilles fringues. Elle entendait bien les user jusqu'au bout.

Le plateau déjeuner était posé devant elle sur la table basse. Elle n'y avait pas touché. Cassidy avait englouti de grands verres d'eau pour apaiser cette sensation de bouche sèche, cette amertume qui tapissait sa langue. Elle s'était réveillée le matin avec un mal de crâne à se frapper la tête contre les murs. Les deux cachets de Doliprane qu'elle avait pris coup sur coup avaient peiné à dissiper cette impression de marteau piqueur qui s'acharnait de chaque côté de ses tempes. Une vraie gueule de bois, sans avoir bu… avait-elle déploré en ouvrant les yeux au petit jour.

Curieusement, elle gardait un souvenir confus de ce qu'elle avait fait la veille au soir après avoir bu sa tisane au gingembre. Elle s'était endormie sur son lit sans avoir pris la peine de se dévêtir. Elle avait dormi d'une traite, d'un sommeil de plomb. Des mois que cela ne lui était pas arrivé.

La matinée s'était écoulée au rythme lent et régulier d'un sablier. La tête dans un étau, elle avait surfé sur les réseaux sociaux dans l'espoir d'entrer en contact avec des connaissances de Camille. À titre personnel, elle n'était inscrite sur aucun d'entre eux. Elle n'avait pas de temps à gaspiller avec ce genre d'inepties ; ses journées étaient suffisamment chargées.

En revanche, pour ses investigations professionnelles, elle s'était créé plusieurs profils. Ses fausses identités numériques constituaient un sérieux atout pour confondre les imposteurs qui devaient de l'argent aux clients qui l'avaient mandatée. En quelques clics, elle confrontait leur prétendue insolvabilité au train de vie qu'ils affichaient sur la toile : voyages, restaurants, achats onéreux… tout était passé au crible. En l'espace de trois ans, SKYE Recouvrement avait doublé son chiffre d'affaires.

Cassidy avait été effarée de constater que son amie s'était créé un réseau aussi dense. Plusieurs centaines d'abonnés likaient, commentaient les publications dans lesquelles elle exposait sa vie et celle de sa famille, sans appliquer le moindre filtre. Toutes ses publications étaient accessibles au grand public. N'importe quel détraqué avait accès à ses données personnelles.

Cassidy avait fulminé derrière l'écran de son ordinateur en découvrant que Camille avait également posté des photos d'elle. Les clichés remontaient à une dizaine d'années. Son amie avait organisé une soirée pour fêter l'obtention de son BTS esthétique. Cassidy y apparaissait vêtue d'une élégante robe en satin noire. À l'époque, elle glissait dans du 36 sans effort. À présent, il lui fallait se contorsionner pour entrer dans du 42. Camille, elle, était restée plate comme une planche à pain, malgré la naissance de Clara.

En début d'après-midi, Cassidy avait dû se rendre à l'évidence ; ses recherches s'étaient toutes avérées infructueuses. Aucun des soi-disant « amis » de Camille n'avaient été en mesure de l'aider à comprendre ce qui avait bien pu se passer ce vendredi 13 juin. La jeune femme semblait s'être évaporée après avoir quitté le salon de coiffure.

Après une longue hésitation, Cassidy avait pris la décision de diffuser un avis de recherche sur les réseaux sociaux.

« Camille Mancini, âge : 29 ans, taille : 1m62 poids 55 kg, corpulence : mince, blonde aux yeux noisette, signe distinctif : tatouage épaule droite, une rose noire cerclée d'un croissant de lune. Disparue vendredi 13 juin, commune de Carquefou ».

Elle y avait joint une photographie, prise quelques semaines plus tôt dans le parc de la Roseraie à la Beaujoire. Cassidy éprouva un pincement au cœur en contemplant le visage insouciant de son amie.

« Où es-tu Camille », murmura-t-elle en effleurant l'écran du revers de son index.

Dans les heures qui avaient suivi, elle avait reçu de nombreux messages de soutien d'inconnus, des témoignages de personnes confrontées à la disparition d'un proche ; elle avait tenu à remercier chacune d'entre elles. Sans compter les innombrables commentaires grivois de la gent masculine. Sous le coup de la colère, elle avait été tentée de leur répondre, de leur dire à quel point ils étaient pathétiques. Mais à quoi bon ?

L'indifférence n'était-elle pas la plus grande marque de mépris ?

Épuisée, elle s'était assoupie devant un documentaire diffusé sur Arte. Les grands pharaons de l'Égypte ancienne avaient rapidement cédé la place aux visions qui étaient revenues la tourmenter. La même silhouette blafarde, à ceci près que l'arrière-plan lui était apparu plus sombre, couleur mordorée. Ce détail à lui seul avait suffi à l'inquiéter. Le cours du destin était-il en train de se modifier ?

Le perroquet, accablé lui aussi par la chaleur écrasante, avait renoncé à faire des aller-retour dans la pièce et des acrobaties pour attirer l'attention de sa jeune maîtresse. Il s'était lové dans le creux de son cou. Sa tête couverte d'un duvet soyeux était enfouie dans la chevelure de Cassidy. Il dormait paisiblement, un œil grand ouvert, semblant veiller sur sa maîtresse.

Aux environs de 16h45, la sonnette de l'entrée retentit. Les membres engourdis, les paupières gonflées de sommeil, Cassidy se dressa sur un coude. Elle pensa avoir rêvé.

La boule de plumes roses roula dans le creux du matelas, l'œil vitreux fixé sur le vide. Cassidy sourit avec tendresse. À présent que Camille n'était plus là, Barbie était sa seule confidente. S'il était vrai que l'oiseau lui tapait parfois sur le système, elle appréciait le réconfort que cette petite bête lui apportait.

Des coups rapprochés à la porte la décidèrent à quitter le canapé. À cette heure-ci, cela ne pouvait être que sa voisine de palier. Fantine avait pris cette fâcheuse habitude de la solliciter à n'importe quelle heure du jour et la nuit. Que ce soit pour l'aider à enfiler ses bas de contention ou à régler les chaînes de sa télévision, Cassidy répondait toujours présente en raison de l'affection qu'elle lui portait. Depuis que la vieille dame avait fait un AVC à l'automne dernier, la jeune femme redoublait d'attention à son égard.

Elle ouvrit la porte. Sa main se figea sur la poignée.

Les yeux comme deux ronds de flan, elle considéra son visiteur avec stupeur. L'adjudant-chef

Velganni était planté sur le paillasson, dans son uniforme bleu. Il ne souriait pas. Sous son apparence flegmatique, on devinait aisément qu'il contrôlait sa nervosité.

19

— Je n'arrivais pas à vous joindre sur votre téléphone, déclara l'adjudant-chef Velganni.

Cassidy tira machinalement sur l'ourlet de son shorty. Cette tentative désespérée pour le rallonger de quelques centimètres ne passa pas inaperçue.

Embarrassée, elle bredouilla quelques mots inintelligibles. Le gendarme comprit qu'elle avait égaré son téléphone portable. Probablement chez elle. Mais où ? Elle n'en savait rien.

— Puis-je entrer ?

Cassidy fit un pas de côté et le laissa pénétrer dans l'appartement. Sous son débardeur, son cœur s'affola. Les lieux étaient dans un bazar innommable.

Le militaire se dirigea vers le salon, l'air grave. Elle attrapa la tunique à fleurs suspendue au portemanteau de l'entrée et s'en revêtit illico presto après s'être assurée qu'il avait le dos tourné.

Dans la pièce principale, le gendarme fut accueilli par les cris d'alerte du perroquet. Apeuré, il s'était réfugié dans la volière.

L'adjudant-chef jeta un regard oblique au volatile qui du haut de son perchoir battait l'air de ses ailes flamboyantes en poussant des cris perçants.

— Ne vous inquiétez pas, elle n'est pas méchante ; elle cherche juste à vous impressionner. Barbie n'a pas l'habitude de recevoir de la visite, se défendit-elle.

Le gendarme se tint à bonne distance de la cage, gardant l'animal dans son champ de vision, plus par habitude que par crainte.

Alors qu'il s'apprêtait à exposer le motif de sa venue, l'oiseau entrouvrit son bec crochu.

« Elle n'est pas méchante. »

Il avait imité l'intonation de sa maîtresse à la perfection.

Hadrien leva un sourcil. Le perroquet se déplaça avec une agilité déconcertante jusqu'à l'extrémité du perchoir. Il glissa sa tête entre les barreaux de la volière.

« Un petit bisou », prononça-t-il sur le même timbre de voix, la tête légèrement inclinée sur le côté.

Cassidy lui fit les gros yeux puis se tourna vers le gendarme :

— Vous devriez vous sentir flatter ; d'ordinaire elle se montre moins affectueuse.

Hadrien s'approcha de la volière.

— Elle comprend ce qu'elle dit ?

Cassidy haussa les épaules en signe d'ignorance.

— De quelle espèce s'agit-il ? demanda-t-il en approchant sa main de la cage.

— Je vous déconseille d'y mettre les doigts. Les perroquets restent des animaux imprévisibles. Pour répondre à votre question, Barbie appartient à la famille des cacatoès rosalbins. Cette race est originaire d'Australie. Vous vous y connaissez en oiseaux?

Les pupilles du gendarme étaient singulièrement contractées.

— Seulement ceux qui se retrouvent dans ma ligne de mire.

Cassidy frémit à la pensée que l'homme qui se trouvait près de la cage de Barbie était un chasseur. Quel plaisir pouvait-il éprouver à tuer des animaux sans défense? Non, vraiment, elle ne comprenait pas. Elle se fit violence pour ne pas entrer en débat avec lui. Ce n'était ni le moment ni l'endroit. Elle se promit d'y revenir si une prochaine occasion se présentait à elle.

— Qu'aviez-vous à me dire? demanda-t-elle sèchement.

Il parut embarrassé.

— Il serait souhaitable que vous vous asseyiez…

20

Le moteur du ventilateur émit un bruit sourd, comme s'il allait rendre son dernier souffle. Cassidy l'éteignit et se laissa glisser dans le rocking-chair. Il s'installa dans le canapé qui lui faisait face.

— Je suis allé rendre visite à Gabriel Mancini en début de matinée.

— Clara était avec lui ? Et sa blondasse ?

— Il était seul.

Cassidy se mit à se balancer sur la chaise dans un grincement sourd. Elle aurait préféré que la maîtresse de Gabriel soit présente. Le gendarme aurait constaté par lui-même la promptitude avec laquelle Gabriel avait remplacé sa femme.

— Je suppose qu'il vous a raconté les mêmes bobards qu'à moi… à commencer par cette histoire de lettre que Camille aurait écrite avant de partir.

Elle eut un rire forcé.

— J'ai vu cette lettre.

Les yeux écarquillés, Cassidy cessa de se balancer d'avant en arrière.

— Je peux la voir ?

— Cela ne vous apportera rien. Votre amie lui

demande de s'occuper de leur fille et de ne pas chercher à la joindre.

— Elle n'a donné aucune explication ?

— Aucune.

— Gabriel a très bien pu l'écrire lui-même... Montrez-la moi et je vous dirai s'il s'agit bien de l'écriture de Camille.

— La lettre est dactylographiée.

Comme s'il devinait ce qu'elle s'apprêtait à dire, il la devança :

— J'ai eu accès à l'ordinateur de votre amie. Le fichier est daté du vendredi 13 juin à 16 h 30, soit trente minutes après son départ du salon. J'ai également consulté sa boite mail. Elle avait réservé un aller simple pour Genève, au départ de Nantes ce même jour. Le billet de train a été réglé avec sa carte bleue. Cette transaction apparaît sur son relevé de compte bancaire.

— Genève ? Mais c'est absurde ! Elle ne connaît personne là-bas. Elle n'y est jamais allée.

Elle déglutit avant de reprendre :

— Comment expliquez-vous que sa voiture soit garée devant chez elle ?

— Gabriel Mancini a déclaré qu'il l'avait récupérée le lendemain matin. Elle était garée dans une rue située près de l'allée Baco. Il l'a retrouvée via un système de géolocalisation.

— Vous ne croyez tout de même pas ces salades ? Camille n'a jamais pris le train de sa vie. Ni l'avion d'ailleurs. Elle a le mal des transports.

— Les caméras de surveillance de la gare SNCF nous permettront de savoir si oui ou non elle est montée dans ce train.

Il y eut un bruissement d'ailes. Le perroquet s'était hasardé en dehors de la volière. Juché en haut de la bibliothèque, il surplombait le salon. De son œil scrutateur, il fixait l'uniforme.

— Vous êtes venu jusqu'ici pour me dire que Camille s'est offert des vacances en Suisse et que votre enquête s'arrête là ! C'est bien ça ?

Le regard du gendarme s'assombrit. Il croisa les doigts sur ses genoux.

— L'enquête ne fait que commencer. Gabriel Mancini vient d'être placé en garde à vue, annonça-t-il d'une voix grave.

Cassidy se mordit les lèvres sous l'effet de surprise. Le gendarme se pencha en avant.

— Ce que je vous dis ne sortira pas de cette pièce, entendu ?

Elle hocha vivement le menton.

— Avant de partir, j'ai demandé à voir le véhicule. L'habitacle était nickel. Pas la moindre fibre, pas le moindre cheveu. En revanche, dans le coffre, le tapis était imprégné d'une odeur âcre. Il avait été souillé par de l'urine. Gabriel Mancini est devenu nerveux. Il n'a pu me fournir aucune explication.

Le cœur de Cassidy se mit à cogner fort dans sa poitrine.

— J'ai obtenu l'accord du Parquet de Nantes pour une ouverture d'enquête. Nous avons perquisitionné le domicile en début d'après-midi.

— Vous avez trouvé quelque chose ?

Hadrien hésita.

— Je vous promets de ne rien dire…

— Je le sais…

Son regard noir enveloppa Cassidy.

Elle comprit alors qu'il y avait autre chose. Son sang afflua à l'arrière de son crâne, comme si elle eût reçu un coup derrière la tête.

— Dites-moi, je vous en prie.

— Le luminol a permis de mettre en évidence des projections de sang dans la cuisine, au niveau de l'un des barreaux d'une chaise. Les prélèvements ont été envoyés au laboratoire pour être comparés à l'ADN de votre amie. Nous devrions recevoir les résultats demain dans le courant de la matinée.

— Vous pensez qu'il s'agit du sang de…

Elle n'eut pas la force d'achever sa phrase. Une ligne horizontale barra le front du gendarme.

— J'ai quelques doutes à ce sujet. Selon les techniciens, les projections sont récentes, une vingtaine d'heures tout au plus. Or, votre amie a disparu depuis une semaine.

Les traits du visage de Cassidy se détendirent ostensiblement. Les couleurs revinrent peu à peu sur ses joues.

— Gabriel vous a donné une explication ?

Non, Gabriel avait été incapable d'en fournir une aux enquêteurs. Pas plus que pour le tapis du coffre. Des prélèvements effectués sur place par l'équipe de la police scientifique avaient révélé qu'il s'agissait bien d'urine provenant d'un être humain. Ils attestaient qu'un corps avait certainement séjourné dans le coffre de la voiture de Camille. Concernant le sang trouvé dans la cuisine, il ne pouvait s'agir de celui de la petite Clara. Elle était en garde chez ses grands-parents à Quimper depuis plusieurs jours. Hadrien les avait appelés sitôt après cette découverte inquiétante. Quant au père, il ne présentait aucune blessure. Cassidy voulut en savoir davantage. Chaque question en amenait une autre. Hadrien éluda chacune d'entre elles. Il en avait déjà dit beaucoup plus qu'il n'était autorisé à le faire.

— Et de votre côté? demanda-t-il comme pour changer de sujet.

Cassidy lui fit part de ses recherches sur le Net, de l'avis de recherche qui n'avait rien donné jusqu'à présent. Elle s'apprêtait à évoquer ses nouvelles visions quand le gendarme l'interrompit d'un geste de la main.

— L'audition de Gabriel Mancini va reprendre dans quelques minutes. Je dois filer.

— Vous me tiendrez informée?

Le gendarme balaya la pièce.

— J'ai cru comprendre en arrivant que vous aviez égaré votre portable. Vous avez un téléphone fixe?

Elle lui expliqua qu'elle avait renoncé à en avoir un à cause des démarchages en ligne intempestifs.

— Je ne sais pas ce que j'en ai fait et je n'arrive plus à remettre la main dessus.

Elle repoussa une mèche cuivrée qui avait glissé sur son front.

— Quand est-ce que vous l'avez vu la dernière fois?

— Hier soir, avant de me coucher. Je l'ai branché dans la cuisine, comme je le fais d'habitude. Ce matin à mon réveil, il n'était plus sur le meuble.

— Il ne doit pas être bien loin, finit-il par dire après avoir promené son regard dans la pièce.

Il se mit sur ses deux jambes, imité par Cassidy. Dans un bruissement d'ailes, le perroquet descendit aussitôt de son perchoir et vint se poser avec douceur sur l'épaule de sa maîtresse. De son index, Cassidy effleura sa huppe blanche en chuchotant :

— Eh bien, ma belle, qu'est-ce qui t'arrive ?

Le plumage du volatile frémissait ostensiblement alors qu'il n'y avait pas un souffle d'air dans la pièce.

— Je ne sais pas ce qu'elle a aujourd'hui ; je ne peux plus faire un pas sans qu'elle me colle.

Ils se dirigèrent en silence vers le couloir. Au moment où Hadrien passa devant la jeune femme, l'oiseau, bec ouvert, se dressa, déployant ses ailes comme s'il eût voulu prendre son envol. De peur qu'il ne se jette sur le gendarme, Cassidy le retint de ses deux mains.

— Qu'est-ce qui te prend, Barbie ? T'es pas bien ou quoi ?

« Pas gentil ! Pas gentil » répéta le perroquet d'une voix enrouée.

Hadrien jeta un bref coup d'œil à l'animal qui le fixait de ses pupilles dilatées. Il lui parut nettement moins sympathique qu'à son arrivée.

— Attendez une seconde, je reviens.

Cassidy alla remettre l'animal dans sa cage, non sans l'avoir sermonné. Alors qu'elle refermait la porte de la volière, le gendarme reçut un appel.

Le corps sans vie d'une jeune femme venait d'être découvert aux abords de l'Erdre. Sa description correspondait à celle de Camille Mancini.

De retour dans l'entrée, elle lut dans son regard que quelque chose de grave était arrivé. Elle s'appuya contre la desserte en bois. Ses genoux s'entrechoquèrent, ses lèvres tremblèrent sans qu'elle puisse se contrôler.

Hadrien n'eut pas le cœur de la laisser seule dans de telles circonstances. D'autant qu'il lui serait facile de justifier sa présence auprès de ses collègues ; s'il s'agissait bien de Camille Mancini, elle serait en mesure d'identifier le corps.

— Je vous emmène avec moi, si vous voulez, proposa-t-il d'une voix blanche.

21

La Laguna bleue de la gendarmerie avait pris la direction du parc de la Chantrerie, situé à mi-chemin entre la commune de Carquefou et la ville de Nantes.

Une main posée sur le volant, l'autre sur le levier de vitesse, Hadrien n'avait pas desserré les lèvres de tout le trajet. Il jetait de temps en temps des regards inquiets à sa passagère, tout aussi silencieuse que lui.

À l'horizon, des nuages menaçants gangrenaient le bleu du ciel. Un vent chaud et sec s'engouffrait par les vitres abaissées. L'air était oppressant, signe qu'un orage approchait.

Les boucles flottant sur ses épaules nues, Cassidy regardait droit devant elle. Des larmes luisaient au bord de ses paupières. Les bras enroulés autour de son abdomen, elle s'efforçait de contrôler l'angoisse qui grandissait en elle.

Le gendarme avait attendu qu'elle soit assise dans le véhicule pour l'informer de la situation. Un pêcheur avait découvert le corps sans vie d'une femme sous la coque de son bateau. D'après les premiers éléments, il s'agissait d'une femme blonde âgée d'une vingtaine d'années, de taille moyenne, à la silhouette fine. Elle ne portait aucune pièce d'identité sur elle.

En approchant du campus de l'école vétérinaire, Hadrien fut contraint de réduire sa vitesse. Une foule de badauds s'était amassée sur la cinquantaine de mètres qui restait à parcourir. Le parc, ordinairement très fréquenté le dimanche après-midi, avait été évacué par les forces de l'ordre aux environs de quinze heures. Les trottoirs étroits débordaient de curieux qui épiaient les allées et venues des gendarmes par les grilles qui entouraient le domaine. Dans l'attente de la réouverture du parc, de nombreuses familles s'étaient regroupées autour des poussettes et des trottinettes ; les enfants, privés de leur terrain de jeu favori, montraient des signes d'impatience. Armés de petits cailloux et de morceaux de bois glanés au sol, ils visaient au travers des grilles les animaux convalescents de l'école vétérinaire.

Hadrien enclencha le gyrophare pour se frayer un chemin au milieu de cette marée humaine, semblable à celle d'un jour de carnaval. Au son de la sirène deux tons, la foule se fendit en deux pour laisser passer le véhicule de la gendarmerie.

À l'intérieur de l'habitacle, la tension était montée d'un cran. La poitrine de Cassidy se soulevait par intermittence. Une larme perla au coin de ses yeux et roula sur sa joue.

Hadrien posa une main rassurante sur sa cuisse et la retira presque aussitôt, comme s'il regrettait ce geste familier. Au contact des doigts glacés du gendarme, la jeune femme avait frémi.

Le visage d'Hadrien était sans expression, mais elle devinait à ses muscles contractés qu'il maîtrisait ses émotions.

Il mit le clignotant à droite et engagea le véhicule dans l'allée centrale du domaine. Hadrien adressa un signe de tête aux gendarmes en faction devant le portail de l'entrée principale. Les grilles en fer forgé s'ouvrirent sur un immense parc paysager à l'anglaise de dix-huit hectares.

La Laguna progressa à faible allure sur le sentier de terre battue, sillonnant entre les parterres de fleurs et les talus.

Le manoir de la Chantrerie se dressa fièrement au détour d'un bosquet de hêtres pourpres. Cet édifice du XIXe siècle, bâti sur la rive gauche de l'Erdre, dominait la rivière depuis son promontoire.

Cassidy sentit une boule se former au fond de sa gorge. Comme bon nombre de Carquefoliens, chaque été, Camille et elle venaient souvent pique-niquer dans ce havre de paix chargé d'histoire. Elles passaient de longues heures assises sur une couverture sous les séquoias géants qui encerclaient la demeure. Tout en refaisant le monde, elles profitaient des grandes perspectives, des allées courbes qui soulignaient le paysage majestueux de l'Erdre.

Des véhicules de la gendarmerie, ainsi qu'un fourgon de l'identité criminelle, étaient garés sur le parking attenant. Hadrien contourna le manoir par la droite et stationna la Laguna à l'ombre d'un châtaignier.

Il coupa le moteur puis se tourna vers sa passagère.

— Ça va aller ?

Sa voix était calme et douce.

Cassidy ne fut pas en mesure de desserrer les lèvres. Elle fixait le pare-brise, ne pouvant détacher son attention de ce qui se tramait au bord de la rivière.

— Je reviens dès que possible. En attendant, je vous demande de ne pas sortir du véhicule… quoi qu'il arrive, ajouta-t-il en insistant sur ces derniers mots.

22

C'est à peine si la jeune femme perçut le claquement de la portière tant elle était obnubilée par la scène qui se déroulait en contrebas.

Alors qu'Hadrien descendait vers le lit de la rivière, une femme en uniforme semblable à celui qu'il portait vint prestement à sa rencontre. Lorsqu'elle fut à quelques pas de lui, elle désigna la Laguna de sa main droite. Bien que Cassidy ne pût entendre leur échange, elle saisit sans difficulté qu'il était question de sa présence en ces lieux. Elle pinça les lèvres.

Les deux militaires passèrent sous la rubalise qui délimitait un large périmètre au centre duquel se tenaient quatre de leurs collègues. Ils s'entretinrent avec un curieux personnage qui portait un imperméable gris clair. Les techniciens de la police scientifique revêtus de leur combinaison intégrale blanche prenaient des clichés afin de fixer les lieux du drame.

Cassidy eut l'étrange sensation d'assister au tournage d'une série télévisée. Derrière le pare-brise, la scène lui paraissait irréelle, comme hors du temps.

Son attention se fixa sur la masse informe qui gisait aux pieds de l'individu à l'imperméable. Celui-ci, carnet de notes à la main, était penché au-dessus de la housse mortuaire. Malgré son allure débraillée, il focalisait tous les regards. Elle en déduisit qu'il s'agissait du médecin légiste. Hadrien échangea quelques instants avec le praticien, puis enfila une paire de gants chirurgicaux. Cassidy le vit s'accroupir près de la victime. Il manipula le corps avec douceur comme s'il eût craint de l'éveiller.

Cassidy retint sa respiration. Appuyée contre le tableau de bord, elle observait les faits et gestes du gendarme, attentive à ses réactions. Elle lui avait montré l'avis de recherche qu'elle avait posté sur les réseaux sociaux. À moins que le cadavre ne soit dégradé, il était en mesure de l'identifier.

Cassidy reçut un violent coup au thorax en apercevant des mèches blondes dépasser de la housse mortuaire. Elles étaient d'un même blond doré que celles de Camille. Des haut-le-cœur secouèrent son corps de part en part ; une sensation d'étouffement lui fit porter les mains à sa gorge. Peinant à respirer, elle ouvrit la portière et s'extirpa du véhicule. Elle s'adossa à la carrosserie pour reprendre son souffle. C'est à peine si elle sentit la morsure de la tôle brûlante sur sa peau. Chancelante, elle se dirigea vers l'escalier en pierre situé à l'arrière du bâtiment. Elle s'agrippa à la rambarde et se laissa glisser sur la première marche. Elle prit sa tête entre ses mains et ferma les paupières. Ses épaules frissonnèrent au contact de la brise qui effleura sa peau. C'était comme une caresse furtive, à peine perceptible. Une voix lointaine résonna dans sa tête. C'était celle de

Camille. Elle l'appelait par son prénom. Cassidy ouvrit les yeux. Elle était seule.

Elle serra fort les paupières. La voix s'était éteinte. Des larmes roulèrent sur ses joues, rebondirent sur sa poitrine et roulèrent sur le sol, se mêlant à la poussière.

Cassidy demeura ainsi prostrée sur les marches. Une minute, une heure, une éternité… toute notion de temps lui avait échappé.

23

— Je vous avais demandé de ne pas descendre du véhicule, la réprimanda Hadrien quand il l'eut rejointe.

La figure de Cassidy était exsangue, ses yeux verts, translucides.

— Ce n'est pas votre amie, s'empressa-t-il de la rassurer.

Elle voulut parler mais aucun son ne sortit de sa gorge. Avait-elle bien entendu ?

Elle n'osa cligner des yeux de peur qu'il ne s'agisse d'une nouvelle hallucination.

— La victime ne présente aucun tatouage à l'épaule. Ce n'est pas Camille Mancini, répéta-t-il en lui tendant la main pour l'aider à se lever.

Cassidy ne sut si elle devait rire ou pleurer. Camille était vivante ! Submergée par l'émotion, elle fit les deux tout à la fois tandis qu'il l'aidait à se mettre debout.

Elle eut envie de sauter au cou du gendarme porteur de la bonne nouvelle. Elle fut interrompue dans son mouvement par une voix féminine.

— Mademoiselle Higgins!

Cassidy reconnut la jeune femme brune à la silhouette élancée qui était venue à la rencontre d'Hadrien à leur arrivée sur les lieux.

— Lieutenant Émilie Girard, se présenta-t-elle, d'un ton sec, glacial. L'adjudant-chef Velganni a laissé entendre que vous pourriez peut-être identifier la victime. Y consentez-vous ?

— Rien ne vous y oblige, objecta Hadrien. C'est une épreuve difficile, nous comprendrions si vous…

Le lieutenant lui coupa la parole.

— Rien ne vous y oblige, en effet. Néanmoins, vous avez tout intérêt à accepter si vous souhaitez revoir votre amie au plus vite.

Cassidy dévisagea ses interlocuteurs à tour de rôle.

— Je ne comprends pas. Quel est le lien avec Camille ?

Le lieutenant devança Hadrien :

— Nous avons trouvé dans la poche de la victime un ticket de carte bancaire. Après vérification auprès de la banque, il s'avère que le compte est au nom de madame Mancini.

Les jambes en coton, le cœur battant, Cassidy descendit sur les bords de l'Erdre, encadrée par les deux gendarmes. Hadrien souleva la rubalise jaune et noire. Ils pénétrèrent dans le périmètre de sécurité.

Le médecin légiste fit glisser la fermeture de la housse mortuaire de bas en haut, dévoilant progressivement le corps de la victime.

Quand il fut entièrement découvert, Cassidy fut saisie d'effroi. Son sang se glaça dans ses veines, sa poitrine se souleva comme si elle cherchait de l'air. La ressemblance avec la jeune femme de ses visions était frappante. La frêle silhouette flottait dans la housse mortuaire deux fois trop grande pour elle.

Malgré la répulsion que lui inspirait la vue de ce cadavre qui gisait à ses pieds, elle ne détourna pas la tête. Son attention se porta d'abord sur les vêtements de la victime. Ils étaient tâchés d'un rouge sombre.

— La victime a reçu plusieurs coups de couteau au niveau de l'abdomen, commenta le légiste.

D'un geste expert, il écarta les pans de la housse, libérant la couronne de cheveux blonds qui encadrait le visage de la morte. Les mèches dorées frémirent. On eut dit que le cadavre reprenait vie sous le souffle du vent.

Ses yeux étaient vitreux ; sa face cyanosée paraissait sculptée dans le marbre. De fins vaisseaux bleus lézardaient en transparence sous sa peau. La pâleur de son teint contrastait violemment avec la couleur sombre de ses vêtements. L'extrémité de sa langue violacée pendait de ses lèvres grimaçantes.

De prime abord, ce visage à la peau gonflée, aux traits déformés ne lui disait rien. Seule certitude, ce n'était pas celui de Camille. Elle ferma les yeux, les rouvrit et cligna des paupières. Tous les regards étaient rivés sur elle.

— Vous connaissez cette femme, mademoiselle Higgins ? s'impatienta le lieutenant Girard.

Cassidy déglutit avec peine.

— Puis-je voir ce qu'elle porte sous la veste ?

Cette question étonna les gendarmes, excepté Hadrien qui venait de comprendre.

Le légiste s'exécuta.

Cassidy recula de deux pas, les yeux écarquillés.

— C'est la maîtresse de Gabriel, balbutia-t-elle.

— Pouvez-vous décliner son identité ?

— Elle s'appelle Adèle… Adèle Gauthier.

— En êtes-vous bien certaine ?

Cassidy hocha la tête.

— Elle porte le chemisier de mon amie… il n'y a pas de doute possible.

Le lieutenant fit signe au légiste de refermer la housse mortuaire.

— Je vous remercie, mademoiselle Higgins. Nous aurons probablement besoin de votre témoignage dans les jours à venir. Je vous demanderai de ne pas vous éloigner.

Le lieutenant se tourna vers l'un de ses hommes.

— L'adjudant Leguennec va vous reconduire à votre domicile.

— Je m'en charge, intervint Hadrien. Je vous rejoindrai ensuite à la brigade.

Cassidy surprit un échange de regards entre le lieutenant et Hadrien.

Un éclair zébra le ciel à l'horizon, suivi d'un grondement lointain. Les premières gouttes de pluie frappèrent la carrosserie au moment où ils regagnèrent la Laguna.

24

Sur le trajet du retour, Cassidy s'efforça de chasser les images sordides qui revenaient en boucle dans sa tête. Malgré la pluie qui avait un brin rafraîchi l'atmosphère, elle étouffait. Hypnotisée par le balai des essuie-glaces, elle peinait à garder les yeux ouverts dans la moiteur ambiante. Elle éventa son chemisier qui collait à sa peau et jeta un regard en coin au conducteur. Les mains sur le volant, il était étrangement silencieux, comme perdu dans ses pensées.

— Je peux vous poser une question ?

Il opina du menton.

— Comment faites-vous pour vous habituer à…

Elle chercha ses mots.

— On ne s'habitue jamais à voir ce genre de spectacle. L'image de chaque cadavre reste gravée dans nos mémoires. Avec le temps, on apprend seulement à vivre avec.

— Je n'aurais jamais pu exercer votre métier. Je n'ai pas cette faculté de cloisonner.

— Avec des victimes aussi jeunes qu'Adèle Gauthier, c'est un exercice particulièrement difficile, reconnut-il.

Cassidy pinça les lèvres.

— Je n'appréciais guère cette femme, mais ça m'a fait un choc de la voir…

— Vous avez plutôt bien géré, je trouve. D'autres auraient viré de l'œil à la vue du cadavre. Les noyés, ce n'est pas ce qu'il y a de plus facile… Surtout les bleus, comparés aux blancs je veux dire.

— Quelle est la différence ?

— Les blancs sont en quelque sorte de faux noyés ; prenons le cas d'un nageur victime d'une crise cardiaque ou d'un accident vasculaire cérébral. Il va mourir sur le coup sans avoir le temps de s'asphyxier. Les vrais noyés sont congestifs, de couleur pourpre ou bleuâtre en raison des efforts de respiration qui ont transformé leur aspect général au cours de l'agonie.

— Ce ne sont donc pas les coups de couteau qu'elle a reçus à l'abdomen qui l'ont tuée…

— Non. Quelqu'un l'a maintenue sous l'eau le temps que ses poumons se remplissent et qu'elle rende son dernier souffle.

— Je n'oublierai jamais la grimace d'effroi qui était figée sur son visage. Elle a dû se voir mourir, poursuivit-elle, la voix enrouée.

Elle se tut.

— Pensez-vous que le sang retrouvé dans la cuisine de Gabriel puisse être le sien ?

— Il y a de fortes probabilités. On ne va pas tarder à le savoir.

À l'approche du centre équestre, le gendarme se mit à tapoter nerveusement le volant du bout de ses doigts. Ses joues se creusèrent à intervalles réguliers.

La Laguna se gara en bas de l'immeuble de Cassidy. Alors que la jeune femme s'apprêtait à ouvrir la portière, il la retint par le bras.

— Attendez.

Cassidy le regarda avec étonnement.

— Êtes-vous certaine de connaître votre amie aussi bien que vous le dites ?

En un éclair, Cassidy saisit l'allusion.

— Je vous arrête tout de suite ! Si vous pensez que c'est Camille qui a assassiné cette pauvre fille, vous faites fausse route. Elle est incapable de faire du mal à qui que ce soit !

— Avec l'expérience, j'ai appris à me méfier des apparences. Ce sont bien souvent les personnes qui paraissent les plus inoffensives qui en définitive le sont le moins. Aucune piste n'est à écarter dans ce genre d'affaire. Avouez que les circonstances de la disparition de votre amie sont troublantes.

Les joues de Cassidy s'enflammèrent.

— Soupçonnez-moi aussi pendant que vous y êtes ! Je pourrais tout aussi bien avoir tué cette pauvre fille !

Sous l'effet de la tension accumulée, un rire cristallin jaillit de la gorge de la jeune femme.

— Après tout, vous ne savez pas vraiment de quoi je suis capable !

— Réfléchissez à ce que vous dites, mademoiselle Higgins, et à plus forte raison, à qui vous le dites.

Il avait élevé la voix.

Elle se laissa retomber mollement sur le dossier du siège.

— Puisque vous finirez bien par le découvrir, autant vous le dire tout de suite…

Le regard noir du gendarme était braqué sur elle. Elle ne pouvait plus faire marche arrière.

— Les photos de Gabriel et d'Adèle, c'est moi qui les ai prises !

Hadrien roula des yeux.

— Vous les avez suivis ?

— Oui, quelques jours, guère plus. Je voulais avoir des preuves pour que Camille ouvre enfin les yeux.

Il passa une main sur son front et inspira profondément.

— Y a-t-il autre chose que je devrais savoir ?

Elle haussa les épaules avec désinvolture.

— Je vous laisse descendre, conclut-il sèchement.

25

Au même moment, domaine du Bois Noir

Des rais de lumière vive filtraient à travers les interstices du chalet, formant des stries de poussière en suspension. Les tôles rivetées au plafond se déformaient sous l'effet de la chaleur dans un crissement sourd. À l'intérieur du bâtiment, des effluves nauséabonds saturaient l'atmosphère.

Recroquevillée sur un matelas posé à même le sol, Camille Mancini luttait contre l'envie de se laisser glisser dans un sommeil sans fond.

Dans la chaleur étouffante de cette fin de journée, elle peinait à respirer. Le collier de fer qui lui enserrait la gorge mordait sa chair jusqu'au sang ; la plaie située au niveau des électrodes suintait. Sa bouche était sèche, son estomac se tordait dans des borborygmes douloureux. Ses chevilles étaient entravées par une lourde chaîne arrimée à la poutre de soutènement. À chacun de ses mouvements, les bracelets en acier lui arrachaient de longs gémissements.

Dans un bourdonnement assourdissant, des escadrons d'insectes avaient pris d'assaut le chalet, s'insinuant entre les panneaux en bois. Les uns se repaissaient des restes de nourriture séchés sur la dalle de béton, les autres assiégeaient le couvercle d'un seau métallique qui faisait office de latrines. Attirés par les relents qui exhalaient du matelas, ils venaient chaque jour plus nombreux. Ils parcouraient sa peau devenue presque transparente, maculée d'auréoles rouge sombre. De guerre lasse, Camille avait renoncé à se débattre contre ces envahisseurs qui ne lui laissaient de répit que la nuit.

Cela faisait trois jours que son ravisseur n'avait plus remis un pied dans le bâtiment. Il lui faisait payer sa tentative d'évasion. L'homme l'avait laissée livrée à elle-même sans eau, sans nourriture. Elle ne dormait plus que par intermittence, craignant et espérant son retour tout à la fois.

Bien que le chalet ne disposât d'aucune fenêtre, la jeune femme savait que son tortionnaire n'était jamais bien loin. Elle sentait sa présence. De jour comme de nuit, elle entendait son pas lourd et régulier sur les graviers ; elle voyait le faisceau de sa lampe torche au travers des fentes ; elle percevait sa respiration, lente et profonde, de l'autre côté de la cloison. La pensée qu'il l'observait par quelque trou aménagé dans la paroi la faisait frémir d'effroi, son sang se glaçait dans ses veines. Elle se tapissait dans un coin, en position fœtale, la tête enfouie entre ses mains, osant à peine respirer.

Après dix jours de captivité, elle avait presque perdu tout espoir de s'échapper de cet enfer. Taraudée par la faim et la soif, elle sentait ses forces l'abandonner les unes après les autres. Seul l'instinct maternel et le désir de tenir le doux visage de sa fille entre ses mains la raccrochaient à la vie.

Elle ne savait pas combien de temps elle allait pouvoir tenir ainsi. Elle ignorait tout des projets de son ravisseur.

26

Les premiers jours, elle avait cherché à comprendre, pressant l'homme de questions qui revenaient en boucle :

Qui était-il ? Que lui voulait-il ? Et surtout, qu'avait-elle fait pour mériter ces souffrances ?

La jeune femme avait tout essayé : les supplications, les pleurs et les cris. L'homme s'était montré inflexible. Il n'avait pas desserré les lèvres, une expression indéchiffrable était gravée sur son visage. Au fond de ses yeux gris enfoncés dans leur cavité brillait une étrange lueur.

Camille avait le sentiment d'avoir déjà croisé cet individu. Mais dans quelles conditions ? L'homme à la silhouette trapue, au crâne rasé, à la mine renfrognée n'était pas du genre à passer inaperçu, même au milieu d'une foule. D'ordinaire, elle était plutôt physionomiste. Au salon de coiffure, cette aptitude à reconnaître une personne au premier coup d'œil lui avait permis de fidéliser sa clientèle. Malgré tous ses efforts, elle ne parvenait pas à poser un nom sur ce visage atypique.

Elle s'était longuement interrogée sur les motivations de cet individu, échafaudant des théories qu'elle abandonnait les unes après les autres.

En premier lieu, elle avait songé à un délinquant sexuel. Lorsqu'elle avait repris connaissance à l'arrière de la camionnette, elle avait constaté qu'il lui avait retiré tous ses vêtements, à l'exception de ses dessous. Or, jusqu'à présent, il n'avait pas tenté d'abuser d'elle. Elle avait ensuite songé à une demande de rançon. Elle s'était accrochée à cette hypothèse avec la certitude d'être bientôt délivrée. Gabriel avait bien plus d'argent qu'il ne pourrait en dépenser au cours de son existence. Sa famille avait fait fortune en investissant dans l'immobilier. Mais, les jours passants, elle avait dû renoncer à ce scénario.

À plusieurs reprises, le ravisseur s'était montré anxieux, tournant en rond dans le chalet tel un lion en cage, les poings crispés. Il avait marmonné des phrases incompréhensibles, se parlant à lui-même, comme s'il fût indécis. Avait-elle croisé la route d'un détraqué qui avait frappé au hasard ? Tout portait à le croire.

Camille avait essayé de l'attendrir en lui parlant de Clara. Sa petite fille avait besoin d'elle pour grandir. Elle était si jeune. Il fallait avoir le cœur bien sec pour ne pas fléchir aux supplications de cette mère dévastée par le chagrin.

Mais rien n'y avait fait, il était resté de marbre.

Un sifflement continu, à peine perceptible, la tira de son engourdissement. Camille releva la tête et tendit l'oreille. C'était la première fois qu'elle percevait ce son strident. Il provenait de l'extérieur du chalet, de la droite précisément.

Camille se tint aux aguets, immobile sur le matelas. Malgré ses efforts, elle ne parvint pas à identifier la nature de ce bruit. Comparable à celui du moteur d'une voiture télécommandée, ou à celui d'une trottinette électrique, il progressait par à-coups, stoppant net puis reprenant sa course. Soudain, elle eut le sentiment qu'il approchait de sa position.

Camille se mit sur ses genoux et de ses doigts fébriles, dégagea les copeaux de bois qui obstruaient un trou de la taille d'une pièce de deux centimes. Elle l'avait creusé en se servant de l'une de ses boucles d'oreille. Cet ouvrage avait nécessité plusieurs heures de travail acharné. Elle avait œuvré de nuit, redoutant la colère de son geôlier s'il venait à découvrir sa supercherie. Cette ouverture était en quelque sorte une fenêtre sur le monde extérieur. Elle offrait une vue sur un jardin potager tiré au cordeau, quadrillé par des allées pavées de granit rose.

Les mains posées à plat contre la paroi, elle colla son œil à l'orifice. Elle ne vit rien d'autre que les alignements de pieds de tomates qui, tels des soldats de plomb, étaient au garde à vous sous les rayons ardents du soleil.

Le son était désormais tout proche. Son cœur cognait si fort qu'elle percevait les battements jusque dans ses oreilles. La jeune femme se contorsionna davantage afin d'élargir son champ de vision.

L'œil rivé au judas, elle retint son souffle.

Ce fut à ce moment-là qu'elle la vit pour la première fois.

27

Camille découvrit avec stupéfaction la silhouette d'une femme âgée, assise dans un fauteuil électrique. Un panier en osier sur les genoux, l'invalide progressait à faible allure dans l'allée centrale du jardin. Elle contemplait avec ravissement les grappes de fruits gorgés de soleil.

D'un bond, Camille se dressa sur ses deux jambes. Malgré la douleur lancinante qui taraudait ses chevilles, elle se mit à crier en frappant la cloison de ses poings fermés.

— Au secours, au secours ! Aidez-moi ! Je suis là ! hurla-t-elle avec une rage inouïe.

Le sifflement cessa.

Camille colla de nouveau son œil à la paroi.

Le fauteuil s'était immobilisé au milieu de la venelle à une cinquantaine de mètres à peine de sa position. La vieille dame inclina légèrement la tête sur le côté, le menton levé. L'engin fit un quart de tour sur lui-même. Camille put alors distinguer le visage de l'invalide. Empreint d'une douce bonhomie, ce visage de grand-mère paraissait sorti tout droit d'un conte de fées. Un sourire béat étirait ses rides de part et d'autre de ses lèvres décharnées. Elle agita mollement la main en regardant dans la direction du chalet.

Une vague d'espoir submergea Camille. Elle redoubla ses cris de détresse en martelant la cloison.

— Je suis là… dans le chalet ! Aidez-moi ! Je vous en supplie !

Les yeux baignés de larmes, la jeune femme pleurait et riait tout à la fois. Le fauteuil s'était remis en marche et progressait lentement vers elle. Ses premières pensées furent pour sa fille, Clara. Elle allait pouvoir la serrer dans ses bras, lui dire à quel point elle l'aimait, à quel point elle lui avait manqué. Son cœur débordait d'une joie presque douloureuse.

Le soulagement fut de courte durée lorsqu'elle réalisa que le signe de la main ne lui était pas adressé. Le nez collé à la paroi, le regard effaré, elle vit surgir la silhouette de son ravisseur qui se dirigeait à grandes enjambées vers le fauteuil roulant, les poings refermés. L'homme retira sa casquette, se pencha au-dessus de l'invalide qui ouvrit chaleureusement les bras pour l'enlacer. Il déposa un rapide baiser sur le front émaillé de rides.

Il prit le contrôle de l'engin et lui fit faire demi-tour, il tourna une dernière fois la tête vers le chalet. L'expression de son visage était empreinte d'une folie furieuse. Ses yeux jetaient des éclairs.

L'espace de quelques secondes, le cœur de Camille cessa de battre.

L'homme allait revenir pour lui faire payer cette audace. Elle l'avait lu dans son regard.

Cette fois, il n'y aurait pas d'échappatoire.

Elle se laissa choir sur le matelas, la mort dans l'âme, le teint livide. Elle voulut pleurer, mais aucune larme, aucun sanglot ne vint secouer son corps meurtri.

Le visage angélique de sa petite fille lui apparut comme dans un songe. Ses rires résonnèrent dans sa tête telle une douce mélodie. Les contours de sa petite figure s'estompèrent jusqu'à disparaître complètement. Les rires laissèrent la place au néant. Jamais plus elle ne reverrait son enfant.

28

Même lieu, même jour, 23 h 30

Le souffle court, le cœur battant, Camille s'élança en direction de la forêt, laissant derrière elle la cabane en bois.

Elle contourna l'étang qui miroitait sous la pâle clarté de la lune gibbeuse, slaloma entre les troncs des arbres qui se dressaient sur sa trajectoire. Ses pieds nus heurtèrent des roches saillantes. Elle trébucha, se releva, reprit sa course éperdue, s'enfonça davantage dans l'obscurité des sous-bois.

Sans savoir où elle allait, la jeune femme fonçait droit devant elle. Il fallait fuir le plus loin, le plus vite possible de cet endroit.

Malgré la végétation qui se faisait de plus en plus dense, formant une barrière quasi infranchissable, elle filait à vive allure.

Les ronces s'agrippèrent à ses cheveux blonds, les branchages entaillèrent sa chair dénudée, lui arrachant des gémissements de douleur. Protégeant son visage de ses bras meurtris, elle se fraya un chemin hasardeux.

Hors d'haleine, elle marqua un temps d'arrêt, et tendit l'oreille.

Pas le moindre bruit alentour.

Seul le souffle du vent berçant la canopée se fit entendre. Aucun signe de vie à des kilomètres à la ronde. La forêt paraissait endormie. Cela confirmait l'impression qu'elle avait eue à son arrivée sur le domaine, une semaine plus tôt.

Elle se trouvait au milieu de nulle part. Lorsque la camionnette dans laquelle l'homme l'avait emmenée avait quitté la nationale, elle avait perçu un changement de revêtement. Elle en avait déduit qu'ils avaient emprunté un long chemin de terre pour rejoindre le domaine. Ligotée et bâillonnée sur le plancher du véhicule, elle ignorait combien de temps elle était restée inconsciente. Elle s'était réveillée quelques minutes avant l'arrêt du moteur. Dehors, la nuit était déjà bien installée. Combien de temps s'était-il écoulé depuis le moment où son ravisseur avait surgi derrière elle sur le parking de l'agence immobilière ?

Elle avait quitté son travail aux environs de 16 h 30. De ses bras puissants, l'homme l'avait immobilisée contre son torse et avait plaqué sur son nez et à sa bouche un tissu imbibé d'un produit anesthésiant. Elle avait perdu connaissance.

29

Malgré la fraîcheur de la nuit, la sueur ruisselait sur sa peau. Des craquements de branches se firent entendre à quelques centaines de mètres derrière elle. Camille tressaillit. L'homme s'était lancé à sa poursuite.

Comment avait-il pu se remettre aussi promptement sur ses deux jambes. Lorsqu'il était entré dans le chalet, elle l'avait frappé de toutes ses forces avec la latte de bois qu'elle avait dissimulée sous son matelas. Il s'était effondré sur le plancher dans un bruit sourd.

Elle avait arraché la clef qu'il portait à son cou. Les doigts tremblant avec fureur, elle avait ouvert la serrure de la porte et s'était enfuie à toutes jambes. Son ravisseur gisait dans une flaque de sang. Elle pensait l'avoir tué.

À présent, il était à ses trousses, fou de rage.

Horrifiée, Camille détala dans la nuit noire.

Malgré l'avance qu'elle avait prise sur lui, son poursuivant n'allait pas tarder à la rattraper. Curieusement, il ne courait pas. Il progressait avec agilité, à grandes enjambées. Le faisceau de sa lampe torche balaya les troncs des arbres qui se trouvaient devant elle. Suivant son instinct, elle se dirigea dans la direction opposée.

Courir. Ne penser à rien. Et surtout, ne pas se retourner.

Le sang affluait par saccades au niveau de ses tempes dans un grondement assourdissant.

Elle percevait la respiration lente et profonde de son poursuivant. Désorientée, épuisée, elle eut soudainement la sensation de tourner en rond. Cette impression se confirma lorsqu'elle aperçut une lueur vive entre les fougères. C'était celle du chalet.

Tel un chasseur aguerri, l'homme avait ingénieusement rabattu sa proie. Il s'était servi de la lumière pour la rabattre. Le piège s'était refermé sur elle.

— Camille ! hurla-t-il.

Il était désormais à moins d'une vingtaine de mètres derrière elle.

— Tu ne peux pas m'échapper ! Ne m'oblige pas à te faire du mal.

Sa voix gutturale résonna dans la forêt. Dans un bruissement d'ailes, un héron s'éleva de l'étang, émettant ses cris de détresse.

Camille fit volte-face. Éblouie par le faisceau braqué sur son visage, elle porta sa main en visière devant ses yeux. L'homme se tenait immobile à quelques pas d'elle, le bras tendu dans sa direction. Elle devina dans sa main droite un boîtier métallique. Instinctivement, elle porta les mains à son cou. Elle tenta d'arracher le collier de fer qui enserrait sa gorge. Le ricanement de l'homme lui glaça le sang. La peur au ventre, Camille reprit sa course éperdue.

Une douleur fulgurante l'immobilisa. Elle voulut hurler mais aucun son ne sortit de sa bouche. Les yeux exorbités, le corps raidi, elle s'effondra au sol.

En une fraction de seconde, l'homme fut sur elle. Ses mains rudes empoignèrent le corps de la malheureuse qui gisait face contre terre. Il la retourna sans ménagement, puis se redressa. Il la dominait de toute sa hauteur. Immobile, les bras figés le long du corps, il inspirait bruyamment par le nez.

Il contempla sa proie avec un plaisir indicible. Un sourire hideux éclairait son visage creusé d'ombres. Sous la lumière blafarde de la lampe, la silhouette dénudée de Camille contrastait violemment avec la couleur brune de la terre. Ses yeux avaient pris un aspect vitreux, semblables à ceux d'une poupée de porcelaine.

La poitrine de la jeune femme peinait à se soulever. Un râle à peine perceptible s'échappait de ses lèvres entrouvertes. Les muscles tétanisés par la décharge électrique, Camille était comme prisonnière de son corps, incapable du moindre mouvement. L'homme se pencha au-dessus de son visage pétrifié. Ses yeux fauves enfoncés dans leurs cavités étaient injectés de sang. Il serra les mâchoires et ferma les poings.

Une peur viscérale envahit la jeune femme. Telle une vague venue du plus profond d'elle-même, des milliers de picotements l'assaillirent de toutes parts. Des larmes ruisselèrent sur ses joues couvertes de terre.

L'homme esquissa une grimace de douleur. Il porta la main à l'arrière de sa tête d'où s'échappait un mince filet de sang.

— Tu vas le regretter ! souffla-t-il entre ses dents.

La saisissant à bras-le-corps, il la chargea sur son épaule comme si elle ne pesait rien. Il l'emporta à travers les bois dormants.

30

Lundi 23 juin, gendarmerie de Carquefou, 14 h 30

— Je vous repose la question, mademoiselle Higgins, quelle relation entreteniez-vous avec la victime, Adèle Gauthier ?

Les yeux ronds, Cassidy regarda le lieutenant Girard comme si elle eût parlé une autre langue. À sa droite, Hadrien était appuyé contre l'armoire métallique, les bras croisés sur son torse, le front barré par un pli horizontal.

Agacée, le lieutenant Girard fit tourner son stylo à bille entre ses doigts blancs à la manière d'un hélicoptère. Frappée de mutisme, Cassidy se demandait comment elle avait fait pour en arriver là. Aux environs de midi, le lieutenant Émilie Girard avait fait irruption à l'agence SKYE Recouvrement flanquée de l'adjudant Blanchet.

Sous le regard interloqué de ses clients, elle avait été contrainte de prendre place à bord de l'un des deux véhicules garés sur le parking. On ne lui avait donné aucune explication quant au motif de sa convocation express.

Cassidy avait cherché des yeux la présence d'Hadrien. Il ne faisait pas partie du convoi.

À peine avait-elle franchi le seuil de la gendarmerie qu'elle avait ressenti des ondes négatives. Elle avait mis cette sensation sur le compte de la crise sanitaire que traversait la brigade.

Les militaires, en sous-effectif, avaient les traits marqués, le teint blafard. Le meurtre d'Adèle Gauthier leur apportait un surcroît de travail dont ils se seraient bien passés. Deux nouveaux collègues avaient déclaré des symptômes identiques aux premiers. Ce qui portait le nombre de malades à cinq. Tous souffraient de troubles du système nerveux associés à des défaillances respiratoires. Les médecins étaient dans l'incapacité de poser un diagnostic précis. La brigade tournait au ralenti ; une épée de Damoclès au-dessus de sa tête.

En longeant le couloir qui conduisait au bureau du lieutenant, Cassidy avait aperçu Gabriel par l'entrebâillement d'une porte. Les menottes aux poignets, il patientait dans un bureau, les yeux rougis, le visage défait. Elle avait croisé son regard haineux.

Des borborygmes disgracieux s'échappèrent du ventre de Cassidy. Elle tenta de les dissimuler en s'agitant sur sa chaise. Depuis la découverte macabre, il lui avait été impossible d'avaler quoi que ce soit. Les images du visage cyanosé de la noyée, de sa bouche entrouverte qui semblait chercher de l'air, l'obsédaient. Impossible de s'en débarrasser.

Cassidy était bien plus affectée qu'elle ne l'aurait imaginé. Le mépris qu'elle avait éprouvé pour celle qui avait semé la zizanie dans la vie de Camille avait cédé la place à de l'empathie. Quels qu'avaient été les griefs à son encontre, Adèle n'avait pas mérité de mourir dans de telles souffrances. Durant la première partie de son audition, Émilie Girard ne lui avait épargné aucun détail quant aux circonstances de son décès. Cassidy se serait volontiers passée des abominables clichés que le lieutenant avait pris plaisir à lui glisser sous le nez. Sans qu'elle pût se l'expliquer, l'officier lui témoignait une profonde animosité. À croire qu'elle avait déjà scellé sa culpabilité.

Le lieutenant posa le stylo sur le bureau dans un bruit sec.

— Écoutez, mademoiselle Higgins, pour le moment vous êtes entendue à titre de témoin. Si vous vous obstinez à ne pas répondre, nous n'aurons pas d'autre choix que de vous placer en garde à vue.

En garde à vue ? Abasourdie, Cassidy se racla la gorge. Sa bouche était si sèche que sa langue adhérait à son palais. Cette désagréable sensation de bouche pâteuse ne l'avait plus quittée depuis son réveil dimanche matin.

— J'aimerais boire, si c'est possible… parvint-elle à articuler.

Hadrien s'absenta et revint quelques instants après, un verre d'eau à la main. Elle s'empara du gobelet et le vida d'une traite. Il retourna se poster près de la fenêtre.

— Je la connaissais simplement de vue.

Hadrien toussota dans son dos. Elle se tourna vers lui et scruta son visage. Avait-il révélé ce qu'elle lui avait confié ? Le lieutenant était-elle au courant de l'enquête qu'elle avait menée pour confondre

Gabriel, des photos qu'elle avait prises de lui et de sa maîtresse ? Lui avait-il parlé de son intrusion au domicile des Mancini la veille du meurtre d'Adèle ? Mais aussi de ses visions ?

L'adjudant-chef Velganni, fidèle à lui-même, ne laissa transparaître aucune émotion. L'expression qu'il arborait était impénétrable.

— Ne me prenez pas pour une imbécile ! tonna le lieutenant, et répondez à ma question, je vous prie. Vous nous faites perdre un temps précieux.

— Je vous répète que je ne la connaissais pas. Je sais juste qu'elle était la maîtresse de Gabriel Mancini. On s'est croisées deux ou trois fois dans le bourg de Carquefou.

— Vous ne lui avez jamais parlé ?

— Jamais.

— Vous n'êtes jamais allée chez elle ?

Cassidy marqua un temps d'arrêt avant de répondre.

— Jamais.

Le lieutenant fit tourner sa bague autour de son annulaire. Elle avait au fond des yeux la certitude des gens qui pensent tout savoir.

— Le gardien de la résidence vous a vu rôder autour de son appartement samedi après-midi. Il vous a formellement identifiée. Vous mentez !

— Je n'ai pas menti. Vous m'avez demandé si j'étais allée dans son appartement. Or, je suis simplement entrée dans le hall…

— Ne jouez pas sur les mots !

Cassidy leva les yeux au ciel.

— Reprenons. Que faisiez-vous dans le hall de son immeuble ?

— J'ai jeté un œil à sa boîte aux lettres et après je suis repartie. C'est facile à vérifier. Il vous suffit de consulter les enregistrements de la caméra de surveillance qui est positionnée à l'angle du couloir.

— Qu'entendez-vous par « jeter un œil » ?

Cassidy se mordit la lèvre inférieure.

— Jusque-là, je ne m'étais focalisée que sur Gabriel. Je pensais qu'il était le seul responsable de la disparition de Camille. Quand j'ai vu qu'Adèle portait les vêtements de Camille, qu'elle dormait dans son lit, je me suis dit qu'elle avait beaucoup à gagner dans cette histoire. Je dispose d'un pass qui permet d'accéder à n'importe quelle boîte aux lettres, avoua-t-elle. J'ai ouvert son courrier… mais je n'ai rien trouvé.

Les doigts du lieutenant, semblables à des bâtons de craie, coururent sur le clavier à une vitesse vertigineuse.

— Ça vous arrive souvent de vous immiscer dans la vie des gens ? interrogea-t-elle.

Elle comprit à cette remarque caustique qu'Hadrien n'avait rien dit. Elle s'en étonna.

Un gendarme aux traits juvéniles pénétra dans la pièce. Il déposa une feuille sur le bureau. Le lieutenant en prit connaissance. Sa figure se décomposa au fur et à mesure qu'elle lisait le mot. Elle fit signe à Hadrien de la suivre dans le couloir. Ils échangèrent derrière la porte restée entrouverte.

Malgré ses efforts pour tendre l'oreille, Cassidy ne perçut que des bribes de leur conversation. Il était question d'ambulance… Il fallait faire vite.

Durant cet échange, Cassidy eut tout le loisir d'observer les deux gendarmes, leur façon de se tenir l'un vis-à-vis de l'autre, de se regarder. Ce qui lui avait échappé jusque-là s'imposa comme une évidence. Tous deux étaient ou avaient été bien plus que de simples collègues. Cette découverte fit naître un sentiment de jalousie dont elle fut la première surprise.

Émilie Girard était une femme athlétique, à la taille fine, au teint de nacre. Ses longs cheveux bruns étaient rassemblés en une natte tirée à quatre épingles. Le genre de femme à surveiller son poids au gramme près… Le genre de femme qui ne laisse pas les hommes indifférents.

Le lieutenant revint prendre son portable sur le bureau.

— L'adjudant-chef Velganni va poursuivre votre audition.

Elle disparut dans le couloir sans plus attendre.

Hadrien ferma la porte derrière elle et vint s'asseoir sur le coin du bureau.

— À quel jeu jouez-vous, mademoiselle Higgins ?

Ce disant, il plongea son regard pénétrant dans le sien.

— Je vous retourne la question, eut-elle l'aplomb de lui répondre. Je ne comprends vraiment pas ce que je fais là. Allez droit au but !

— Très bien. Où étiez-vous dans la nuit de samedi à dimanche, précisément entre 1 h 30 et 2 heures du matin ?

— Attendez une minute, vous ne pensez tout de même pas que j'ai tué cette pauvre fille ?

— Contentez-vous de répondre à ma question.

— J'étais dans mon lit.

— Un témoin peut-il confirmer ce que vous dites ?

— Je dors toujours seule. À moins d'interroger Barbie, je ne vois pas comment je pourrais le prouver…

Elle étouffa un rire nerveux dans sa gorge.

— La situation est loin d'être comique, mademoiselle.

Ses yeux noirs lançaient des éclairs.

— C'était un rire nerveux, s'excusa-t-elle platement. Ça ne m'amuse pas non plus. Vos collègues sont venus me chercher sur mon lieu de travail *manu militari*. J'étais en rendez-vous clientèle. Dans ce milieu, les rumeurs se répandent comme une traînée de poudre. À l'heure qu'il est, je dois passer pour une criminelle notoire.

— Votre réputation devrait être le cadet de vos soucis, croyez-moi ! Il y a bien plus préoccupant.

Les lèvres de Cassidy formèrent une moue désinvolte.

Il donna un tour de clef dans la serrure du premier tiroir, l'ouvrit et déposa un sachet de mise sous scellé devant elle.

— Vous reconnaissez cet objet ?

Cassidy ne put cacher sa stupéfaction.

— Où avez-vous trouvé mon téléphone portable ?

— Dans l'appartement d'Adèle Gauthier, l'informa-t-il d'un ton glacial.

31

Cassidy fixait le sachet plastique avec intensité, comme si elle cherchait à faire disparaître le téléphone par le simple pouvoir de la pensée.

Hadrien Velganni massa ses tempes de ses deux mains en formant des cercles concentriques.

— J'espère que vous avez une explication rationnelle à me donner.

Dans sa fixité inébranlable, la jeune femme battait à peine des cils. Seule sa lèvre inférieure frémissait ostensiblement, comme si elle se parlait à elle-même.

Le front soucieux, le militaire alla se poster devant la fenêtre, les mains dans le dos. Les vitres encrassées donnaient sur l'arrière de la gendarmerie.

Il promena son regard sur l'aire de jeux réservée aux enfants des fonctionnaires. Une balançoire hors d'âge, un toboggan oxydé au pied duquel gisait un bac à sable souillé par l'urine des chats, le tout entouré de quatre murs de douze mètres de haut. Ce jardin n'avait rien à envier à une cour de prison. Pas un rire, pas un cri d'enfant n'égayait la place.

Une rubalise enroulée autour de quatre piquets en défendait l'accès.

Depuis le début de l'épidémie qui avait frappé la brigade de Carquefou, les enfants n'étaient plus autorisés à jouer ensemble.

Hadrien délaissa la fenêtre pour considérer la silhouette qui n'avait pas bougé. Il s'installa devant l'écran de l'ordinateur. Les mains de Cassidy se crispèrent sur l'étoffe de sa robe.

— Je sais que ça paraît difficile à croire, mais je vous assure que j'ignore comment mon téléphone a pu se retrouver chez cette femme.

Hadrien posa les doigts à plat de chaque côté du clavier.

— On va tout reprendre depuis le moment où je vous ai laissée dans le parc du Charbonneau. Si vous voulez que je vous aide, je vous conseille de n'omettre aucun détail.

— Je vous ai déjà tout dit.

Hadrien parut en douter.

— Si vous ne me croyez pas, vous n'avez qu'à aller fouiller mon appartement. Je n'ai rien à cacher.

— Je l'espère pour vous, car en ce moment même mes collègues passent votre domicile au peigne fin.

Les traits de Cassidy se figèrent. Elle enfouit son visage entre ses mains et ferma les yeux. Elle inspira bruyamment par le nez comme si elle peinait à respirer. L'idée que des inconnus se trouvaient chez elle, qu'ils fouillaient ses placards, vidaient ses tiroirs, sondaient le contenu de son disque dur, lui était insupportable. Elle songea à ces mains étrangères qui inspectaient ses effets personnels, peut-être même effleuraient ses sous-vêtements.

Elle le vivait comme une violation de sa vie privée, de son intimité.

— Ressaisissez-vous, mademoiselle Higgins, et dites-moi ce que vous avez fait samedi soir après mon départ.

— Je me suis assise sur un banc près de l'étang. Je me suis assoupie quelques minutes.

— Et ensuite ?

— J'ai récupéré mon véhicule qui était garé sur le parking du Super U et je suis rentrée chez moi.

— Directement ?

— Oui, directement.

— Vous n'avez parlé à personne ?

— Non.

Elle se ravisa.

— Je me souviens avoir eu l'impression d'être observée. Sans doute était-ce à cause de cet homme…

Hadrien leva le nez de son clavier et cessa d'écrire.

— De quel homme parlez-vous ?

— De celui qui m'a suivie à la Fête de la musique. Je l'avais déjà croisé en début d'après-midi dans le quartier du Housseau.

— Près du domicile des Mancini ?

— Oui.

— Il pourrait donc s'agir de l'un de leurs voisins.

— Je l'ignore. Je ne les connais pas. Dans ce quartier, la végétation est si dense qu'elle forme une sorte de bouclier protecteur.

Elle s'interrompit. Le souvenir de la silhouette qu'elle avait aperçue derrière une vitre le jeudi soir lui revint en mémoire. Elle fit part à Hadrien de l'étrange comportement de ce mystérieux voisin, dont elle lui avait déjà parlé. Il en prit note et l'encouragea à poursuivre son récit.

— Lorsque j'ai voulu aller lui demander ce qu'il me voulait, il s'est volatilisé dans la foule.

— Pouvez-vous me le décrire ?

— Je dirais qu'il est de type caucasien, trapu. Il portait une casquette, je n'ai pas pu voir son visage. Je l'ai pris en photo avec mon portable. Je peux vous le montrer si vous voulez…

— Impossible. Votre téléphone a été réinitialisé. Toutes vos données ont été effacées. Qu'avez-vous fait après avoir quitté le parking du Super U ?

— Réinitialisé, mais comment ça ? reprit-elle en ignorant sa question.

— Nous l'avons trouvé ainsi, vierge de toute information personnelle. Nous sommes remontés à vous grâce à la carte SIM.

Après un temps d'hésitation, Cassidy répondit :

— J'ai garé ma voiture dans le parking souterrain de mon immeuble. Je me suis enfermée chez moi.

— À clef ?

— Oui, mais depuis l'incendie qui a failli me coûter la vie dans mon ancien appartement, j'ai pris l'habitude de ne pas laisser la clef dans la serrure. Au cas où…

— Des personnes ont-elles un double de vos clefs ?

Elle hocha la tête. Camille disposait d'un jeu ainsi que sa voisine de palier. La vieille dame venait parfois s'occuper de son perroquet en son absence.

Le gendarme prit note de cette information.

— Ma mère m'avait laissé un message sur mon répondeur, je l'ai rappelée après le dîner.

— Quelle heure était-il ?

— Environ 21 h 45. Nous ne sommes pas restées longtemps au téléphone ; j'avais la tête lourde. Je me souviens vaguement de notre conversation. Avant d'aller me coucher, il me semble que j'ai mis mon téléphone en charge à sa place habituelle, sur le meuble de la cuisine.

— Vous n'en êtes pas certaine ?

— Je ne sais plus… c'est ce que je fais tous les soirs avant de me coucher. Mais ce soir-là, je n'étais pas dans mon état normal. Tout est confus dans ma tête. Le lendemain matin à mon réveil, j'ai constaté que je portais les vêtements de la veille.

— Ça vous arrive souvent de vous coucher tout habillée ?

Elle secoua la tête en signe de dénégation.

— C'était la première fois. J'ai dormi d'un sommeil de plomb. Ce qui est rarissime. D'ordinaire, je me lève deux ou trois fois dans la nuit pour aller aux toilettes… Mon perroquet en a profité pour faire la java. Je n'ai rien entendu. Quand je me suis levée, il y avait des plumes éparpillées aux quatre coins du salon. J'ai passé une demi-heure à tout nettoyer.

— Revenons à votre téléphone. Vous ne vous êtes pas inquiétée en ne le voyant pas à sa place habituelle ?

— Je suis du genre tête en l'air. Il m'arrive de ranger mon dentifrice dans le frigo. Je finis toujours par retrouver mes affaires aux endroits les plus improbables.

— Le chargeur était-il branché ?

— Non, je ne l'ai pas retrouvé non plus.

Hadrien adopta un air songeur. Il s'empara du téléphone filaire posé sur le bureau et le lui tendit après avoir enclenché la touche haut-parleur.

— Appelez votre mère et demandez-lui de confirmer votre appel de samedi soir.

Cassidy s'exécuta sans poser de question. Au bout du fil, la voix inquiète de sa mère lui serra le cœur. Sans entrer dans les détails, la jeune femme exposa la situation. Madame Higgins confirma avoir reçu un appel de sa fille aux environs de 22 heures samedi soir.

— Je ne vois que deux hypothèses, déclara Hadrien lorsqu'elle eut raccroché. Soit quelqu'un est entré dans votre appartement pendant que vous dormiez, soit…

— Soit je mens… c'est bien cela ?

Il écarta les mains et s'appuya contre le dossier du fauteuil.

— Dans l'état où je me trouvais, j'aurais été incapable de prendre le volant. Et je ne parle même pas du reste…

Par « le reste », elle sous-entendait l'énergie qu'il lui aurait fallu déployer pour assassiner Adèle Gauthier. À cette pensée, un soubresaut secoua son corps. La nuit dernière, son sommeil avait été des plus agités. Elle avait fait cauchemar sur cauchemar. Toujours le même scénario. Les images qu'elle gardait enregistrées après l'identification du cadavre d'Adèle lui avaient servi de base. Son imagination avait fait le reste. Elle s'était vue à la place de la malheureuse, se débattant sous l'eau. À chaque fois, elle s'était réveillée en travers du lit, le souffle court, le cœur battant la chamade.

Le gendarme se frotta le menton.

— Il y a un élément qui nous échappe. Êtes-vous bien certaine de n'avoir parlé à personne avant de vous être enfermée dans votre appartement ?

Cassidy ferma les paupières. Elle passa en revue ses moindres faits et gestes depuis le moment où elle avait garé sa voiture dans le sous-sol de l'immeuble. Elle ouvrit les yeux.

— Maintenant que j'y pense, j'ai croisé un homme dans la cage d'escalier. Enfin, il me semble que c'était un homme. L'éclairage ne fonctionnait pas ce soir-là. En ce moment, les gamins de l'immeuble s'amusent avec le tableau électrique. Je me suis dirigée à l'aide de la lumière de mon téléphone. Bref, un fou furieux a dévalé l'escalier et m'a bousculée sur son passage. S'il ne m'avait pas retenue, j'aurais basculé dans les escaliers tête la première. Ça m'a valu un bel hématome à l'épaule. Il a poursuivi sa course en direction du parking souterrain.

Le regard du gendarme s'assombrit.

— Puis-je voir cet hématome ?

— Vous croyez encore que je vous raconte des salades ? souffla-t-elle.

— Puis-je le voir ?

Cassidy fit glisser le tissu de sa robe sur sa peau, laissant apparaître son épaule droite.

Le militaire se leva et contourna le bureau. Perplexe, il examina la contusion. Cassidy frémit au contact de ses doigts. Quand il se redressa, l'inquiétude se lisait sur ses traits.

— Je regrette d'avoir à vous poser cette question, mais… vos vêtements étaient-ils en désordre à votre réveil ?

Embarassé, il se reprit.

— Je veux dire: avez-vous remarqué quelque chose d'anormal ou ressenti des douleurs inhabituelles, en dehors de votre mal de tête?

Cassidy eut un mouvement de recul.

— Je ne comprends pas votre question. Que voulez-vous dire?

Il enfonça les poings dans ses poches.

— Il y a une trace de piqûre au centre de votre hématome. J'espère me tromper, mais il se pourrait que vous ayez été droguée…

Cassidy constata par elle-même la présence d'un minuscule point rouge au milieu de l'ecchymose bleue. À peine visible à l'œil nu, la blessure ressemblait à une trace laissée par une seringue hypodermique.

— Les symptômes que vous avez décrits – tête lourde, perte de mémoire, confusion – laissent penser qu'il pourrait s'agir d'un psychotrope, sans doute du GHB. Avec votre accord, nous allons procéder à des analyses toxicologiques. Nous serons vite fixés.

Cassidy ne l'écoutait plus. En une fraction de seconde, elle entrevit toute l'horreur de la situation. Comme dans un film en accéléré, elle reconstitua cette partie de la nuit dont elle n'avait gardé aucun souvenir. Après l'avoir suivie à la Fête de la musique, l'homme à la casquette l'avait espionnée dans le parc du Charbonneau. Elle avait senti sa présence en regagnant le parking du Super U. Sans le savoir, elle l'avait conduit jusqu'à chez elle. Mais comment avait-il fait pour la clef? Son cerveau laissa ce détail de côté pour se concentrer sur la suite. La suite…

Elle ne pouvait que l'imaginer ; il avait attendu qu'elle sombre dans un sommeil de plomb pour se glisser dans son appartement. Il avait subtilisé son portable. Pour qui, pour quoi ? Elle l'ignorait. À en juger les plumes dispersées dans le salon, son perroquet avait certainement donné l'alerte. Elle n'avait rien entendu. Dieu seul savait ce qu'il avait fait pendant qu'elle demeurait allongée sur son lit, inconsciente.

Une sensation de chaleur intense l'envahit instantanément. Des milliers d'aiguillons fusèrent de toutes parts sous sa peau. Ses intestins se contractèrent en une douleur insupportable. Les murs du bureau tournèrent autour d'elle à un rythme vertigineux. Son corps vacilla comme la flamme d'une bougie, s'affaissa de tout son poids sur le côté.

Le gendarme la rattrapa *in extremis* avant que sa tête ne heurtât le carrelage.

— Cassidy, répondez-moi !

La voix inquiète d'Hadrien résonnait dans le lointain. Puis ce fut le trou noir.

32

Lundi 23 juin, 21 h 15, CHU de Nantes

Assise sur le bord du lit d'hôpital, Cassidy prenait son mal en patience. Suite au malaise qu'elle avait fait dans le bureau du lieutenant Girard, en présence d'Hadrien Velganni, la jeune femme avait passé l'après-midi aux urgences du centre hospitalier de Nantes. Elle avait dû se soumettre à toute une batterie d'examens et de prélèvements aussi pénibles les uns que les autres. Une épreuve supplémentaire dont elle se serait bien passée.

Par la fenêtre, l'île de Nantes s'étendait à perte de vue au-delà du bras de la Madeleine. Sans le ballet de l'hélicoptère du Samu qui allait et venait dans un bourdonnement incessant, la vue panoramique était à couper le souffle. Le soleil déclinait à l'horizon, tirant sa révérence dans un dégradé flamboyant.

Deux coups lents frappés à la porte de la chambre 234 mirent un terme à sa contemplation. L'adjudant-chef Velganni apparut dans l'embrasure, vêtu de son uniforme bleu.

Cassidy croisa instinctivement ses bras sur sa poitrine. La blouse d'hôpital informe qu'elle portait était transparente à souhait. Décidément, songea-t-elle, après le débardeur délavé et le mini shorty dans lesquels il l'avait surprise la veille, rien ne lui aurait été épargné !

— Comment vous sentez-vous, ce soir ? demanda-t-il après avoir refermé la porte sans bruit.

— Ça irait beaucoup mieux si on me laissait rentrer chez moi. J'ai horreur des hôpitaux, grommela-t-elle entre ses dents. Je ne sais pas pourquoi les médecins s'obstinent à me garder ici alors que je vais parfaitement bien. J'ai eu beau leur dire que je souffrais d'aphtophobie, ils n'ont eu de cesse de m'examiner sous toutes les coutures.

— Ils n'ont fait que suivre mes consignes, avoua le gendarme avec un flegme déconcertant.

Sourcils levés, Cassidy attendit des explications qui ne vinrent pas.

— Savez-vous que c'est à l'hôpital que l'on contracte le plus d'infections ? J'ai hâte de quitter ce nid à microbes et de prendre une bonne douche à la maison.

— Vous avez toujours été comme ça ?

— Si vous voulez parler de l'aversion que j'éprouve pour les contacts… oui. D'aussi loin que je me souvienne, une simple accolade, une poignée de main m'a toujours révulsée. On n'a pas idée du nombre d'espèces bactériennes qui grouillent sur nos paumes. Pas moins d'une centaine selon de récentes études. Bref, un vrai réservoir de biodiversité ! Mon père y est sans doute pour quelque chose. Il est chercheur dans ce domaine.

— Je vous remercie pour ces précisions.

Le gendarme contourna le lit et se posta à son côté, les mains jointes dans son dos. Il suivit du regard une péniche qui remontait le cours du fleuve.

— La vue est saisissante depuis ce dernier étage.

— Je suppose que vous ne vous êtes pas déplacé jusqu'ici simplement pour assister au coucher de soleil. Que me vaut votre visite si tardive ?

Absorbé par le paysage, il ne daigna pas répondre.

— Habillez-vous, je vous ramène, ordonna-t-il d'un ton sec.

— Vous êtes toujours comme ça ? interrogea la jeune femme.

— Comment ?

— Aussi…

Elle chercha le mot juste. « Autoritaire », « directif »… furent les premiers à traverser son esprit. Elle opta pour l'adjectif « taciturne ». Mieux valait ne pas s'opposer si elle voulait rentrer chez elle au plus vite.

— Je n'aime pas parler pour ne rien dire, se contenta-t-il de répondre sans quitter des yeux le paysage urbain.

Cassidy rassembla ses affaires en une boule qu'elle coinça sous son bras et passa dans la salle de bains sans se faire prier.

Moins de cinq minutes plus tard, elle en ressortit vêtue de sa robe verte assortie à la couleur de ses yeux. N'ayant pas de brosse, elle avait passé ses doigts dans son épaisse chevelure cuivrée. Le résultat était loin d'être satisfaisant, mais faute de mieux il fallait s'en contenter. Soulagée de pouvoir enfin regagner son domicile, elle se sentit le cœur léger.

À moins que ce ne fût l'un des effets secondaires de la drogue que lui avait administrée l'homme à la casquette.

— Je ne suis pas mécontente de quitter cet hôpital. Il n'a rien d'un hôtel cinq étoiles, plaisanta-t-elle lorsqu'ils s'engouffrèrent dans l'ascenseur.

Il ne fit aucun commentaire. Tandis qu'il regardait la console lumineuse, elle l'observa à la dérobée. Sous l'éclairage blafard du néon, les traits du militaire paraissaient plus durs qu'ils ne l'étaient en réalité, sa silhouette plus massive. Il n'en demeurait pas moins bel homme.

— Cette cage doit dater de Mathusalem. Il ne manquerait plus qu'on reste coincés ! ironisa-t-elle.

Elle regretta aussitôt ces paroles qui pouvaient laisser entendre que c'était un désir inconscient. Cette apparente décontraction était pour elle un moyen de ne pas perdre totalement pied face aux événements.

— Si le périphérique n'est pas encombré, vous serez chez vous dans vingt minutes.

Cassidy battit des cils.

— Vous me ramenez chez moi ?

Il la toisa de haut en bas.

— Où pensiez-vous aller ?

Elle haussa les épaules, le sourire aux lèvres.

— En prison, menottes aux poignets… persifla-t-elle du tac au tac. À moins que vous ne m'ayez rayée de la liste de vos suspects…

— Cette situation ne m'amuse pas, mademoiselle Higgins. Si j'avais révélé la moitié de ce que je sais sur vous, vous seriez en garde à vue. Notre suite est bien moins confortable que la chambre que vous venez de quitter.

Les portes de l'ascenseur s'ouvrirent sur leurs visages fermés. Ils marchèrent côte à côte jusqu'au parking des urgences sans échanger une parole. Cassidy reconnut de loin la Toyota Auris noire, le véhicule personnel d'Hadrien. Celui avec lequel il avait manqué la renverser.

— Je ne sais pas pourquoi j'ai dit ça, c'est sorti tout seul… s'excusa-t-elle lorsqu'il lui ouvrit la portière côté passager. Je vous remercie de n'avoir rien dit.

— Et vous, êtes-vous toujours ainsi ? interrogea-t-il lorsqu'il fut installé derrière le volant.

— Je vous demande pardon ?

— Spontanée.

Par spontanée, elle entendit irréfléchie. C'était de bonne guerre ; il marquait un point. Cassidy maudissait cette manie qu'elle avait de parler sans réfléchir. Cela lui avait joué bien des tours par le passé. Résolue à faire vœu de silence durant tout le trajet, elle appuya sa tête contre la vitre et ferma les paupières.

33

— Votre mère m'a chargé de vous dire qu'elle arrivera demain par le vol de 16 heures.

Cassidy se redressa sur le siège. Les mots lui manquèrent.

— Je me suis permis de l'informer de votre hospitalisation.

— Vous n'auriez pas dû !

Elle dodelina de la tête.

— Elle a suffisamment à faire en ce moment avec ma grand-mère.

— Des problèmes de santé ?

— On s'attend à ce qu'elle meure d'un jour à l'autre.

— Je suis navré.

— Je lui téléphonerai en rentrant pour la rassurer. Il faut qu'elle reste à Inverness.

— Votre voisine, madame Dantec, se fait également du souci pour vous… après ce qui vous est arrivé…

— Vous êtes allé voir Fantine ?

Il acquiesça.

— Puisqu'on aborde ce sujet, elle a bien le double des clefs de votre appartement. C'est donc le jeu que vous aviez confié à votre amie qui a permis à votre agresseur de s'introduire chez vous.

Cassidy passa une main sur son front.

— Il a dû le lui voler ! Je ne vois pas d'autre explication.

Le gendarme eut une moue perplexe.

— Vous ne pensez tout de même pas que Camille est responsable de ce qui m'est arrivé ? C'est absurde ! Il aurait tout aussi bien pu faire une copie de la clef en subtilisant celle de Fantine.

— C'est peu probable, vu l'endroit où elle la range.

Un timide sourire se dessina sur le visage de Cassidy. Depuis que la vieille dame avait essuyé deux cambriolages coup sur coup l'été dernier, elle avait pris l'habitude de cacher sur elle son argent et ses bijoux de valeur. Le tout enveloppé dans un mouchoir brodé aux initiales de son défunt mari, dissimulé dans son soutien-gorge. Par mesure de sécurité, la clef de Cassidy avait rejoint cette cachette imparable.

— Elle n'a pas tari d'éloges à votre sujet.

— Nous veillons l'une sur l'autre.

— On ne peut pas en dire autant de vos autres voisins…

— Parce que vous êtes aussi allé frapper à leur porte ?

— Dans ce genre d'affaires, nous procédons toujours à une enquête de voisinage. C'est la procédure habituelle.

— S'ils ont vu que vos collègues ont perquisitionné mon domicile, je n'ai plus qu'à déménager !

se récria-t-elle en soupirant. Déjà qu'ils n'apprécient pas beaucoup les facéties de Barbie, ils vont me classer psychopathe à présent !

— Mes collègues savent se montrer discrets. Vous avez été entendue à titre de témoin.

— Ce n'est pas l'impression que j'ai eue dans le bureau de votre lieutenant…

— Tout le monde est à cran en ce moment à la brigade. Les analyses toxicologiques ont confirmé qu'on vous avait bien administré du GHB. Ce qui explique que vous n'ayez gardé aucun souvenir de la nuit de samedi à dimanche.

— J'ai de la chance qu'il n'en ait pas profité pour…

— Son objectif était de récupérer votre portable pour vous faire compromettre dans le meurtre d'Adèle Gauthier. Dommage qu'il ait songé à effacer les photos que vous aviez de lui.

— Et Gabriel ?

— Il est toujours en garde à vue. Le sang retrouvé dans sa cuisine est bien celui de sa maîtresse. Nous attendons les résultats des prélèvements effectués dans le véhicule de sa femme.

— Vous parlez des sécrétions que vous avez trouvées dans le coffre ?

— Entre autres, oui.

— Lorsque j'étais allongée sur mon lit d'hôpital, j'ai eu tout le temps de mouliner tout ça dans mon cerveau.

— Et ?

— Vous allez certainement penser que c'est tiré par les cheveux…

— Dites toujours.

— Gabriel pourrait très bien avoir engagé l'homme à la casquette. Il en a les moyens et le mobile…

— Par mobile, vous entendez : se débarrasser d'une épouse gênante ?

— Et encaisser une belle somme.

— C'est plausible. À un détail près.

— Lequel ?

— Le corps. Pour toucher l'argent de l'assurance, le décès de sa femme doit être constaté.

34

À peine eut-elle mis les pieds dans son appartement qu'elle fut prise d'une sensation d'étrangeté qui se transforma rapidement en peur irraisonnée. La pensée qu'un inconnu s'était introduit chez elle pendant son sommeil l'obsédait. Elle pouvait presque sentir sa présence. À cela s'ajoutait la perquisition effectuée par les gendarmes de Carquefou.

Malgré le soin pris par les enquêteurs pour tout remettre en ordre, Cassidy se sentit mal à l'aise. Comme si elle n'était plus vraiment chez elle. Éprouvée, elle demeura interdite à l'entrée du salon, le dos courbé, semblant porter toute la misère du monde sur ses épaules.

Le sifflement aigu de son perroquet la ramena à la réalité. Elle s'empressa d'ouvrir la trappe de la volière. Le volatile juché sur son perchoir battit l'air de ses grandes ailes roses en redoublant ses cris perçants.

Elle le saisit délicatement entre ses mains et le berça contre sa poitrine en murmurant des paroles réconfortantes. L'oiseau cessa de s'agiter.

Elle s'installa sur l'une des chaises longues de la terrasse pour profiter de la fraîcheur de la nuit. Paraissant avoir oublié la présence du gendarme qui l'observait, accoudé à la rambarde de sécurité, elle renversa la tête en arrière et fixa l'immensité du ciel.

Le perroquet se détendit peu à peu, le bec posé sur l'avant-bras de sa maîtresse, levant de temps en temps une paupière puis la refermant presque aussitôt.

— Vous ne comptez pas dormir ici cette nuit ? s'enquit Hadrien.

— C'est l'endroit où je me sens le mieux, murmura-t-elle pour ne pas éveiller le perroquet.

Hadrien s'accroupit à ses côtés et joua nerveusement avec ses clefs de voiture. Dans la demi-pénombre, elle ne distinguait pas son expression.

— Vous n'êtes pas en sécurité ici.

— Ne vous inquiétez pas, je laisserai la clef dans la serrure.

— Ça ne me rassure pas pour autant. Je doute que votre agresseur en reste là. Il sait que vous pouvez l'identifier.

L'éventualité qu'il puisse revenir « finir le travail » ne lui avait pas traversé l'esprit. La jeune femme tressaillit de la tête aux pieds.

— Je ne sais pas où aller… balbutia-t-elle. Ma famille réside en Écosse.

— Vous avez bien une amie, une voisine qui pourrait vous dépanner. Vous ferez changer votre serrure demain matin à la première heure.

— Ma seule véritable amie a disparu…

— Je suis certain que madame Dantec acceptera de vous héberger pour une nuit. Elle était très inquiète quand je suis passé à son domicile.

— À cette heure, elle dort à poings fermés. Il n'est pas question que je la tracasse avec toute cette histoire. Elle est suffisamment anxieuse, ce n'est pas la peine de lui en rajouter.

Elle chercha une autre solution. Elle songea à réserver une chambre dans un hôtel de la commune. La saison estivale n'étant pas encore commencée, elle n'avait que l'embarras du choix. Non, c'était au-dessus de ses forces. Le fait de savoir que des centaines d'inconnus avaient dormi, voire pire, sur le matelas la révulsait.

Elle se souvint avoir lu une récente étude réalisée par des chercheurs américains dans des chambres d'hôtel. Ils avaient effectué des prélèvements sur les télécommandes de télévision, les interrupteurs, les robinets et cuvettes de toilettes. Leur constat était édifiant. 80 % de leur moisson de bactéries s'étaient avérés être d'origine fécale.

— Je pourrais aller dormir à l'agence. Il y a un sofa dans la salle de repos. Qui plus est, le bâtiment est équipé d'une alarme.

Le gendarme rejeta *ipso facto* cette proposition. Les systèmes de sécurité n'étaient pas infaillibles. Il en connaissait un rayon.

— Je vais rester avec vous cette nuit.

Cassidy ouvrit de grands yeux.

— Ici ? Chez moi ?

Le perroquet s'agita dans ses bras. Elle avait élevé la voix.

— Votre canapé m'a l'air tout à fait confortable.

— Personne ne vous attend chez vous ? s'étonna-t-elle.

— Pas même un poisson rouge, plaisanta-t-il. La vie de gendarme est peu compatible avec une vie de famille.

— Très bien… si vous y tenez.

Elle avait adopté un ton faussement détaché. Dans les faits, cette proposition la rassurait.

— Autant vous prévenir tout de suite. Mon perroquet ne dort que quatre à cinq heures par nuit. Le reste du temps, il le passe à lisser son plumage ou à se faire les griffes sur son perchoir. J'espère que vous n'avez pas le sommeil léger.

— On devrait finir par s'entendre lui et moi, je ne dors que très peu.

35

De retour au salon, Cassidy reposa délicatement le perroquet dans la volière. Le volatile avait l'air abattu. Elle se pencha en avant pour l'observer à travers les barreaux. Ses pupilles étaient étrangement dilatées.

— Je ne sais pas ce qu'elle a… Elle est complètement amorphe. J'espère qu'elle ne couve pas quelque chose.

La jeune femme disparut dans la cuisine et revint, une bouteille d'eau congelée entre les mains. Elle la disposa sur un plateau face au ventilateur et le mit en marche pour rafraîchir l'atmosphère. Le ronronnement mécanique du moteur emplit la pièce. Le gendarme plongea la main dans la poche de son uniforme.

— J'allais oublier : je vous rends votre téléphone portable. Vous devriez appeler votre mère pour la rassurer.

Elle le remercia et le posa sur la table basse en grimaçant. Tout comme son appartement, il avait été passé au crible. Même s'il avait été réinitialisé, les gendarmes avaient obtenu auprès de son opérateur de téléphonie le listing de tous les appels émis et reçus du mois en cours. Mais ce qui l'effrayait le plus, c'était que l'homme qui le lui avait volé avait eu accès à une bonne partie de sa vie privée. Ses photos, les SMS qu'elle avait échangés avec ses proches. Fort heureusement, par mesure de sécurité, elle avait pris pour habitude de ne jamais enregistrer ses codes confidentiels.

— Je la contacterai avant d'aller me coucher. Vous devez avoir faim ; voulez-vous que je vous prépare à dîner ?

Le gendarme accueillit cette proposition avec enthousiasme. Il n'avait rien avalé depuis le petit déjeuner.

— Ne vous emballez pas, je suis une piètre cuisinière. Et avec tous ces événements, ajouta-t-elle en soufflant, je n'ai pas eu le temps de faire les courses.

— Je me contenterai de ce que vous avez ; je ne suis pas difficile.

Quelques instants après, Cassidy revint dans le salon un plateau repas chargé sur les bras. Deux bols de riz réchauffés au micro-ondes, un sachet de fromage râpé et deux portions de dundee cake. Ce repas frugal fut toutefois fort apprécié.

Hadrien se montra curieux au sujet de son pays natal. Il ne connaissait l'Écosse qu'à travers les reportages qu'il avait regardés à la télévision. Cassidy fut intarissable. La région des Highlands était à son sens la plus saisissante de toutes. Son charme discret, ses présences fantomatiques, ses lumières éblouissantes, ses étendues à perte de vue et ses lochs mystérieux.

— Il reste du riz, proposa-t-elle lorsqu'elle eut achevé sa peinture.

Une expression amusée sur le visage, Hadrien déclina son offre.

— Je vous avais prévenu… le riz collé est ma spécialité.

— Je vous recommande les sachets cuisson. Impossible de le rater.

— Hors de question ! se récria-t-elle. Je veille à utiliser le moins de déchets plastiques possible. Nos océans regorgent de particules qui finissent dans l'estomac des poissons, et par voie de conséquence dans nos assiettes.

Le dîner achevé, Cassidy appela sa mère. Pour la rassurer, elle déforma quelque peu la réalité. Elle acheva de la convaincre de ne pas faire le déplacement en évoquant la présence d'un gendarme à son domicile. Celui-là même qui avait pris l'initiative de la tenir informée de la situation. En contrepartie, Cassidy s'engagea à prendre le premier vol en partance pour Édimbourg samedi matin. Les dossiers de recouvrement qui s'étaient amoncelés sur son bureau pouvaient bien attendre encore quelques jours. Changer d'air, se ressourcer entourée de ses proches lui ferait le plus grand bien. La perspective de quitter le territoire sans que Camille soit retrouvée saine et sauve lui serrait néanmoins le cœur.

Madame Higgins raccrocha non sans avoir demandé si le gendarme en question était aussi charmant que l'était sa voix au téléphone… Cassidy coupa court à la discussion.

Une douche glacée, une tasse de thé blanc, et la jeune femme retrouva la douceur réconfortante de ses draps. Le gendarme avait pris ses quartiers sur le canapé sous bonne garde. Le perroquet, peu habitué à recevoir de la visite, épiait chacun de ses faits et gestes de son œil qu'il gardait toujours ouvert. Sans doute avait-il lui aussi souffert des récentes intrusions sur son territoire.

Par mesure de sécurité, la jeune femme avait verrouillé la trappe de la volière.

Cassidy fut la première à s'endormir. La présence du gendarme sous son toit avait apaisé ses craintes. La conversation qu'elle avait eue avec Hadrien au sujet de sa terre natale lui avait presque fait oublier les événements de la journée.

36

Le même soir, domaine du Bois Noir

Aux environs de 22 h 30, Camille fut réveillée en sursaut par le bruit métallique d'un tour de clef.

La porte du chalet s'ouvrit dans un grincement sourd, déchirant le silence de la nuit. Un faisceau de lumière balaya l'intérieur de la pièce de gauche à droite, inspectant chaque recoin du bâtiment en bois. L'homme braqua la lampe torche sur la frêle silhouette qui restait prostrée dans l'obscurité.

D'un pas lourd, il pénétra à l'intérieur et jeta sur le plancher le sac en toile de jute qu'il portait en bandoulière puis se délesta du jerrican blanc qu'il tenait à bout de bras.

La vue de ce qu'elle prit d'abord pour un bidon d'essence l'affola. Son ravisseur avait-il prévu de se débarrasser d'elle en mettant le feu au chalet ? La perspective de brûler vive la saisit d'effroi. D'instinct, elle se mit en position fœtale, les jambes repliées sous sa poitrine, la tête enfouie entre ses genoux. Elle émit un son plaintif semblable à celui d'une bête sauvage prise au piège.

— Tiens-toi tranquille et tout se passera bien, dit-il d'une voix caverneuse.

Il referma la porte à clef derrière lui puis décrocha le baquet en métal qui était entreposé sur sa droite. Il le traîna jusqu'au matelas dans un vacarme effroyable.

— C'est l'heure du bain, déclara-t-il en déversant l'eau du jerrican dans le baquet.

Sous le regard ahuri de Camille, il vida le sac de son contenu sur le parpaing qui faisait office de table basse : une serviette éponge, divers accessoires de toilette ainsi qu'une robe bleue aux motifs floraux assortie à une paire d'escarpins.

— Si tu te montres gentille avec moi… tu pourras manger après.

Un briquet en main, il alluma la mèche d'une bougie qu'il déposa au sol. Il éteignit la lampe torche. Dans la lumière vacillante de la flamme, des ombres géantes dansèrent sur les murs du chalet. L'homme se pencha au-dessus de Camille. Son visage blafard était creusé d'immenses cernes bleus, semblable à un masque mortuaire.

— L'eau est fraîche, mais après cette journée caniculaire, j'ai pensé que cela te ferait du bien, Camille. Je veux que tu te fasses belle, car demain c'est le grand jour. Allez, debout ! ordonna-t-il.

La jeune femme s'exécuta et avança vers le baquet les jambes flageolantes, tirant derrière elle la lourde chaîne arrimée à ses chevilles.

— Vous pouvez me détacher… s'il vous plaît ?

— Pas question, trancha-t-il en désignant de son index la plaie qui suintait à l'arrière de son crâne dégarni. Si dans les prochaines semaines, tu te montres plus raisonnable, alors peut-être reconsidérerai-je ma position. Demain midi, nous sommes attendus à déjeuner chez ma mère. Tu auras ainsi l'occasion de me prouver que tu es disposée à m'obéir.

Avant de la faire entrer dans le baquet, il sortit de sa poche un tournevis de précision. Il s'approcha d'elle et desserra la vis qui maintenait le collier de fer autour de son cou. Il retira la batterie de son socle et la remplaça par celle qu'il avait apportée.

Cet instrument de soumission qu'il avait mis au point était un véritable petit bijou de technologie. Il l'avait conçu spécialement pour elle, du moins, c'était ce qu'il avait prétendu le premier jour de son arrivée au domaine.

Délivrée de ce poids, Camille porta les mains à son cou. Lorsqu'elle effleura sa nuque, une douleur vive lui arracha un cri. Les deux électrodes avaient meurtri sa peau jusqu'au sang. La blessure était infectée.

Il l'aida à s'asseoir en tailleur au fond du baquet et tira un petit tabouret en bois sur lequel il s'installa, comme s'il se fût préparé à regarder un spectacle de marionnettes.

Camille frémit au contact de l'eau glacée sur sa peau nue. Les paupières baissées, elle procéda à une rapide toilette, n'osant effleurer ce corps qu'elle reconnaissait à peine et qui la faisait souffrir. La vue de ses côtes saillantes qui affleuraient sous sa peau transparente constellée de meurtrissures lui fit horreur. Depuis le début de sa captivité, elle dépérissait à vue d'œil mais l'homme ne semblait en avoir cure. À moins que cela ne fasse partie de son plan machiavélique.

Les lèvres décharnées de son ravisseur s'étirèrent en un large sourire concupiscent. Ses yeux de fou se délectaient, roulaient dans leur orbite, suivant le tracé du gant de toilette sur la peau de sa captive.

La toilette achevée, il enveloppa Camille dans une serviette éponge rêche et pressa son corps trapu contre le sien. Il retira la serviette et la jeta au sol. Camille se retrouva nue devant lui, tremblant de tous ses membres. L'homme tira un onguent de la poche de son pantalon. Avec lenteur, il appliqua sur chacune de ses plaies ce baume cicatrisant aux vertus ancestrales, selon ses propres termes. Une mixture verdâtre élaborée à partir de plantes sauvages glanées dans la forêt. Telle une poupée de porcelaine, elle se laissa revêtir de la robe et des escarpins. Il referma le collier de fer autour de son cou maigrelet. D'un geste expert, il dissimula le collier sous le foulard de soie blanche qu'il avait acheté spécialement pour l'occasion.

Il fit deux pas en arrière afin de contempler le résultat. Il parut satisfait.

— Tu es magnifique dans cette robe… elle semble faite pour toi…

Sa voix trahissait une émotion intense. Camille considéra son accoutrement avec effroi. Son corps fluet flottait dans cette étoffe bien trop large pour elle. Une forte odeur de naphtaline imprégnait le tissu froissé. Ses pieds menus glissaient dans les escarpins. Tout comme la robe, elle avait remarqué au premier coup d'œil qu'ils avaient déjà été portés. Ils avaient appartenu à une autre femme, peut-être même à plusieurs…

— Elle te plaît, hein ?

Pétrifiée dans cet abominable déguisement, Camille fut incapable d'articuler un son.

Il ne s'en formalisa pas et poursuivit avec le même entrain.

— Je t'en achèterai autant que tu voudras. Avec le temps, tu verras, nous serons heureux toi et moi.

Un sourire hideux éclaira le visage imberbe de son ravisseur. Elle se fit violence pour ne pas s'effondrer en larmes, suppliante, devant lui. Elle savait par expérience que cela ne ferait qu'exacerber sa colère.

Pour se donner du courage, elle s'efforça de songer à ce que Cassidy aurait fait en de pareilles circonstances. Leurs tempéraments étaient diamétralement opposés. Elle avait l'esprit vif et combatif. Nul doute qu'elle aurait trouvé le moyen de s'enfuir d'ici. Bien que Cassidy fût de deux ans sa cadette, Camille l'avait toujours admirée.

À plusieurs reprises, Camille avait essayé de se soustraire à cet enfer. Toutes ses tentatives irréfléchies avaient échoué. Sans doute par manque de préparation.

Cassidy, elle, aurait échafaudé un plan imparable. Mais lequel ? Aurait-elle joué son jeu pour s'échapper au moment le plus importun ? Ou bien, aurait-elle trouvé un moyen plus expéditif pour le mettre hors d'état de nuire ?

Camille n'avait ni sa force ni son courage. Épuisée, elle ignorait combien de temps elle allait pouvoir tenir encore.

Les dernières paroles de l'homme laissaient entendre qu'il avait des projets. Camille se raccrocha à l'idée que de nouvelles opportunités de s'échapper de cet enfer s'offriraient bientôt à elle. En attendant, elle avait résolu de ne plus rien tenter qui mettrait sa vie en danger.

L'homme frappa dans ses mains puis les frotta l'une contre l'autre.

— À présent, passons à table ! J'ai une faim de loup, annonça-t-il.

37

Un soubresaut secoua le corps de Camille lorsqu'elle sentit le corps velu de l'homme se glisser contre le sien. À plat ventre, la tête enfouie dans le matelas, elle était paralysée par la peur.

— Sois sage, ma Camille, chuchota-t-il à son oreille.

De sa grosse main, il caressa maladroitement ses cheveux blonds.

— Je ne te veux aucun mal, tu sais. Je veux juste que tu sois ma petite femme.

Elle sentit son souffle chaud, sa bouche humide parcourir voracement son cou, descendre le long de son dos. Comme affamé d'elle, il la saisit à bras-le-corps et la força à se retourner. Les bracelets de fer qui enserraient ses chevilles mordirent dans sa chair.

L'odeur de ce corps ruisselant de sueur, couvert d'un poil épais, la révulsa. Elle remarqua la présence de griffures sur le cou de son ravisseur. Elles étaient semblables à celles que pourraient laisser des ongles bien taillés. Elle n'avait pas le souvenir de lui avoir infligé ce genre de blessure. L'homme s'était-il battu ? Tout portait à le croire.

Ses mains calleuses remontèrent le long de ses cuisses, cherchèrent sa poitrine sous sa robe. Elle serra ses coudes contre elle pour se dérober à ses infâmes caresses.

Épouvantée, elle se tordit dans ses bras, appelant Gabriel au secours. Il plaqua une main sur sa bouche pour la faire taire.

Ses yeux enfoncés dans leur cavité étaient injectés de sang.

— Ne prononce plus jamais le nom de cette ordure devant moi si tu veux rester en vie ! Tu m'entends ? Plus jamais ! répéta-t-il en la secouant durement par les épaules. Tu es à moi, maintenant… À moi !

Il la posséda rageusement, l'obligeant à soutenir son regard. Des larmes roulèrent sur les joues de la malheureuse qui osait à peine respirer entre ses bras.

Quand enfin il relâcha son étreinte, rassasié d'elle, il roula sur le côté en poussant un râle de contentement. La tête renversée en arrière, la bouche entrouverte, il cessa bientôt de bouger.

Elle demeura un long moment immobile, désespérée jusqu'au fond de son âme, l'œil errant sur les ombres projetées par la flamme de la bougie.

38

Mardi 24 juin

Vers 2h30 du matin, Cassidy se réveilla, le dos trempé de sueur. De nouvelles visions étaient venues troubler son sommeil. Plus terrifiantes que les précédentes. Mais cette fois, Cassidy s'était retrouvée au cœur de l'action. Elle s'était vue prisonnière d'un bâtiment ravagé par un incendie. Dans l'impossibilité de trouver une issue, le feu ardent avait fini par embraser ses vêtements, s'était emparé de ses cheveux.

Les jambes en coton, elle se leva pour aller boire un verre d'eau à la cuisine. L'air était chaud et moite, difficilement respirable. Elle entreprit d'aller prendre le frais sur la terrasse. Afin de ne pas réveiller la silhouette endormie sur le canapé, elle n'alluma pas. Elle traversa le salon sur la pointe des pieds, cherchant les obstacles à tâtons. Lorsqu'elle passa près du canapé, elle ne perçut aucun bruit, pas la moindre respiration. Le perroquet semblait lui aussi endormi.

Son pied trébucha contre les rangers du militaire. Elle étouffa un juron entre ses lèvres.

Hadrien se dressa sur un coude et alluma la lampe d'appoint posée sur le guéridon. Il était torse nu, les cheveux en bataille.

— Navrée, je n'avais pas l'intention de vous réveiller, s'excusa-t-elle les bras ballants. Je voulais prendre l'air sur la terrasse.

Confuse d'être une nouvelle fois surprise en petite tenue, elle baissa les yeux.

— Rassurez-vous, je ne dormais pas.

Les yeux du gendarme brillaient sous l'éclairage de la lampe.

D'un geste désordonné, elle remonta la bretelle de sa nuisette qui avait glissé sur son épaule. Elle était livide.

— Ça ne va pas ?

Elle réprima une grimace qui sembla signifier que non.

Il se mit en position assise sur le canapé. Le perroquet redressa la tête, émit un petit son plaintif puis se rendormit.

— Vous n'avez rien à craindre, Barbie et moi, on veille sur vous.

Elle esquissa un pâle sourire et fit craquer les jointures de ses doigts.

Il tapota le coussin du canapé.

— Venez là une minute, l'invita-t-il en indiquant l'assise.

Cassidy ne se fit pas prier. Elle vint se lover dans le creux du canapé, genoux repliés sous elle sous le regard du gendarme.

— Vous avez eu de nouvelles visions ?

Cassidy hésita avant de lui confier ce qu'elle avait vu.

— Ça vous intéresse vraiment ? s'enquit-elle sur la défensive.

— Disons que les similitudes entre vos précédentes visions et la découverte du corps d'Adèle Gauthier sont troublantes.

Les yeux du gendarme se posèrent sur le pendentif en forme de croix qu'elle portait autour du cou.

Son regard se troubla.

— Il me semble par ailleurs présomptueux d'affirmer qu'il n'y a rien en dehors du visible…

Cassidy décrivit avec précision le rêve effrayant qui l'avait terrassée dans son sommeil. Le bâtiment dans lequel elle s'était retrouvée enfermée ne lui était pas familier. Il ressemblait à un entrepôt, sans doute une grange. Du matériel agricole était stocké derrière elle, près d'un établi en bois. La fumée était si épaisse qu'elle n'avait pas réussi à se diriger vers la sortie. Ce rêve avait l'air tellement réel qu'elle en tremblait encore en en faisant le récit.

Elle enserra ses bras autour d'elle comme pour se rassurer.

L'air pensif, Hadrien l'avait écoutée sans l'interrompre.

— Ne pensez-vous pas qu'il puisse y avoir un rapport avec l'incendie de votre ancien appartement ?

Elle secoua la tête. Non, c'était peu probable. C'était la première fois qu'elle faisait ce cauchemar. De l'incendie qui avait détruit son logement, elle n'en avait gardé aucun souvenir. Elle avait perdu connaissance aussitôt après l'explosion de la gazinière de sa voisine. Il y avait nécessairement une explication rationnelle… Mais laquelle ?

Elle tourna son visage humide vers lui :

— Êtes-vous croyant, Hadrien ?

Le gendarme eut un léger mouvement de recul. C'était la première fois qu'elle l'appelait par son prénom. Dans la bouche de la jeune femme, il lui était apparu presque mélodieux. Comme bon nombre de personnes, Hadrien n'appréciait guère son prénom, trop dissonant à son goût. Une lubie de ses parents, grands admirateurs de cet empereur romain amoureux des lettres et des arts, foncièrement pacifique et croyant.

— Je dirais plutôt agnostique, précisa-t-il. Je n'ai ni la prétention de dire qu'un dieu existe ni celle d'affirmer qu'il n'est qu'une affabulation de l'homme pour supporter sa condition de mortel. Puisque vous portez une croix en argent, je suppose que vous êtes croyante.

— Je suis issue d'une famille très croyante et pratiquante… je pense que rien n'arrive jamais par hasard.

— Je partage aussi cette conviction, mais probablement pour des raisons différentes. Les faits qui se produisent sont la plupart du temps la conséquence de nos actes.

Le regard du gendarme s'était assombri.

— À quoi songez-vous ?

— Je pensais à mes collègues qui sont hospitalisés.

— Vous avez pu les voir lorsque vous êtes venu me chercher au CHU ?

— Non, tant que les médecins ne savent pas exactement ce qu'ils ont, les visites ne sont pas autorisées. Le pronostic vital de Paul est engagé. Il a été placé sous respirateur. Quant à Guillaume, son état s'aggrave d'heure en heure.

— C'est quand même étrange que les médecins n'aient pas encore trouvé de quoi ils souffrent.

— La piste de l'intoxication alimentaire a été écartée. Il semblerait que ce soit plus grave. Ils pourraient avoir été empoisonnés.

— Empoisonnés ! s'exclama Cassidy. Mais avec quoi et comment ?

— Ils n'ont pas encore identifié la substance. Quant au « comment », il y a plusieurs hypothèses : ingestion ou inhalation d'un produit toxique, ça peut tout aussi bien être une injection ou un contact direct par absorption de la peau. Toute la brigade a été passée au peigne fin. On attend les résultats des analyses.

Il avait appuyé sa nuque contre le dossier du canapé et fermé les yeux.

— Et vous ? Vous n'avez pas de symptômes ?

Il leva une paupière puis la referma.

— Je vais bien, rassurez-vous.

Cassidy se laissa choir contre les coussins et ferma les yeux à son tour…

— Simon croit dur comme fer que vous avez de super pouvoirs. Il m'a raconté ce que vous lui aviez dit lorsqu'il vous avait raccompagnée à la porte de la caserne vendredi dernier.

Il ne vit pas son sourire.

— Il vous croit capable de communiquer avec les morts.

Elle ouvrit les yeux et vit que le gendarme l'observait.

— Et vous, qu'est-ce que vous en pensez ?

Un silence.

— Je n'ai aucun super pouvoir. Je ne fais que ressentir le monde qui m'entoure. Je perçois les émotions et les énergies que les corps dégagent, et parfois même celles de certains objets. Je les interprète en fonction de ce que je perçois.

— Très bien, dites-moi ce que je ressens en ce moment…

— Avec vous, ça ne marche pas. Je ne capte rien.

Elle crut lire de la déception dans le regard du gendarme.

— Vous semblez être équipé d'une sorte de « bouclier », plaisanta-t-elle. Il m'est impossible d'avoir accès à vos émotions.

— Sans doute est-ce parce que je m'applique à les contrôler.

Ils échangèrent un sourire.

— Si ma carrière d'agent de recouvrement tourne court à cause de toute cette histoire, je pourrais toujours me reconvertir.

— Sérieusement ? Ce serait un virage étonnant.

— Ça me plairait d'aider les gens à mieux vivre plutôt que de les traquer pour le compte de sociétés sans âme.

— Qu'est-ce qui vous en empêche ?

— Je ne sais pas… Comme tout le monde, la peur de l'inconnu et le confort de ma situation actuelle, je suppose. Enfin… avant tout ce bazar.

Hadrien songea à sa propre reconversion qu'il avait amorcée. Il aurait aimé en discuter avec elle, mais il jugea que ce n'était ni le moment ni l'endroit.

39

— Pour l'heure, tout ce qui m'importe est de retrouver Camille. Je suis convaincue qu'elle est toujours en vie. Je le sens.

— Je le pense aussi.

Cassidy se redressa d'un bond.

— Qu'est-ce qui vous fait dire ça ?

Il passa une main sur sa nuque, conscient d'avoir perdu une occasion de se taire.

— Je vous préviens, je ne fermerai pas l'œil tant que vous ne m'aurez pas répondu.

De guerre lasse, il capitula.

— Camille Mancini n'est pas celle que vous croyez… commença-t-il.

Comme elle allait réagir, il lui demanda de ne pas l'interrompre.

— Selon moi, tout était prévu de longue date. Elle a orchestré sa propre disparition. Elle a très certainement engagé l'homme à la casquette pour assassiner la maîtresse de son mari.

Cassidy rit de bon cœur.

— Vous avez une imagination débordante. Vous devriez écrire des romans…

— Lors de son audition, Gabriel Mancini a déclaré avoir informé son épouse de son intention de divorcer, quelques semaines seulement avant les événements.

— Gabriel, divorcer ? Vous ne l'avez pas cru tout de même…

— Nous avons passé en revue toutes les factures, les relevés téléphoniques et bancaires du couple, les disques durs de leurs ordinateurs.

— Et alors ?

— Camille avait récemment ouvert un compte bancaire à l'étranger. Elle a opéré plusieurs transactions en imitant la signature de son époux.

— C'est impossible. Camille ne s'est jamais intéressée à l'argent. C'est Gabriel qui gère tous les comptes. Elle n'y connaît rien.

— Faut croire que c'était une façade. Au total, votre amie a détourné la coquette somme de 32 000 euros en l'espace de quatre mois. Elle a effectué quatre virements de 8 000 euros chacun, de janvier à avril. Le bénéficiaire était une ancienne connaissance du couple Mancini.

— Et qui est cette personne ? Je la connais certainement : nous avons tous fait nos études à Quimper.

— Vous pouvez dire « était ». Le jeune homme est décédé au début du mois de mai. Précisément deux jours avant l'échéance d'un cinquième virement. Est-ce que le nom de Maxime Desplanches vous dit quelque chose ?

— Je ne le connaissais pas personnellement. Je sais qu'il tournait autour de Camille avant qu'elle se marie. Gabriel ne l'appréciait pas beaucoup. Que lui est-il arrivé ?

— Son corps a été retrouvé au pied d'une falaise, à Moëlan près de Quimperlé. Il semblerait qu'il ait mis fin à ses jours.

— Pourquoi dites-vous « il semblerait » ?

— Selon les éléments de l'enquête, Maxime Desplanches était sous antidépresseur depuis plusieurs années. En décembre, il a été licencié par son patron pour faute grave. Sa petite amie l'a quitté peu de temps après.

— Il n'y a pas eu d'autopsie ?

— Elles ne sont pas systématiques. Sa sœur en avait fait la demande auprès du procureur de la République. J'ignore pour quelles raisons, mais elle a été déboutée. L'affaire a été classée.

Cassidy prit un air songeur.

— Si mes souvenirs sont exacts, sa sœur s'appelle Marjorie. Elle était plus âgée que nous. Une fille qui avait la tête sur les épaules. Si elle a estimé que la mort de son frère ne relevait pas d'un suicide, c'est qu'elle avait certainement de bonnes raisons.

Elle s'interrompit de nouveau. L'expression du gendarme était limpide.

— Attendez une minute… Vous ne pensez tout de même pas que Camille aurait pu pousser Maxime du haut de la falaise ?

— Disons que je ne crois pas aux coïncidences. Le couple Mancini était à Quimper le week-end où s'est déroulé le drame. Gabriel Mancini a confirmé qu'ils étaient bien allés rendre visite à ses parents à cette date.

— Dans ce cas, ça pourrait tout aussi bien être Gabriel, non ?

— Négatif. Selon le témoignage de ses parents,

il était souffrant, incapable de prendre le volant. En revanche, son épouse s'est absentée à plusieurs reprises au motif de rendre visite à ses amis.

— Et vous en déduisez qu'elle a vu Maxime à cette occasion ?

Il opina du menton.

— Il faudrait pouvoir interroger Marjorie. À l'époque, elle était très proche de son frère...

— J'ai prévu d'aller sur place demain matin. Je n'ai pas réussi à la joindre par téléphone... D'après les collègues qui ont enquêté sur la mort de son frère, elle serait allée vivre avec un homme appartenant à la communauté des gens du voyage. Il y a plusieurs campements dans les environs. Je vais tâcher de la retrouver...

— Je connais la région comme ma poche ; j'y ai vécu seize ans ; je peux vous aider dans vos recherches.

— Je pensais que vous aviez grandi à Inverness.

— Mon père a obtenu un poste de chercheur à la faculté de médecine de Quimper. Nous avons emménagé dans la région quand j'avais huit ans.

Elle croisa les bras sur sa poitrine.

— Dites-moi à quelle heure je dois me tenir prête.

— Je regrette, je ne peux pas vous emmener.

— Sans moi, il vous sera difficile de la trouver. Que je sache, les gens du voyage et les gendarmes ne font pas bon ménage.

Cassidy se cala entre les coussins du canapé en étouffant un bâillement.

— Nous en reparlerons demain. Vous devriez retourner vous coucher, il est encore tôt.

— Ça vous dérange si je reste ici ?

— C'est votre canapé...

Ils échangèrent encore quelques minutes. Cassidy fut la première à s'endormir. Sa tête glissa contre l'épaule d'Hadrien. Il tendit le bras pour éteindre la lumière et s'affaissa contre les coussins.

40

Mardi 24, 12 h 30, domaine du Bois Noir

— Si vous saviez, mes enfants, comme je suis heureuse de vous avoir à déjeuner ! s'exclama la sexagénaire, les mains jointes.

Derrière ses petites lunettes rondes, les yeux gris de Rose-Marie Desperoys brillaient d'un vif éclat. Émue aux larmes, elle regardait son fils et Camille à tour de rôle.

La jeune femme attablée à sa droite avait le teint aussi blanc que le service en porcelaine. Son dos était tendu comme un arc contre le dossier de sa chaise. Ses doigts tremblaient tellement qu'il lui était difficile de tenir sa fourchette.

Charles Desperoys, assis en face d'elle, affichait une attitude décontractée tout en observant sa captive du coin de l'œil. Elle ne pouvait battre des cils sans qu'il s'en aperçût. À côté de son assiette, il avait dissimulé sous un deuxième foulard de soie blanche le boîtier qui contrôlait le collier. Au moindre faux pas, il n'hésiterait pas à presser le bouton. Avant de passer à table, il avait été très clair avec elle, précisant que toutes les issues, portes et fenêtres, étaient verrouillées de l'intérieur. Lui seul avait la clef. Camille avait encore à l'esprit la douleur fulgurante qu'elle avait ressentie lors de sa dernière tentative d'évasion.

La mère de Charles posa sa main flétrie sur celle de Camille avec tendresse.

— Mon enfant, vous avez à peine touché à votre assiette… J'espère que vous n'êtes pas souffrante.

Comme si ce contact lui avait brûlé la peau, Camille retira d'instinct sa main sous le regard réprobateur de son ravisseur.

— Ne t'inquiète pas, maman, intervint-il d'une voix douce. Elle est un peu fatiguée en ce moment. Ce doit être à cause de la chaleur… C'est pour cette raison que nous allons nous accorder quelques jours de vacances.

— Mais qui va prendre soin de moi ? s'alarma Rose-Marie.

Charles leva le visage fripé de sa mère entre ses mains et lui parla avec tendresse.

— Nous en avons déjà discuté, maman. Tu te souviens ?

Elle secoua son chignon de gauche à droite. Non, elle n'en avait gardé aucun souvenir, et cela la plongea dans un profond désarroi.

— Je t'ai trouvé une place dans une maison de repos, à quelques pas d'ici. Tu t'y sentiras comme à la maison. Les aides-soignantes seront à tes petits soins.

Elle allait protester. Charles déposa un baiser sur le front de sa mère.

— C'est l'histoire d'une semaine ou deux. Où que je sois, je veillerai à ce que tu ne manques de rien. Je t'appellerai tous les jours.

Rassurée, Rose-Marie s'empara d'une tartine de pain qu'elle découpa en plusieurs morceaux de proportion égale. Elle trempa les bouchées une à une dans la sauce du bœuf bourguignon que son fils avait commandé auprès de son traiteur habituel. Elle les engloutit dans sa bouche avec gourmandise.

La comtoise en acajou qui trônait dans la salle à manger sonna treize coups. Rose-Marie s'agita dans son fauteuil roulant tout en jetant des regards inquiets en direction de la porte d'entrée.

— Ton père n'est toujours pas rentré du travail. J'espère qu'il ne lui est rien arrivé sur la route.

Charles Desperoys posa sa main sur son avant-bras.

— Il reste encore un peu de viande, à moins que tu ne préfères reprendre de ce délicieux vin que j'ai acheté pour te faire plaisir.

Rose-Marie avala sa salive avec grand bruit.

— Tu veux bien l'appeler pour savoir si tout va bien ?

— Ne t'inquiète pas pour lui, s'il avait eu le moindre problème, il nous aurait prévenus.

La mère de Charles inclina la tête sur le côté et battit des paupières. Son fils lui servit un second verre de gevrey qu'elle but à petites gorgées sonores.

Elle cessa de surveiller la porte d'entrée et se concentra pleinement sur la conversation que son fils avait entamée pour détourner son attention. Atteinte de la maladie d'Alzheimer, Rose-Marie avait néanmoins conservé un goût certain pour la presse *people*. La vie privée des personnes publiques et des célébrités l'intéressait au plus haut point. Pour satisfaire sa curiosité, Charles lui achetait des revues spécialisées dans ce domaine. Il lui en faisait la lecture chaque fois qu'elle le lui demandait.

Le teint livide, Camille assistait à cette scène surréaliste.

Après avoir mangé sa part de tarte à la mirabelle ainsi que celle de Camille, elle décrocha la serviette qu'elle portait autour du cou et tamponna ses lèvres décharnées. Puis, elle roula méthodiquement le tissu à motif Vichy et le fit glisser de ses doigts frêles dans le rond de serviette gravé en métal doré.

— C'est Charles qui me l'a offert pour mon anniversaire, déclara-t-elle avec fierté. C'est lui qui l'a fait. Tenez, regardez, il a gravé mes initiales.

Elle effleura de son index les lettres entrelacées

— Charles a toujours été doué de ses mains. Il est capable de fabriquer toutes sortes d'objets. Je ne sais pas où il va chercher toutes ces idées. C'est un artiste ! conclut-elle en couvant son fils d'un regard débordant d'amour.

Camille serra les dents en songeant au collier de fer qui entravait sa gorge, aux électrodes qui s'enfonçaient dans sa chair à chacun de ses mouvements. Charles avait rivalisé d'ingéniosité pour lui confectionner cet instrument de torture infaillible.

Elle sentit monter en elle une vague de colère. Une furieuse envie de crier, de dire à cette femme qui ne tarissait pas d'éloge sur son génie de fils qu'elle avait engendré un monstre. Elle serra les poings jusqu'à s'enfoncer les ongles dans la paume de ses mains.

Les yeux rivés sur son assiette, elle sentit peser sur elle le regard de son bourreau. En signe d'avertissement, il posa sa main sur sa serviette. Camille comprit le message.

La comtoise marqua le quart.

— François a dû être appelé en urgence sur un chantier, reprit la sexagénaire. Je vais remettre le reste du plat au four. S'il y a une chose que mon époux déteste par-dessus tout, c'est de manger froid !

Puis, se tournant vers Camille.

— François sera content de vous revoir. Il vous apprécie beaucoup, vous savez. Il me parle souvent de vous.

Elle cligna de sa paupière fanée.

— Il a toujours eu un petit faible pour les infirmières.

Elle s'empara du plat de bœuf bourguignon et le déposa sur ses genoux.

Le fauteuil roulant s'éloigna en direction de la cuisine dans un sifflement strident.

Camille se retrouva assise en tête à tête avec son tortionnaire.

41

Camille médita les dernières paroles de Rose-Marie. Celle-ci l'avait confondue avec une autre femme. Une infirmière... Une autre proie de son fils ? Charles n'avait pas cillé.

Un silence oppressant s'était abattu sur la salle à manger. Ne penser à rien, faire le vide. Camille tenta de calmer les battements de son cœur, de les synchroniser avec le tic-tac de l'horloge.

Elle n'osait lever le nez de son assiette par crainte de croiser le regard de l'homme qui l'avait souillée. Il ne disait rien mais elle percevait sa respiration calme et profonde. Une douleur aiguë au bas ventre lui rappelait chaque seconde ses odieuses caresses.

Charles faisait tourner le boîtier métallique entre ses doigts dans un sens puis dans un autre, comme pour lui signifier qu'il n'avait qu'un bouton à presser pour la réduire au silence. Il était son maître. Elle lui devait obéissance.

Sous la table, les genoux de Camille s'entrechoquaient à un rythme soutenu. Dans sa poitrine, son cœur tambourinait de plus en plus fort. Elle eut l'impression que les battements résonnaient dans toute la pièce, que Charles pouvait les entendre.

— Ma mère en est au stade 5 de la maladie, déficit cognitif modérément sévère, précisa-t-il.

Il avait parlé sur le ton de la confidence comme s'il se fût adressé à une vieille connaissance.

— Mon père est décédé dans un accident de la circulation. Il rentrait du travail… Elle ne s'en est jamais remise.

Il marqua une pause puis reprit comme s'il se parlait à lui-même :

— Se remet-on jamais de la perte d'un être cher ? Les mois, les années passent, sans que la douleur s'efface. À quoi bon continuer à vivre dans ces conditions ?

Son regard sombre était perdu dans le vide.

Camille frémit en entendant ce discours. Que deviendraient Clara et Gabriel si jamais elle ne devait pas s'en sortir vivante ? Cette pensée lui déchira le cœur.

— Nous partirons demain en début d'après-midi. Tu n'as pas à t'inquiéter, je me suis occupé de tout. Une ambulance viendra chercher ma mère en fin de matinée pour la conduire dans une maison de repos située à quelques kilomètres d'ici. Des aides-soignantes veilleront sur elle nuit et jour ; je n'aurai plus à me faire du mauvais sang pour elle. Ça devient compliqué, voire risqué de la garder ici, avec nous. Sans compter que désormais, il faut que je m'occupe de toi, Camille.

Il se pencha en avant sur la table et murmura.

— Toi et moi, nous allons prendre un nouveau départ.

Dans la cuisine, Rose-Marie fredonnait une comptine avec insouciance. Bien que les trois quarts des paroles lui échappaient, elle y mettait du cœur.

« *Meunier, tu dors, ton moulin, ton moulin va trop vite ; meunier tu dors, ton moulin va trop fort.* »

Camille reconnut l'air qu'elle chantait à sa fille en faisant tourner ses petites mains pour imiter le mouvement des ailes du moulin. À chaque fois, Clara riait aux éclats.

Elle risqua un regard en direction de Charles. Il avait sorti son téléphone portable. De son index, il faisait défiler l'écran.

Elle en profita pour observer la pièce alentour. Son attention s'attarda sur le buffet en merisier qui se trouvait près de la porte d'accès au garage. Une dizaine de cadres poussiéreux contenant des photos de famille étaient agencés sur des napperons de dentelle. Depuis la chaise où elle était assise, Camille ne distinguait que de pâles silhouettes. Elle en compta quatre. Elle reconnut celle de son bourreau, trapue et massive, celle de Rose-Marie au bras d'un homme de haute stature qui devait être son époux. Elle se tenait sur ses deux jambes. La quatrième silhouette était celle d'une femme.

Charles avait délaissé son écran. Elle ne décela aucune animosité dans ses yeux. Il paraissait presque détendu.

Camille rassembla son courage.

— J'ai une famille qui m'attend… une petite fille, un mari… se risqua-t-elle à mi-voix, le front baissé.

La réaction de Charles fut immédiate. Il entra dans une colère noire. Il abattit son poing fermé sur la table, faisant tinter les verres et les couverts.

— Assez ! Je t'ai déjà dit de ne plus me parler de ce connard ! vociféra-t-il en la menaçant du doigt.

Il empoigna le boîtier. Ses doigts tremblaient avec fureur.

— Combien de fois il va falloir te le répéter avant que cela ne finisse par entrer dans ton crâne ? Hein ? Combien de fois ? hurla-t-il.

Dans la cuisine, le chant avait cessé.

Camille s'était recroquevillée sur la chaise, les mains plaquées contre ses oreilles.

Un bruit de verre brisé sur le carrelage suivi de cris entrecoupés de sanglots coupa court à la fureur de Charles. D'un bond, il fut debout. Il se précipita dans la cuisine à grandes enjambées. Camille releva la tête. Il avait emporté la télécommande.

Pelotonnée sur elle-même, Camille tentait de contrôler les tremblements qui secouaient son corps comme une poupée de chiffon.

Dans la cuisine, les pleurs de Rose-Marie avaient redoublé d'intensité. De sa voix grave, son fils tentait de l'apaiser. Camille comprit à ses paroles qu'elle s'était blessée en voulant rattraper un plat en verre qui lui avait échappé des mains et qu'elle s'était coupée. Affolée par la vue de son sang, elle était en panique.

Dans l'esprit de Camille, les pensées fusèrent de toutes parts. Devait-elle saisir cette opportunité pour s'échapper ? Charles était occupé à panser les blessures de sa mère. Cela lui laissait quelques minutes pour agir. Mais comment faire ? Il avait condamné les fenêtres avec des planches, fermé les portes à clef et programmé un code pour accéder à l'ascenseur. Des mesures sécuritaires destinées à protéger Rose-Marie. Depuis quelques mois, sa mère avait des tendances suicidaires, lui avait-il confié la veille du dîner.

Camille jeta des regards inquiets de part et d'autre de la pièce. Briser une fenêtre avec une chaise?

Non, impossible. C'était au-dessus de ses forces. Le salon était situé au premier étage de la maison. Son attention se porta sur la nappe. S'emparer d'un couteau et le poignarder avec dès qu'il reparaîtrait dans la salle à manger? Il avait pensé à tout, absolument à tout. Les couverts étaient à bout rond. Les tiroirs de la commode et du buffet étaient sécurisés par des verrous.

Incapable de prendre la moindre décision, Camille demeura pétrifiée sur sa chaise.

Les pleurs dans la cuisine cessèrent. Charles reparut dans la pièce, les manches de sa chemise tachées de sang. Camille croisa son regard fou.

Comme s'il avait lu dans ses pensées, il l'empoigna par l'avant-bras, la tira hors de la table et l'entraîna vers la porte.

— La fête est terminée. On rentre!

Charles fouilla dans la poche de son pantalon et en ressortit un trousseau de clefs. Alors qu'il ouvrait la porte d'accès au garage, le coude de Camille heurta l'un des cadres posés sur le buffet. Il y eut un bruit de verre brisé suivi d'un juron.

Charles le ramassa avec précipitation et le posa à plat, face contre le meuble. Abasourdie par ce qu'elle venait de voir, Camille se laissa entraîner dans l'escalier comme si elle était devenue l'ombre d'elle-même.

La nuit suivante, elle n'eut de cesse de se tourner sur le matelas. Elle était hantée par l'image de cette inconnue qu'elle avait eu le temps d'apercevoir sur la photographie. La jeune femme, âgée d'une vingtaine d'années, était revêtue de cette abominable robe à fleurs que son ravisseur l'avait obligée à porter. Sous l'étoffe, on devinait qu'elle attendait un enfant. Elle devait en être au sixième mois de grossesse, guère plus. Camille avait été saisie par leur ressemblance. Toutes deux avaient les cheveux coupés au carré, d'un même blond cendré.

Charles ne l'avait donc pas choisie au hasard…

42

Mardi 24 juin

En fin de matinée, Hadrien et Cassidy prirent la route à bord du véhicule personnel du gendarme. Plus confortable, et surtout plus discret que ceux de la brigade.

Vitres abaissées, la Toyota Auris filait en direction de Quimperlé.

Pour ce neuvième jour de canicule, la jeune femme avait opté pour une tenue légère ; une robe en coton et des tennis en toile blanche. Complexée par ses orteils qu'elle estimait informes, rabougris, elle se refusait à porter des sandales ouvertes. À la mi-journée, ses pieds, avaient déjà doublé de volume.

Les cheveux au vent, elle était comme hypnotisée par le paysage verdoyant qui défilait à grande vitesse par la fenêtre. Elle ne se lassait pas d'admirer les vastes étendues qui ondoyaient sous un ciel clairsemé de nuages d'un blanc laiteux.

Les hameaux de granit sombre qui bordaient la quatre-voies lui faisaient penser aux cottages de sa région natale. Ces bâtisses pittoresques qui jalonnaient la North Coast 500 avaient un charme indéniable.

Elle eut une pensée émue pour la maison de forestiers de ses grands-parents, bâtie au cœur des Highlands. Son confort rudimentaire était largement compensé par la vue imprenable qu'elle offrait sur le loch Ness.

Cette propriété lui reviendrait après le décès de sa grand-mère maternelle. Elle n'avait pas encore réfléchi à ce qu'elle en ferait. Seule certitude, elle ne s'en séparerait qu'en cas d'absolue nécessité.

Après une courte pause déjeuner, Hadrien et Cassidy arrivèrent à destination aux alentours de 14h30.

Cassidy s'installa sur un muret en pierres, à l'ombre des arbres de la place Charles-de-Gaulle, devant les imposants bâtiments de l'ancien couvent qui accueillait à présent la gendarmerie de Quimperlé. L'air soufflant de la rivière emplit ses poumons. Elle prit une profonde inspiration et se laissa envahir par cette sensation de fraîcheur intense. Elle profita de l'absence du gendarme pour délasser ses pieds et étendre ses jambes.

Hadrien s'entretint avec les collègues de la brigade de Quimperlé qui avaient enquêté sur la mort de Maxime Desplanches. Il consulta le rapport d'enquête et les divers témoignages recueillis par ses homologues bretons.

Le gendarme releva plusieurs incohérences dans le dossier. À son sens, celui-ci avait été classé avec précipitation. La principale zone d'ombre résidait dans le moyen de locomotion utilisé par la victime.

Le légiste avait estimé que la mort du jeune homme était survenue entre 2 h 30 et 3 heures du matin. Or, aucun véhicule abandonné n'était stationné aux abords de la falaise. Selon les amis avec lesquels Maxime Desplanches avait passé la soirée au Madison Club de Quimperlé, il avait quitté la boîte de nuit un peu avant 2 heures du matin. La discothèque se situant à vingt-deux kilomètres de l'endroit où son corps avait été retrouvé, il était techniquement impossible qu'il ait fait le déplacement à pied. Sa Yamaha était garée dans le parking souterrain de son immeuble, à son emplacement habituel. Les enquêteurs avaient supposé qu'il s'était rendu sur le site de Trénez en auto-stop. Malgré les appels à témoin, personne n'avait été en mesure de confirmer cette hypothèse.

De retour au parking, Hadrien surprit Cassidy en pleine méditation, les cheveux au vent, les doigts de pied en éventail. Il lui fit part des incohérences qu'il avait relevées dans le dossier. Ses collègues quimperlois ne s'étaient pas montrés des plus coopératifs.

— De votre côté, avez-vous réussi à vous procurer l'adresse de la sœur ?

Le menton levé, elle lui expliqua que non seulement elle savait dans quel camp elle résidait, mais qu'en plus, elle avait échangé avec elle quelques minutes au téléphone.

— Elle m'attend !

Hadrien ne cacha pas son admiration.

— Comment vous avez fait ?

Elle adopta un air mystérieux.

— J'ai gardé pas mal de contacts dans la région. Quelques coups de fil ont suffi pour découvrir où Marjorie faisait suivre son courrier. Elle passe le chercher une fois par semaine chez l'une de ses amies qui habite à Quimper. C'est cette dernière qui m'a dit qu'elle résidait désormais au campement de Tréméven.

Il songea que cette jeune femme était décidément pleine de ressources.

— Bravo ! Vous feriez une excellente enquêtrice !

Ses yeux se posèrent sur ses pieds nus.

— Vous êtes prête ?

Les joues de Cassidy s'empourprèrent. Elle enfila ses baskets en toute hâte.

43

Au grand dam des habitants de Tréméven, une cinquantaine de caravanes s'étaient installées sur le terrain de football annexe de la commune. Les familles vaquaient à leurs occupations habituelles sans être inquiétées. Profitant des locaux sanitaires, de l'eau et de l'électricité… aux frais de la princesse.

À l'approche du camp, la Toyota remonta lentement le chemin, escortée de chaque côté par deux bâtards aux aboiements enragés.

Un groupe de jeunes désœuvrés, âgés de huit à seize ans, étaient adossés contre la carcasse d'une voiture à demi calcinée. Ils dévisagèrent les occupants du véhicule immatriculé dans le 44, une expression de mépris gravée sur leurs figures revêches.

— C'est le monde à l'envers, grommela Hadrien. Ils se comportent comme s'ils étaient chez eux. C'est limite si on ne devrait pas leur demander la permission de pénétrer sur le territoire qu'ils considèrent comme le leur !

— Ce ne sont que des gosses… ils ne font que reproduire les valeurs que leurs parents leur ont inculquées.

— À leur âge, ils devraient être à l'école... justement pour sortir de leur condition. Au lieu de cela, ils glandent toute la journée.

— Je suis d'accord avec vous sur ce point, mais c'est leur mode de vie.

— Curieux mode de vie que de s'approprier illégalement un espace public. Privant par là même les habitants de la jouissance de cette infrastructure.

— Ces familles n'ont pas le choix. Si la loi Besson était davantage respectée par les communes de plus de 5 000 habitants, elles ne seraient pas obligées de squatter ce genre d'endroits. Sans compter qu'il existe des subventions pour aménager des aires d'accueil dignes de ce nom ! On ne peut pas tout avoir, le beurre et l'argent du beurre...

— Et la crémière... compléta-t-il, un rictus nerveux au coin des lèvres. Personne n'a envie d'avoir des caravanes près de chez lui. Subventions ou pas, c'est un vrai fléau.

Agacée par les propos du gendarme, elle mit un terme à leur échange.

— Inutile de tergiverser plus longtemps, nous ne serons jamais d'accord sur ce sujet.

— Je suis gendarme, pas assistante sociale, rétorqua-t-il.

Hadrien stoppa son véhicule devant la première rangée de caravanes rutilantes. Des paraboles satellite high-tech étaient accrochées aux toits tels des papillons blancs.

Cassidy jeta un œil dans le rétroviseur. La bande de gamins était sur leurs pas. Les corniauds faisaient des bonds d'un mètre autour de la voiture comme s'ils étaient montés sur des ressorts.

Sa figure se crispa. Elle serra les dents.

— Il est préférable que vous restiez dans la voiture, suggéra Hadrien.

— Hors de question que vous y alliez sans moi. Marjorie ne sait même pas que vous m'accompagnez.

Il se tourna vers elle.

— Vous plaisantez ?

Contrite, elle baissa le nez.

— Si je lui avais dit que je venais avec un gendarme, jamais elle n'aurait accepté de me recevoir.

— On descend tous les deux, trancha-t-il.

— C'est entendu, mais vous me laissez parler. Même sans uniforme, vous ressemblez à un flic.

À peine étaient-ils sortis du véhicule que les ratiers se ruèrent sur eux et commencèrent à attaquer leurs chevilles, toutes dents dehors. Par réflexe, Cassidy s'agrippa au bras du gendarme. Celui-ci les envoya rouler à quelques mètres derrière eux d'un coup de pied dans le flanc.

— Aussi teigneux que leurs maîtres, laissa-t-il échapper.

Elle lui décocha un regard réprobateur.

Un homme au teint basané les avait rejoints d'une démarche lourde. Derrière lui se tenaient deux autres gitans aux épaules carrées. Tous trois avaient surgi de nulle part. On eût dit des triplés tant ils se ressemblaient. Même chevelure poivre et sel, même mine patibulaire.

— Cassidy, c'est bien ça ? demanda l'homme sans un bonjour.

Il avait un fort accent catalan.

Cassidy hocha la tête en signe d'acquiescement et tendit sa main droite pour le saluer. Ses doigts restèrent suspendus dans le vide devant la toison broussailleuse qui s'échappait de la chemise ouverte jusqu'au nombril.

— Suivez-moi, ordonna-t-il d'un ton autoritaire.

Il fit trois pas en avant puis se retourna, défiant Hadrien.

— Et lui, c'est qui ?

— Son garde du corps, railla Hadrien avec aplomb.

Le gitan cracha au sol ; le jet de salive évita de justesse les chaussures d'Hadrien.

Les deux hommes se regardèrent en chiens de faïence.

— C'est un ami, assura Cassidy en enroulant son bras autour de celui du gendarme.

Le gitan tourna les talons en grommelant dans sa barbe.

Le logement de Marjorie était située à l'extrémité opposée du campement. Ils durent traverser une nuée de caravanes, encadrés par les trois hommes. Des rideaux s'ouvrirent sur leur passage, des visages suspicieux apparurent dans les encadrements des portes. Le cortège stoppa devant la plus modeste d'entre elles. Conçue pour accueillir une famille de quatre à six personnes, elle disposait de tout le confort nécessaire. Hadrien émit un long sifflement auquel Cassidy mit un terme par un coup de coude assené entre les côtes.

L'homme les précéda à l'intérieur. Ses acolytes restèrent de chaque côté de la porte, tels des sphinx gardant l'entrée d'un temple. Ils furent accueillis par le souffle mécanique de la climatisation. Cassidy frissonna au contact de l'air frais qui enveloppa sa peau.

Une jeune femme vêtue d'une tunique sombre, à la peau claire, était allongée sur une banquette. Son visage était d'une maigreur maladive. Son teint cendré contrastait violemment avec sa chevelure de jais.

Elle se leva avec peine pour venir les saluer. Ses yeux ternes s'attardèrent sur Hadrien.

— Tu ne m'avais pas dit que tu serais accompagnée…

— Je te présente Hadrien… Il m'aide à retrouver Camille.

Marjorie leur indiqua la banquette. Ils s'installèrent autour de la table, aussitôt rejoints par le gitan.

Marjorie passa ses doigts aux ongles rongés dans ses cheveux ébouriffés.

— Tu dois me trouver bien changée, Cassidy…

Sans doute avait-elle décelé dans l'expression de Cassidy des marques d'étonnement. À quarante ans, elle en paraissait dix de plus.

— Je ne suis plus aussi coquette qu'autrefois. Je dois reconnaître que depuis la disparition de Maxime…

Un voile sombre couvrit son visage blafard. Ses doigts tremblaient nerveusement sur la table.

— Depuis le décès de mon frère, corrigea-t-elle, je n'ai plus goût à rien. Heureusement que Miguel est là pour me soutenir dans cette épreuve. Sans lui, je n'aurais plus personne à qui me raccrocher.

L'homme à la chemise débraillée s'était assis face à Hadrien. Les traits burinés de son visage lui conféraient une dureté implacable. D'un geste possessif, il enroula un bras robuste autour des frêles épaules de sa compagne.

Cassidy posa ses mains sur celle de Marjorie. Les tremblements s'estompèrent.

— Je n'ai appris la nouvelle qu'hier soir. Si je peux t'aider en quoi que ce soit, Marjorie, n'hésite pas…

Son interlocutrice chassa l'air de ses poumons.

— Ne t'inquiète pas pour moi, il paraît que le temps efface les blessures… Dis-moi plutôt ce que je peux faire pour toi. Tu m'as semblé très inquiète au téléphone. Qu'est-ce qui est arrivé à Camille ?

Cassidy jeta un œil sur Hadrien. Le dos bien droit sur la banquette, il observait par la fenêtre les allées et venues des hommes du camp.

— Je n'en sais rien… Ça fait onze jours qu'elle a disparu. Personne ne sait où elle est. Si je suis aussi inquiète, c'est qu'elle est partie sans sa petite fille.

Le regard de Marjorie se perdit dans le vide.

— Je me souviens qu'à l'époque, vous étiez très proches l'une de l'autre. Maxime aussi était très proche d'elle…

En proie à une vive émotion, son corps fut secoué par un soubresaut. Elle poursuivit d'une voix étranglée :

— À dire vrai, il n'a jamais cessé de l'aimer…

Le regard d'Hadrien se détourna de la fenêtre.

— Ils étaient toujours en contact ? demanda Cassidy.

— Depuis le drame, Maxime n'avait plus eu de nouvelles ; du moins jusqu'à ce qu'elle réapparaisse dans sa vie au début du mois de janvier.

— Savez-vous lequel des deux a repris contact avec l'autre ? s'enquit Hadrien.

Elle n'hésita pas une seconde.

— C'est Camille ! Maxime m'a dit qu'elle l'avait contacté via Facebook. Je sais que par la suite, il a fait plusieurs allers-retours sur Nantes pour aller la voir.

— Ils avaient une liaison ? demanda Cassidy, les yeux ronds.

— Non, pas à ma connaissance. Si cela avait été le cas, Maxime me l'aurait dit. On n'avait aucun secret l'un pour l'autre.

— Vous a-t-il dit pourquoi il avait reçu autant d'argent de Camille Mancini ?

Marjorie parut étonnée.

— De quoi parlez-vous ? Je ne comprends pas…

— Je parle des 32 000 euros que Camille Mancini a versés sur son compte bancaire.

— 32 000 euros ? répéta-t-elle, abasourdie.

— Il y a eu quatre virements entre janvier et avril.

Marjorie resta sans voix, les yeux perdus dans le vide.

— Es-tu bien certaine que Maxime ne t'en avait pas parlé ?

— À présent, je comprends mieux…

— Explique-nous, Marjorie, c'est important.

Cette dernière releva la tête.

— Tu penses que la disparition de Camille a un rapport avec Maxime ?

— À ce stade de l'enquête, nous ne devons écarter aucune piste, intervint Hadrien.

Cette phrase qu'il avait prononcée à de multiples reprises au cours de sa carrière venait de le trahir.

La veine jugulaire gonfla sur le cou du gitan. Il retira son bras des épaules de sa compagne. Ce brusque changement d'attitude ne passa pas inaperçu. Il y eut un silence.

44

Le gendarme enroula son bras autour de la taille de Cassidy pour l'attirer à lui. Celle-ci tresaillit. Il la lâcha immédiatement.

— Qu'est-ce que tu « comprends mieux » ? la relança Cassidy en s'efforçant de ne pas laisser transparaître son trouble.

Marjorie se racla la gorge.

— Maxime avait perdu son emploi en décembre. Il n'a touché aucune indemnité. Comme il était en galère, je lui avais prêté un peu d'argent pour finir le mois. En janvier, il a tenu à rembourser intégralement ce qu'il me devait, au centime près. Pour me remercier, il m'avait invitée dans un restaurant étoilé. Son train de vie a changé du tout au tout, du jour au lendemain. Il s'était acheté un équipement complet pour sa moto.

— Tu ne lui as pas demandé d'où provenait tout cet argent ?

— Non, je savais que de temps en temps, il bricolait sur les motos de ses copains pour arrondir ses fins de mois. J'ai pensé qu'il avait élargi sa clientèle.

Hadrien se pencha en avant sur la table en joignant les deux mains.

— Pourquoi avez-vous demandé une autopsie du corps de votre frère?

La question eut l'effet d'une gifle sur Marjorie. Une lueur vive éclaira son regard.

— Parce que Maxime était un bon vivant. Il aimait trop la vie pour se jeter du haut d'une falaise. Au décès de nos parents, on s'était fait la promesse de veiller l'un sur l'autre…

— Sauf erreur de ma part, votre frère avait des antécédents dépressifs. Il avait perdu son travail et sa compagne en l'espace de quelques semaines seulement.

— Maxime avait commencé un nouveau traitement qui lui avait redonné goût à la vie. Et je dois dire que depuis qu'il revoyait Camille, il avait retrouvé le sourire. Voilà pourquoi je ne crois pas du tout à la théorie du suicide.

— Vous avez une idée de ce qui a pu arriver sur cette falaise?

— Maxime avait passé la soirée dans une discothèque. Il a pu faire une mauvaise rencontre. À moins que cela n'ait un rapport avec l'herbe qu'il revendait.

Cassidy et Hadrien échangèrent un regard. Tous deux n'adhéraient à aucune de ces deux hypothèses. Marjorie avait apporté un nouvel éclairage à leur enquête. La disparition de Camille et le décès prématuré de Maxime étaient nécessairement liés. Il ne restait plus qu'à déterminer la nature de ce lien.

— Avez-vous gardé les effets personnels de votre frère? Je veux dire, ses papiers, son téléphone portable, son ordinateur…

Le gitan, qui jusque-là n'avait pas desserré les lèvres, battit la mesure sur la table de ses doigts musclés. Ses narines étaient singulièrement retroussées.

— Y a qu'un poulet pour poser ce genre de questions… Tu te fous de ma gueule ?

Les muscles du corps du gendarme entrèrent en tension.

L'homme jeta des regards furtifs au travers des vitres de la caravane. Un attroupement s'était formé à quelques pas de là, prêt à intervenir au moindre signal.

Cassidy esquissa un sourire forcé.

— Vous avez raison. Hadrien n'est pas un ami.

Le gitan allait bondir hors de la banquette.

— Attendez, l'arrêta-t-elle d'un mouvement de bras. Je l'ai engagé comme détective privé pour m'aider à retrouver Camille… il est vrai qu'il était flic avant, mais désormais il travaille pour son propre compte. Il a fait jouer ses relations pour avoir accès aux dossiers…

Le gitan se détendit sans toutefois baisser sa garde.

— Je n'ai gardé que son blouson en cuir, sa guitare et des photographies. Nous avons vidé son appartement. Le bailleur était pressé de récupérer le logement pour le relouer.

Marjorie adressa un pâle sourire à son conjoint et poursuivit :

— Tout le reste, c'est Miguel qui s'en est chargé pour moi… Je n'avais pas le cœur à mettre le nez dans les affaires de mon frère. C'était trop douloureux.

Elle observa un silence, accablée par le souvenir de cette tragédie.

— Je lui ai dit de les vendre et de garder l'argent pour lui. En contrepartie, je dispose de cette caravane comme bon me semble. Miguel pourvoit à mes besoins. J'ai quitté la boîte dans laquelle je travaillais et tiré un trait sur ma vie d'avant.

Elle avait parlé d'une voix faible, à peine audible. Elle paraissait éteinte.

— Si vous en avez fini avec vos questions, Marjorie a besoin de se reposer maintenant.

45

— Je crains qu'on ne se soit déplacés pour rien, regretta Cassidy lorsqu'ils eurent regagné le véhicule.

— Détrompez-vous, je pense au contraire que nous sommes sur la bonne voie…

— Qu'est-ce qui vous permet d'être aussi optimiste ?

— Aucune de vous deux ne savait que Camille et Maxime étaient en contact. Or, d'après ce qu'elle nous a confié, elle était aussi proche de son frère que vous l'étiez de Camille avant sa disparition.

— Je ne vous suis pas… Qu'est-ce que ça prouve ?

— Qu'ils ont tout fait pour garder leur relation cachée.

— Vous suggérez qu'ils étaient amants ?

— Non, je n'y crois pas… ce serait trop simple. Je pense qu'il y avait autre chose de bien plus grave. Quelque chose qui légitime les mystérieux virements.

Cassidy campa ses mains sur ses hanches.

— Très bien, Sherlock Holmes, que fait-on maintenant ?

— Une balade en bord de mer, ça vous tente ? Les falaises de Trénez sont à une demi-heure de route d'ici. Il me manque des éléments pour y voir plus clair dans cette affaire.

Sans attendre de réponse, il mit le moteur en marche et remonta les vitres électriques. La Toyota fit un demi-tour contrôlé au pied des caravanes, laissant derrière elle un nuage de poussière qui retomba comme un voile ocre sur le campement.

46

Campée au-dessus de la plage de Trénez, l'imposante carrure d'Hadrien se détachait de la toile azurée qui s'étendait à perte de vue. On n'aurait su dire où se trouvait la ligne d'horizon tant le bleu cristallin du ciel se confondait avec la transparence de l'eau. Les voiliers qui croisaient au large du littoral atlantique paraissaient léviter entre ciel et mer.

Quelques mètres en contrebas, d'étonnantes piles de béton posées sur l'estran à intervalles réguliers rejoignaient un ilôt coiffé de vestiges du Mur de l'Atlantique derrière lesquels, au large, on devinait l'archipel des Glénan.

Une main en visière au-dessus des yeux, Hadrien scrutait les alentours en pivotant sur lui-même.

Cassidy se tenait en retrait, à quelques pas derrière lui. Cheveux au vent, la jeune femme inhalait à pleins poumons les senteurs de genêts et de silènes en fleur. Ces fragrances enivrantes lui rappelaient son enfance passée en bord de mer. Accaparée par son travail à l'agence et ses déplacements en Écosse, elle ne prenait guère le temps de venir respirer l'air iodé du Finistère.

Le gendarme lui fit signe de le rejoindre au bord de la falaise. D'un signe de tête, elle déclina l'invitation. Il devina sans peine qu'elle était sujette au mal des hauteurs.

— Je vais demander la réouverture de l'enquête, annonça-t-il quand il fut à portée de voix. Maxime Desplanches connaissait la région mieux que personne. S'il avait voulu se donner la mort, il aurait assurément choisi une autre falaise que celle-ci.

Il tendit la main en direction de la côte vers l'Est.

— Les parois qui se trouvent plus loin sont bien plus abruptes que celles-ci. Aucun risque de se rater.

— Cette falaise était suffisamment haute puisqu'il y a laissé sa vie.

— Ce n'est pas une question de hauteur mais de verticalité. Si vous vous étiez approchée du bord, vous auriez constaté qu'il y avait de nombreux obstacles susceptibles de ralentir sa chute, voire de la stopper net. Selon le médecin légiste dépêché sur place, Maxime Desplanches ne serait pas mort sur le coup. Les traces de sang retrouvées sur les rochers prouvent qu'il a rampé sur quelques mètres avant de succomber d'une hémorragie interne. Autant dire qu'il n'a pas choisi la mort la plus rapide et la moins douloureuse.

Hadrien se dirigea sur la gauche et s'accroupit devant le bouquet de fleurs fanées qui gisait dans l'herbe. Il effleura la carte reliée par du raphia. L'encre effacée était illisible. Il passa une main derrière sa nuque et se redressa pour s'approcher du rutilant bus rouge à impériale qui stationnait sur le parking, faisant office de bar.

Cassidy suivit les investigations du gendarme sans l'interrompre.

— D'après le dossier, les enquêteurs ont retrouvé son téléphone portable au pied de ce bus.

Il se frotta le menton avant d'ajouter l'air dubitatif :

— Ça ne colle pas…

— Je ne vous suis pas, finit-elle par déclarer. Qu'est-ce qu'il y a d'étrange ?

— Qu'est-ce que le téléphone de Maxime faisait ici, alors qu'il s'est laissé tomber de la falaise là-bas ? On aurait dû le retrouver près du corps…

Cassidy haussa les sourcils.

— Vous sous-entendez qu'il n'était peut-être pas seul… et que quelqu'un aurait pris son portable…

— Exactement !

Elle valida cette hypothèse d'un signe de tête.

— C'est pour cette raison que vous avez demandé le portable de Maxime à sa sœur ?

— Pour être honnête avec vous, non. Le rapport d'enquête a été rédigé à la va-vite. J'ai préféré venir sur place pour me faire ma propre idée. Si on trouve ce téléphone, on pourra remonter jusqu'à son agresseur via les empreintes qu'il aura, je l'espère, laissées dessus.

— Je ne sais pas si vous y avez prêté attention, mais le compagnon de Marjorie a paru embarrassé lorsque vous avez demandé à récupérer l'ordinateur et le portable de Maxime.

— Cela ne m'a pas échappé, en effet. Je suppose qu'il a déjà tout refourgué. Au cas où vous l'ignoreriez, les gitans ont troqué leurs paniers en osier contre du matériel high-tech ! Mais bon, on ne va pas remettre le sujet sur la table, ironisa-t-il.

Cassidy ne releva pas le ton badin de son interlocuteur. Sa figure s'était assombrie.

— Qu'est-ce qui vous préoccupe ?

— Marjorie m'est apparue anxieuse tout à l'heure, ou plutôt mal à l'aise, rectifia-t-elle. Sur le moment, j'ai pensé que son attitude était liée aux antidépresseurs qu'elle prend pour l'aider à surmonter la mort de son frère. À présent, je ne suis plus sûre de rien.

— À quoi songez-vous ?

— J'ignore si c'est important ou non, mais lorsque nous avions échangé par téléphone, elle semblait plus détendue. Elle devait être seule au moment de l'appel. Elle m'a confié qu'il y avait eu des tensions entre son frère et les membres de la communauté gitane qui l'ont accueillie.

— Des tensions de quelle nature ?

Cassidy écarta les mains.

— Elle n'est pas entrée dans les détails. Elle m'a juste dit que Maxime désapprouvait sa relation avec Miguel.

— C'est une nouvelle piste qu'il nous faudra également explorer ; toutefois, je persiste à croire que la disparition de Camille Mancini et le décès de Maxime Desplanches sont étroitement liés.

Hadrien éventa sa chemise qui lui collait à la peau.

— Vous étiez déjà venue dans ce coin ?

Cassidy prit quelques secondes de réflexion avant de répondre par la négative. L'espace d'un instant, elle avait cru qu'il la suspectait elle aussi.

Il précisa le fond de sa pensée.

— Je voulais juste savoir si vous connaissiez une plage sympa par ici. Vous avez fait vos études dans la région.

— Il y a une petite crique sauvage à une dizaine de kilomètres d'ici. Si mes souvenirs sont exacts, c'est un petit paradis difficile d'accès, mais qui vaut le détour.

— Vous m'indiquez le chemin ?

47

Le sentier qui serpentait jusqu'à la plage de sable fin descendait à pic. Hadrien progressa avec une agilité déconcertante tandis que Cassidy peinait à le suivre. Les pierres roulaient sous les semelles de ses baskets. Plus d'une fois, elle dut s'agripper aux herbes folles qui tapissaient les abords du chemin escarpé. Sous l'impulsion du vent qui avait forci, sa robe se gonflait à intervalles réguliers, se transformant en un cerf-volant à motifs floraux.

Parvenu sur le sable, Hadrien la considéra d'un air amusé.

— Dans mes souvenirs, l'accès à cette crique était moins périlleux.

— Vous étiez plus jeune, plaisanta-t-il.

Le gendarme s'empressa de dénouer les lacets de ses chaussures et de déboutonner sa chemise.

Cassidy détourna la tête.

— Vous devriez faire comme moi, proposa-t-il. L'eau doit être rafraîchissante.

Habituée à se baigner dans les courants froids de la mer du Nord, Cassidy adorait nager dans les eaux cristallines de la Bretagne.

— Je n'ai pas de maillot, déplora-t-elle.

— Moi non plus. Il n'y a que nous sur cette plage.

Hadrien comprit à l'expression de son visage que sa présence était la principale source de sa gêne.

— Vous pourriez vous retourner le temps que j'entre dans l'eau. Je suppose que les gendarmes sont des hommes de parole…

— Je suis un homme comme tous les autres…

— Ce qui veut dire ?

— Quand je vois quelque chose qui me plait, je ne détourne généralement pas les yeux.

Ce disant, il fit glisser son pantalon, découvrant ses cuisses musclées.

Cassidy affecta de tamiser le sable brûlant au travers de ses doigts. Cette sensation provoqua en elle un frisson de plaisir. Il se débarrassa du reste de ses vêtements qu'il plia avec soin avant de les déposer sur ses chaussures.

Hadrien entra dans la mer avec un plaisir manifeste ; il se retourna et lui fit signe de le rejoindre.

La sincérité dont il avait fait montre lui avait coupé toute envie de se mettre en sous-vêtements.

Il s'éloigna vers le large en exécutant un mouvement de bras parfaitement synchrone. Bientôt, elle ne vit qu'un minuscule point perdu au creux des vagues.

Elle se laissa glisser sur le sable brûlant, maudissant ces rondeurs qui n'en finissaient plus de lui gâcher la vie. Elle se promit de corriger ses mauvaises habitudes alimentaires dès son retour. Au diable les plateaux-repas, les déjeuners pris sur le pouce à l'agence et les tablettes de chocolat englouties en une soirée devant la télé. Très lucide quant à son incapacité à tenir ses propres engagements, elle y renonça l'instant qui suivit.

Une vingtaine de minutes plus tard, Hadrien sortit de l'eau et vint se poster à ses côtés. Les gouttelettes d'eau salée glissaient sur sa peau hâlée. Elles scintillaient sous les rayons du soleil qui commençait à décliner à l'horizon.

— Vous avez tort de ne pas y être allée. L'eau était incroyablement chaude.

— Je vous crois sur parole.

Il porta son attention au loin.

— Comment s'appelle cette plage ?

— C'est la crique du diable, improvisa-t-elle.

Comme elle détourna son visage, il ne vit pas le sourire malicieux qu'elle arborait.

— Curieux nom pour une plage paradisiaque… Vous en connaissez l'origine ?

Tandis qu'il enfilait ses vêtements, Cassidy traça dans le sable un dessin énigmatique à l'aide d'une brindille.

— Elle doit son nom à une tradition bretonne ; lors de fortes tempêtes qui ravageaient le littoral atlantique, les femmes de marins disparus venaient y accomplir des rites sacrés. Elles priaient pour que les courants du large leur rendent le corps de leur mari.

Hadrien inclina la tête sur le côté. Les fossettes de ses joues s'étaient creusées.

— Vous avez un talent certain pour inventer des histoires… En revanche, vous ignorez tout des courants marins. Il n'y en a aucun ici. Par ailleurs, je ne sais si on vous l'a déjà dit, mais lorsque vous mentez, votre nez se retrousse…

D'un sourire, elle salua la sagacité de son interlocuteur. Pour ce qui était de son nez, non, il n'était pas le premier à le lui dire. Mais dans sa bouche, elle avait pris cela pour un compliment.

Ils demeurèrent silencieux, hypnotisés par le mouvement du ressac. Ils ne se lassaient pas du panorama qui s'offrait à perte de vue, bercés par le murmure des vagues qui venaient mourir à leurs pieds.

Hadrien fut le premier à mettre un terme à cette contemplation.

— Vous m'aviez l'air perdue dans vos pensées quand je vous ai rejointe.

— Je songeais à Marjorie. Elle sort tout juste d'une épreuve douloureuse, et voilà qu'une autre se profile à l'horizon.

— Que voulez-vous dire ?

— Lorsque j'ai posé mes mains sur les siennes, j'ai senti qu'elle était condamnée.

— Elle est malade ?

Elle hocha la tête.

— Sa mère a également été emportée par un cancer, il y a quelques années de cela. À l'époque, elle avait beaucoup échangé avec Camille à ce sujet. Ce point commun les avait rapprochées.

— Tout à l'heure, votre amie a dit que Camille et Maxime ne s'étaient pas revus depuis le « drame ». De quoi parlait-elle exactement ?

Le cri d'un vautour leur fit lever les yeux au ciel. Il planait au-dessus de leur tête, ses grandes ailes fauves déployées autour de lui.

— C'est une histoire qui remonte à plusieurs années maintenant. Ce drame avait fait la une de tous les journaux. Avec du recul, je me dis que le mariage de Camille et de Gabriel était dès le début marqué par le sceau du destin. J'avoue ne plus y avoir repensé…

— Racontez-moi.

48

— Le jour où le drame s'est produit, j'étais en Écosse. Mon grand-père paternel venait de succomber à une embolie pulmonaire. Je me suis rendue en urgence à Inverness pour assister à ses obsèques. Par conséquent, je ne peux que vous répéter ce que Camille m'a dit ou ce que j'ai lu dans la presse. En tant que témoin de Camille, j'aurais dû être dans la voiture… Rien que d'y penser, j'en ai froid dans le dos.

Elle se tut un instant et ferma les paupières comme pour rassembler ses souvenirs lointains.

— Nous avions organisé une fête pour l'enterrement de vie de garçon de Gabriel. Leur soirée a viré au cauchemar.

— Que s'est-il passé ?

— Après la discothèque, Gabriel a proposé d'aller boire un dernier verre chez lui. À l'époque, il résidait dans un bel appartement qui donnait sur la baie de Concarneau. Marc, l'un de nos amis, a proposé de leur servir de chauffeur. Il venait de s'acheter une BMW flambant neuve. Je ne m'y connais pas en modèle de voiture, mais je sais que celui-ci était puissant. Maxime et une autre jeune femme que je ne connaissais pas étaient du voyage. Au détour d'un virage, Marc a perdu le contrôle de son véhicule. Il était pourtant habitué à cette route côtière. Le véhicule a basculé par-dessus le parapet en voulant éviter une autre voiture qui arrivait en sens inverse. Il est allé finir sa course sur les rochers. Marc et la passagère arrière ont été tués sur le coup.

— Et dans l'autre voiture ?

— La conductrice est décédée dans l'ambulance qui la transportait au CHU de Quimper. C'était une jeune infirmière qui allait prendre son service à l'hôpital.

— Gabriel, Camille et Maxime sont sortis indemnes de cette tragédie ?

— Oui, enfin si on veut… Gabriel a eu la jambe brisée. Il a subi plusieurs interventions pour en retrouver l'usage. Camille et Gabriel ont tout de même tenu à se marier comme prévu. La cérémonie s'est déroulée quatre mois plus tard. Gabriel était en fauteuil roulant.

— Qu'est-ce qui explique que le conducteur ait perdu le contrôle du véhicule sur une route qui lui était familière ? L'alcool ?

— Les analyses toxicologiques ont démontré que contrairement à tous les autres passagers, Marc n'avait consommé ni alcool ni drogue.

— Dans ce cas, qu'est-ce qui explique que le véhicule ait dévié de sa trajectoire ?

— La fatigue et l'excitation sans doute… Camille a déclaré aux enquêteurs que Marc roulait largement au-dessus de la vitesse autorisée.

— Vous semblez sceptique… Pourtant, la violence du choc en témoigne.

— Disons que j'ai trouvé cela plutôt surprenant à l'époque : Marc était un garçon discret et circonspect. Tout le contraire de Gabriel qui, lui, ne pensait qu'à se faire remarquer et à s'amuser. Sur ces deux points, il n'a pas changé.

— D'après Marjorie Desplanches, c'est à partir de ce moment-là que Maxime a coupé les ponts avec le couple Mancini.

— C'est vrai, je me souviens qu'il n'a pas assisté à la cérémonie du mariage. Du jour au lendemain, on n'a plus eu aucune nouvelle. J'avais cru comprendre qu'il était allé finir ses études en Allemagne.

— Vous souvenez-vous de la date de l'accident ?

— C'était le lendemain de l'enterrement de mon grand-père. Cela fera tout juste dix ans le 21 août.

Le gendarme plissa les yeux. Avec un peu de chance, le rapport était encore consultable à l'unité de Concarneau.

— À quoi songez-vous ? demanda Cassidy.

— Sur l'ensemble des passagers qui étaient à bord de la BMW cette nuit-là, deux sont décédés dans l'accident. Maxime a chuté du haut d'une falaise, Camille est portée disparue, il ne reste plus que Gabriel dans l'équation…

— Qu'insinuez-vous ?

— Que ça commence à faire beaucoup d'événements… déclara-t-il en faisant sauter ses clefs de voiture dans sa main.

49

La gendarmerie de Concarneau était implantée à quelques encablures des chantiers navals du Moros, le fond de port, non loin de la ville close datant des XVe et XVIe siècles. Elle jouissait d'un environnement et d'un climat agréables à vivre. Le bâtiment s'affichait comme le pendant de la caserne de Carquefou. Tous deux étaient un peu vieillissants, soumis aux affres du temps.

— Je vais essayer de me procurer le rapport d'enquête dans les archives de l'unité. Comme l'accident date de moins de dix ans, ils ont forcément conservé un exemplaire papier à la brigade mais ça risque de prendre un peu de temps.

— Les archives ne sont pas dématérialisées ? s'étonna Cassidy.

— L'affaire remonte à une période où le grand chantier numérique n'était pas complètement engagé. De votre côté, rappelez Marjorie. Elle aura peut-être des informations à nous communiquer à ce sujet.

Cassidy acquiesça.

— Je vais voir s'il y a un moyen de récupérer le portable de Maxime. Son conjoint doit bien savoir à qui il l'a revendu.

— C'est entendu, mais ne lui communiquez aucun élément. Il est inutile de lui donner de faux espoirs.

50

Concarneau, 21 h 30

Bien que le ventilateur tournât à plein régime dans le bureau du lieutenant Erwann Dendesne, l'air était moite, suffoquant. Le militaire, qui approchait la retraite, avait le teint gris, la démarche lourde. Tandis qu'Hadrien consultait le rapport de l'accident, l'officier arpentait la pièce de long en large, les mains soutenant son ventre proéminent. Penché sur le dossier, stylo à la main, Hadrien ne prêta aucune attention aux propos qu'il baragouinait entre ses moustaches à la Hercule Poirot.

— T'es sûr que tu ne veux rien boire ? proposa derechef le lieutenant Dendesne. Il fait une chaleur à tondre des poules. Nous autres dans l'coin, on est pas habitués.

Il inclina la tête en arrière et but à grands traits la quasi-totalité de sa gourde métallique. Hadrien devina à son haleine qu'elle ne contenait pas de l'eau.

Dendesne vint s'appuyer contre le bureau avec nonchalance. Il croisa les bras sur sa poitrine saillante.

— Redis-moi : je n'ai pas compris pourquoi tu t'intéresses à cette vieille affaire…

Sans lever les yeux du dossier, Hadrien lui expliqua qu'il enquêtait sur la disparition d'une jeune femme résidant dans sa commune. Elle était à bord du véhicule qui avait provoqué l'accident dix ans plus tôt.

Le lieutenant émit un son guttural improbable. Il ne comprenait toujours pas le lien.

Hadrien posa son stylo sur le bureau et glissa sous le nez du lieutenant le papier sur lequel il avait griffonné des noms et des dates, organisés sous forme d'un schéma à plusieurs branches.

— Vous connaissez le roman d'Agatha Christie, *Les dix petits nègres* ? Eh bien là, regardez, au départ, ils étaient six… aujourd'hui, il n'en reste plus qu'un, Gabriel Mancini, le mari de la jeune femme disparue… vous voyez où je veux en venir ?

La tête penchée sur le côté, l'homme s'efforça de suivre le gendarme dans son raisonnement. Sa figure, à la manière des fruits trop mûrs, était maculée de taches brunes. Elle ne reflétait que l'immensité du vide. Non, il avait beau chercher, il ne voyait pas le rapport. Sans doute était-ce parce qu'il n'avait jamais lu ce bouquin, ni aucun de ce genre. Son truc à lui, c'était les revues et les magazines spécialisés en nautisme. Il était intarissable sur tout ce qui avait trait au domaine de la voile. Les enquêtes policières, il les vivait au quotidien depuis près de trente-sept ans ; autant dire que ce n'était vraiment pas sa tasse de thé.

Hadrien jeta un œil au cadran de sa montre. Il eut une pensée pour Cassidy qui l'attendait sur le parking. Il entreprit d'exposer la situation de manière concise, mais précise.

Cette fois, le lieutenant hocha vigoureusement la tête de bas en haut. Un éclair vif clignota au fond de ses petits yeux fauves. Il leva son index comme l'eût fait un écolier traversé par un éclair de génie.

— Sauf que tes calculs ne sont pas exacts. En définitive, ils étaient… sept !

Ravi de l'effet qu'il venait de produire sur son jeune collègue, il poursuivit avec plus d'entrain.

— Tu ne trouveras nulle part mention de cette information dans le dossier, mais moi je sais qu'il y avait un autre passager à bord du second véhicule…

Hadrien s'était enfoncé dans le dossier du fauteuil. L'homme avait obtenu toute son attention.

— À l'époque, je n'étais encore qu'un sous-lieutenant et je venais tout juste d'être affecté à Concarneau. En pleine nuit, j'ai dû me rendre sur place. Ce n'était pas beau à voir. Des accidents, j'en ai pourtant vu des centaines durant ma carrière. Mais j'avoue que celui-là, il m'a particulièrement marqué. Enfin passons. Quand je suis arrivé, le conducteur de la BMW et l'une des deux passagères arrière étaient décédés. Les corps étaient toujours à l'intérieur du véhicule.

Assailli par les images qu'il avait gardées en mémoire, il secoua la tête comme pour les chasser de son esprit.

— Un vrai carnage ! La passagère arrière était allée s'encastrer dans le pare-brise. Défaut de ceinture, précisa-t-il. Comme tu as pu le lire dans le rapport, le choc a été d'une rare violence. La voiture a fait plusieurs tonneaux avant de franchir le parapet et de terminer sa course folle en contrebas sur les rochers de la plage. C'est un miracle qu'ils n'aient pas tous été tués. Deux des trois survivants n'ont eu que des égratignures, le troisième a eu la jambe amochée dans la tôle froissée ; il était inconscient quand je suis arrivé.

— Et pour le second véhicule, s'impatienta Hadrien.

— J'allais y venir… la jeune conductrice n'était pas transportable. Sa voiture s'était encastrée dans un poteau électrique. Les médecins ont d'abord voulu stabiliser son état avant de prendre le risque de la conduire au CHU. Je te passe les détails sur ses blessures, mais pour reprendre le fil de notre discussion, il se trouve que l'infirmière attendait un enfant. De mémoire, elle en était à son sixième mois de grossesse. Le bébé n'a pas survécu à l'impact. Son cœur avait cessé de battre à l'arrivée du Samu. La suite, tu la connais aussi bien que moi. Tout est écrit là, noir sur blanc.

— Je ne comprends pas, pourquoi le rapport ne fait-il aucune mention de l'enfant ?

Le lieutenant courba l'échine comme s'il eût voulu se recroqueviller sur lui-même.

— C'était le souhait du petit-ami de la conductrice.

Hadrien manifesta son étonnement.

— La jeune femme était en froid avec ses parents. De mémoire, ils ignoraient tout de sa relation avec cet homme plus âgé qu'elle. Il a fortement insisté pour qu'on passe « ce détail » sous silence.

Il écarta les mains en signe d'impuissance.

— Va savoir. Pour qui, pour quoi, je l'ignore. Voilà pourquoi ni le rapport ni la presse n'en ont fait état.

— La famille a nécessairement vu le corps…

— Non, elle était originaire de Roumanie. Ils ne se sont même pas déplacés pour récupérer ses effets personnels. Une drôle de famille tout de même…

Hadrien nota ces précieuses informations.

— Que savez-vous concernant son conjoint ?

Il chercha son nom sur le dossier. Curieusement, il n'y figurait pas.

— Comment s'appelle-t-il ?

Le ventilateur émit un sifflement strident au-dessus de leurs têtes. Les lames s'immobilisèrent dans un claquement sec.

Le lieutenant Dendesne tira une chaise et grimpa dessus avec une agilité déconcertante compte tenu de son embonpoint.

— Le pauvre gars a eu bien du mal à s'en remettre, commenta-t-il du haut de son perchoir.

— Il est arrivé sur les lieux quand tous les autres passagers avaient été transportés à l'hôpital. Il ne restait plus que sa compagne qui oscillait entre la vie et la mort. Il était fou de douleur. Nous avons eu du mal à le contenir à l'écart. Si le conducteur de l'autre véhicule n'était pas décédé dans l'accident, je n'aurais pas donné cher de sa peau.

— Quel est son nom ? insista Hadrien.

— Je ne me souviens plus, je sais que le gars était ingénieur militaire au service de la Défense… une grosse tête quoi ! Après, si c'est vraiment important, je peux retrouver son nom. Comme je te le disais, il a été pas mal chamboulé. En même temps, on ne peut pas lui en vouloir, perdre sa femme et son gosse en une nuit, il y a de quoi toucher le fond. Nous avons été amenés à le revoir dans les semaines qui ont suivi.

— Pourquoi ?

Les lames du ventilateur se remirent à tourner comme les pales d'un hélicoptère, apportant un semblant de fraîcheur à la pièce. Le lieutenant descendit de la chaise, essoufflé, les tempes ruisselantes de sueur.

— Le conducteur de la BMW étant mort, il lui fallait un autre coupable sur lequel déverser sa colère. Il s'en est pris à la famille du conducteur. Pour faire court, il a harcelé ses proches jusqu'à ce qu'on le menace de le mettre en tôle.

— Il est revenu à la raison ?

— Non, pas vraiment… Après expertise médicale, il a été hospitalisé quelques semaines en psychiatrie. Ensuite, on n'a plus jamais entendu parler de lui.

Hadrien passa ses doigts sur sa nuque endolorie. Un sillon horizontal scindait son front en deux.

— Il me faut son identité.

51

Lorsque Hadrien regagna sa Toyota Auris, stationnée sur le parking de la gendarmerie de Concarneau, Cassidy devina à son expression qu'il avait trouvé le maillon manquant.

— C'est bon, on le tient ! annonça-t-il en mettant le moteur en route.

Il lui tendit la feuille sur laquelle figuraient tous les éléments du puzzle qu'il avait recomposé. Cassidy scruta avec attention ce qu'elle prit de prime abord pour des hiéroglyphes.

— On vient de faire d'une pierre trois coups. Je suis prêt à mettre ma main au feu que votre amie a été enlevée par l'homme qui a poussé Maxime du haut de la falaise de Trénez et qui a très certainement assassiné Adèle Gauthier. Il s'appelle Charles Desperoys.

— Ce nom ne me dit rien du tout.

Le volant dans une main, son téléphone portable calé dans l'autre, le gendarme sélectionna une photo stockée dans sa galerie.

— Est-ce que ce visage vous dit quelque chose ?

Les pupilles de Cassidy se dilatèrent sous l'effet de la surprise. Ses poils se hérissèrent sur sa peau.

— C'est lui ! C'est l'homme qui m'a suivie !

Hadrien lui fit part de ses découvertes : la grossesse de la conductrice, le comportement vindicatif du petit-ami à l'égard de la famille de Marc, le séjour en hôpital psychiatrique du suspect et tous les événements qui avaient suivi.

— Je ne sais pas comment cette information a pu échapper aux collègues qui ont enquêté sur la mort de Maxime Desplanches, mais il s'avère que ce jeune homme avait fait un signalement en décembre dernier. Il s'était plaint auprès des collègues de Quimperlé d'avoir été suivi à plusieurs reprises par un homme. Le portrait correspond en tous points à celui de Charles Desperoys.

— Comment avez-vous fait pour le découvrir ?

— Je suis tombé sur cette info par hasard. J'ai échangé par téléphone avec un collègue de Quimperlé, récemment muté. Il se trouve qu'il connaissait Maxime pour avoir fait des rallyes moto avec lui. Maxime lui en avait touché deux mots.

— Vous dites que c'était en décembre ?

— Je me suis fait la même réflexion. Les dates coïncident avec son renvoi de l'entreprise dans laquelle il travaillait depuis six ans. Je n'ai pas réussi à joindre son patron. Je réessaierai demain matin.

Cassidy plissa les yeux.

— Si tout ce que vous avancez est exact, je me demande bien pourquoi Charles Desperoys a attendu si longtemps pour sortir de l'ombre. L'accident remonte à près de dix ans !

Les mains posées sur le volant, Hadrien regardait droit devant lui.

— Cette question en amène d'autres : si c'est bien lui qui a suivi Maxime en décembre, pourquoi avoir patienté jusqu'au mois de mai pour le pousser du haut de la falaise ?

— Vous oubliez Camille… Dans ce laps de temps elle a effectué quatre virements. Puis elle a disparu à son tour…

D'un mouvement concentrique, Cassidy massa ses tempes pour voir plus clair dans cet imbroglio.

D'un naturel optimiste, elle dégagea un point positif de cette situation inextricable. Aux yeux d'Hadrien, Camille n'apparaissait désormais plus sous les traits d'une suspecte.

— Il nous manque encore quelques éléments, mais nous sommes sur la bonne voie, la rassura-t-il en tapotant son genou. Charles Desperoys réside dans une propriété en lisière de la forêt de Brocéliande. Le domaine est situé à une trentaine de kilomètres à l'ouest de Rennes. Il appartient à sa mère. Le suspect a emménagé avec elle après le décès de son père.

Hadrien surveillait du coin de l'œil son téléphone portable posé sur le tableau de bord.

— Si votre amie est toujours en vie, je suis prêt à parier que c'est là qu'il la retient.

Cassidy redressa la tête, le teint blême. Charles Desperoys n'avait pas hésité à pousser Maxime dans le vide. Quel sort avait-il réservé à son amie ?

Conscient de l'impact que venaient de produire ses dernières paroles sur le moral de sa passagère, le gendarme se reprit :

— Je suis convaincu qu'il la séquestre au domaine du Bois Noir.

— Vous dites cela pour me rassurer ou vous le pensez sincèrement ?

Hadrien n'osa pas se prononcer. Bien qu'au fond de lui, il espérât que ce soit le cas, il savait par expérience que les chances de la retrouver saine et sauve étaient infimes. Onze jours s'étaient écoulés depuis sa disparition…

— Il va nous falloir un peu moins de deux heures pour nous y rendre. J'ai dépêché une équipe d'intervention sur place. Les collègues de Rennes ne devraient pas tarder à nous appeler. En attendant, tâchez de vous tranquilliser.

Cassidy fit claquer les jointures de ses phalanges. Le paysage défilait sous ses yeux au rythme des battements sourds de son cœur. Elle aurait souhaité que le gendarme presse la pédale de l'accélérateur. Le poing fermé sur le levier de vitesse, les yeux rivés sur l'asphalte, il étouffa un bâillement entre ses doigts. Sous l'éclairage bleu du tableau de bord, la fatigue se lisait sur sa figure. Il coupa la climatisation et abaissa les vitres. Un vent tiède s'engouffra dans l'habitacle.

— De votre côté, avez-vous appris quelque chose ? s'enquit-il.

— Marjorie va faire tout ce qui est en son pouvoir pour récupérer le portable de son frère. D'après elle, Miguel l'aurait refourgué à un membre d'une autre communauté gitane.

Elle ménagea une courte pause.

— Avec de la chance, commenta-t-elle, le portable n'aura pas été revendu sur des sites d'occasion.

— Je vois que le métier commence à rentrer…

Ils échangèrent un sourire complice. À force de côtoyer le gendarme, les préjugés de celui-ci finissaient par déteindre sur elle.

— Concernant l'accident, elle n'en savait pas plus que moi.

Hadrien lui jeta un regard oblique.

— C'était une façon de parler. Ne vous inquiétez pas, je ne lui ai rien dévoilé de ce que vous m'avez confié. Je trouve cela étrange que Maxime ne lui ait rien dit…

— À quel sujet ?

— Il ne lui a pas dit qu'un homme l'avait suivi.

— On peut supposer qu'il n'a pas voulu l'inquiéter.

— Non, je pense qu'il y a une autre raison. Probablement la même que celle qui l'a poussé à taire sa relation avec Camille.

Épuisée, Cassidy appuya son front contre le montant de la portière. Ses cheveux ondulèrent par la fenêtre ouverte.

— Vous voulez que je mette un peu de musique ? proposa Hadrien.

— Non, merci, je préfère le silence…

La nuit s'était abattue sur la nationale 165, laissant entrevoir sous son voile de satin un paysage fantasmagorique. Dans l'éclairage des phares du véhicule, les silhouettes blafardes des arbres dressés sur le bas-côté de la route prenaient une apparence humaine.

52

Alors que la Toyota abordait le périphérique nantais, le téléphone portable d'Hadrien vibra sur le tableau de bord. En deux clics, le militaire bascula l'appel sur le Bluetooth du véhicule.

Une voix androgyne résonna dans l'habitacle. C'était celle de Charlotte Métayer, officier de police judiciaire à la brigade de Rennes. Elle dirigeait la perquisition au domicile de Charles Desperoys.

Le domaine était désert. Aucune trace de Charles Desperoys ou de sa mère.

— Je vais laisser un planton ici au cas où, mais ça m'étonnerait que le suspect ramène ses fesses.

— Qu'est-ce qui te fait penser ça ?

— Quand on est arrivés, les volets étaient fermés, le courant coupé. Bref! Il s'est barré avec ses affaires. On n'a trouvé aucun papier d'identité. Idem pour celles de sa mère.

— Comme s'il avait prévu de partir en voyage… compléta Hadrien.

— Possible !

— Et concernant la femme que nous recherchons ?

— RAS. Mais il n'est pas impossible que le suspect l'ait séquestrée sur le site. Avant de se tirer, il a foutu le feu à un bâtiment en bois, type chalet. C'est un vrai miracle que l'incendie ne se soit pas propagé à la forêt qui entoure le domaine.

Au fil de l'échange téléphonique, Cassidy perdit toutes ses couleurs. Son sang n'avait fait qu'un tour dans ses veines à l'évocation de l'incendie. Elle n'avait pu s'empêcher de faire le rapprochement avec ses dernières visions. Les images des flammes qui l'encerclaient lui revinrent en mémoire. Cela ne pouvait être qu'une simple coïncidence. La pensée qu'elle s'était trompée, que c'était Camille et non elle qui avait été la proie des flammes, redoubla son effroi.

Hadrien jeta un regard à la dérobée sur sa passagère. La figure de Cassidy était pâle comme la mort. Il désactiva le Bluetooth et cala le portable à son oreille.

— Avez-vous pu fouiller les décombres ? demanda-t-il d'une voix blanche.

L'OPJ de Rennes lui expliqua qu'il avait fallu attendre l'arrivée des pompiers pour éteindre les dernières braises incandescentes. Sous les cendres, les hommes du feu avaient découvert des chaînes et des bracelets en acier.

— Et rien d'autre ? Je veux dire…

Il n'acheva pas sa phrase. Cassidy retint sa respiration. Bien qu'elle n'entendît pas son interlocutrice, elle n'avait aucune peine à suivre leur conversation.

Le lieutenant Métayer poursuivit sur sa lancée. Il n'y avait personne à l'intérieur du bâtiment au moment où l'incendie s'était déclaré.

— Nous avons lancé un mandat de recherche, l'informa-t-elle. Le suspect se déplace à bord d'un van gris métallisé. J'envoie le numéro de la plaque d'immatriculation par SMS dès que je raccroche.

— Tu as pu interroger ses voisins ?

Il y eut un rire rauque à l'autre bout du fil.

— Ça se voit que tu connais pas l'coin ! Ici, à part la forêt, il y a peu d'activités. À vol d'oiseau, je dirais que la première bâtisse se situe à un bon kilomètre d'ici. On n'a pas eu besoin de se déplacer. Le voisin s'est présenté spontanément. Pour t'aider à te représenter l'endroit, sa maison, enfin si on peut appeler ça une maison, se trouve à l'entrée du sentier qui conduit au domaine du Bois Noir.

— Que vous a-t-il dit ?

— Pas grand-chose. Depuis le décès du père, Charles Desperoys avait emménagé ici pour veiller sur sa mère. Elle est atteinte de la maladie d'Alzheimer. À l'exception d'une infirmière qui venait s'occuper d'elle deux à trois fois par semaine, ils ne recevaient quasi aucune visite. J'ai cru comprendre que le suspect avait renvoyé l'infirmière sans raison.

— C'était quand ?

— Il y a une dizaine de jours.

— Ce témoin n'a rien remarqué de suspect, d'inhabituel durant les deux dernières semaines ?

— Monsieur Morisseau n'a pas loin de quatre-vingts balais. Il commence à taper dans les boites si tu vois ce que je veux dire…

L'officier Métayer avait presque chuchoté dans le téléphone.

— Monsieur Morisseau est encore sur place ?

— Oui, juste derrière moi. Mais il te dira rien de plus !

— Passe-le-moi quand même ! J'ai deux ou trois questions à lui poser.

53

— Monsieur Morisseau ?

Hadrien perçut une respiration haletante à l'autre bout du fil, suivie d'une toux grasse.

— Adjudant-chef Velganni à l'appareil. Vous m'entendez ?

— J'suis myope comme une taupe, pas sourd ! Et contrairement à c'que pense vot'collègue, je ne suis pas sénile, ronchonna l'octogénaire.

— Pouvez-vous me dire quand vous avez vu Charles Desperoys pour la dernière fois ?

— Oui, m'sieur, aujourd'hui même !

— Quelle heure était-il ?

— 14 h 35 tout pile.

— Comment pouvez-vous être aussi précis ?

— Pardi, parce que c'est l'heure exacte à laquelle commence l'épisode de Maigret à la télévision. Le générique dure une minute et cinquante secondes. C'était juste après.

— Que vous a-t-il dit ?

— Rien du tout, m'sieur.

— Comment ça, « rien du tout » ?

— Je vous ai dit que je l'avais vu, pas que je lui avais parlé. C'est pas la même chose !

En d'autres circonstances, Hadrien aurait volontiers souri.

— Une vie est en jeu, monsieur Morisseau, je vous demanderai donc de faire court.

— Une vie, vous dites ? Ah, je comprends mieux pourquoi y a tout ce remue-ménage ici. Il est arrivé quelque chose à Rose-Marie ?

— Monsieur Morisseau, répondez à ma question, s'il vous plait.

Le vieil homme s'éclaircit la gorge avant de poursuivre d'une voix éraillée.

— J'ai juste entendu sa camionnette passer devant ma fenêtre. Tout ce que je peux vous dire, c'est que Charles roulait bien plus vite que d'habitude. Son fourgon a soulevé un grand nuage de poussière derrière lui. Ça se voit que c'est pas lui qui nettoie les carreaux.

— Charles Desperoys est parti avec ses effets personnels. Avez-vous une idée de l'endroit où il aurait pu se rendre ? De la famille, des amis ?

Le vieil homme prit le temps de la réflexion.

— Non, aucune. Charles n'est pas du genre très causant. Tout l'inverse de son père ! François, lui, c'était un brave homme, toujours prêt à rendre service… Il s'arrêtait de temps à autre prendre un canon à la cave avec moi. C'était un passionné de voile. Il m'avait promis de m'emmener faire un tour sur son voilier. Hélas, il est mort avant…

— Savez-vous si son fils a conservé ce bateau ?

— Ah ça oui, j'en suis sûr. Tenez, pas plus tard qu'hier, Charles est venu m'emprunter du matériel.

— Il avait prévu de sortir en mer dans les prochains jours ?

— Je n'en sais rien. Quand je lui ai posé la question, il n'a rien voulu me dire. Une forte tête, ce gamin !

— Dans quel port ce voilier est-il amarré ?

— Je suppose qu'il est toujours dans le port de La Rochelle. Enfin, je ne peux rien vous affirmer… Pour le savoir, y a qu'à l'appeler !

— Je vous remercie, monsieur Morisseau. Votre aide nous aura été précieuse. Repassez-moi ma collègue, je vous prie.

— Attendez, bégaya l'octogénaire. Vous ne m'avez pas répondu. Elle va bien, Rose-Marie ?

La voix du vieil homme trahissait son inquiétude.

— Je ne suis pas sur place, mais je vais faire le nécessaire auprès de mes collègues pour que vous soyez tenu informé de son état de santé.

La voix enrouée du vieil homme céda la place à celle de contralto du lieutenant Métayer.

— Tu penses que le suspect s'est réfugié sur le voilier de son père ?

— C'est fort possible. Je vais contacter la capitainerie du port des Minimes. Si Charles Desperoys s'y est rendu, on va vite le savoir. Il ne reste plus qu'à espérer que le voilier n'ait pas largué les amarres.

— C'est entendu. Tiens-moi au jus. Si de mon côté j'ai de nouveaux éléments, je t'appelle.

54

La conversation téléphonique achevée, Hadrien porta son attention sur sa passagère. Celle-ci se tenait les épaules courbées, une main posée sur son ventre. Il n'avait aucune peine à imaginer la douleur qui lui tenaillait les intestins. Les chaînes et les menottes découvertes dans les décombres ne laissaient planer aucun doute : Camille avait été séquestrée dans le chalet.

Il s'efforça de trouver des paroles réconfortantes, mais aucune ne lui parut en mesure de remplir parfaitement ce rôle. Il posa une main sur son épaule et opta pour la simplicité.

— On va la retrouver !

Sa voix était douce, apaisante.

Cette promesse empreinte de sincérité alla droit au cœur de Cassidy. Elle redoubla ses efforts pour contenir les larmes qui perlaient au bord de ses paupières. Les laisser déborder revenait à noyer cette lueur d'espoir que le gendarme avait fait naître en elle.

Sans perdre une minute, Hadrien entra en contact avec la capitainerie du port des Minimes.

L'agent de sûreté en poste ce soir-là confirma qu'un bateau baptisé la *Marie-Rose* était enregistré au nom de François Desperoys. Le voilier faisait partie des résidents permanents ; il était amarré au ponton 10, emplacement 55 depuis une quinzaine d'années. Son fils n'avait pas entrepris les démarches administratives pour régulariser le transfert de propriété. Néanmoins, c'était bien lui qui s'acquittait chaque mois du loyer depuis le décès de son père.

De la tour de contrôle, Swann Veysseire avait une vue imprenable sur la plupart des bassins du port de plaisance. Grâce au dispositif de caméras de surveillance implantées sur l'ensemble du site, de jour comme de nuit, rien n'échappait à son œil scrutateur.

Saisissant la gravité de la situation, il accéda à la requête d'Hadrien, faisant fi de la procédure réglementaire. En deux clics, il fut en mesure d'affirmer que le badge d'accès au portillon de sécurité, enregistré au nom de François Desperoys, avait été activé à 22 h 45 précises. Hadrien lui transmit par SMS la photographie du suspect. Après avoir consulté les enregistrements de la caméra braquée sur le ponton numéro 10, l'employé identifia formellement Charles Desperoys, et ce, malgré la faible luminosité de l'éclairage. Armé de ses jumelles à infrarouges, il confirma que la *Marie-Rose* était toujours amarrée dans le port des Minimes.

Cassidy laissa échapper un soupir de soulagement.

À la demande du gendarme, Swann visionna les images en mode accéléré. Il décrivit avec force détails ce qui se déroulait sous ses yeux.

Le suspect avait fait plusieurs allers-retours entre le parking et son voilier. Il avait transféré des caisses en plastique de tailles et de couleurs variées ainsi que plusieurs sacs de voyage. Il était seul.

Ce n'était que sur le dernier enregistrement que Charles Desperoys empruntait le ponton accompagné d'une femme.

Dans la voiture, Cassidy retint sa respiration. L'employé poursuivit d'une voix fébrile :

— Je ne vois pas le visage de la femme, elle marche penchée en avant, comme si elle se tenait le ventre, crut-il nécessaire de préciser. Tout ce que je peux vous dire, c'est qu'elle est blonde, les cheveux coupés au carré. Elle doit mesurer un mètre soixante, guère plus.

Cassidy porta les mains à sa bouche pour étouffer le cri de joie qui avait jailli de sa gorge. La description que l'agent de sécurité venait de faire de cette femme correspondait à celle de son amie disparue. Camille était en vie !

— J'ai l'impression qu'il la tient par le bras… On dirait qu'il la soutient même.

Il se tut, puis reprit d'une voix assurée :

— Oui, c'est bien ça, elle semble avoir du mal à avancer sur le ponton…

Un silence.

— Elle n'arrive pas à monter sur l'échelle du bateau, il l'aide en la hissant par les bras.

Un nouveau silence, plus long que le précédent.

— Et ensuite ? demanda Hadrien

— Ils n'apparaissent plus sur les enregistrements.

Il consulta l'écran de contrôle qui filmait le ponton en temps réel.

— Il n'y a pas de lumière à l'intérieur de la cabine. À moins qu'ils se soient enfuis à la nage, je peux affirmer qu'ils sont toujours à bord du voilier.

Hadrien enclencha le gyrophare. Pied au plancher, il mit le cap sur La Rochelle. Il passa la majeure partie du trajet en ligne avec ses homologues rochelais. Un imposant dispositif fut aussitôt déployé sur place pour libérer Camille Mancini.

Cassidy suivait en direct la progression des événements.

55

La Rochelle, 1 h 30 du matin

Branle-bas de combat sur le port de plaisance. Le faisceau lumineux de l'hélicoptère de reconnaissance de la gendarmerie nationale balayait les abords du ponton numéro 10. Le bruit des turbines du Puma qui stagnait à une cinquantaine de mètres au-dessus du bassin étouffait les tintements des drisses contre les mâts des bateaux.

Au sol, les forces de l'ordre avaient déployé tout un arsenal. Outre les huit opérateurs héliportés appartenant au GIGN de l'antenne de Nantes, deux escadrons de policiers bouclaient le secteur sur près de trois cents mètres. Plus personne ne pouvait entrer ou sortir du périmètre établi sans autorisation. Le préfet de police diligenté sur les lieux avait établi ses quartiers au sommet de la tour de contrôle. Le suspect, détenteur d'un permis de chasse, était considéré comme extrêmement dangereux. Il avait deux meurtres connus commis de sang-froid à son actif. Par mesure de sécurité, tous les plaisanciers qui avaient entrepris de passer la nuit à bord de leur bateau avaient été tirés de leur sommeil en pleine nuit et évacués en lieu sûr.

Une vedette et deux zodiaques des forces de l'ordre barraient l'entrée du chenal afin de parer à toute éventualité.

Posté en haut de la tour de la capitainerie, l'agent de sûreté, Swann Veysseire, était subjugué par la scène qui se déroulait sous ses yeux. Ce n'était pas tous les jours qu'il assistait à ce spectacle digne d'un scénario hollywoodien. Des drames, il en avait vu de toute sorte depuis qu'il était en poste; des désespérés pendus au mât de leur bateau, des querelles de voisinage, des ivrognes qui basculaient dans l'eau... Mais cette fois, les choses étaient bien différentes. La vie d'une jeune femme était en jeu. Grisé par le caractère inédit de la situation, l'agent jonglait entre les écrans de contrôle et ses jumelles à vision nocturne afin d'aider au mieux le groupe d'intervention de la gendarmerie.

Lorsque Cassidy et Hadrien pénétrèrent dans le périmètre de sécurité, la tension était à son paroxysme. La phase d'approche fine du groupe d'intervention de la gendarmerie nationale avait échoué. Malgré la patience et l'habileté du négociateur, le forcené, retranché avec Camille Mancini dans la cabine du voilier, ne s'était pas manifesté. Tel un animal traqué, lumières éteintes, il se terrait dans l'ombre.

Avant de s'extirper du véhicule, Hadrien adressa à sa passagère un sourire qui se voulut rassurant.

— Ça va bien se passer, promit-il en refermant la portière derrière lui.

Cassidy aurait voulu le croire sur parole. Mais au fond d'elle, une petite voix lui soufflait le contraire. L'angoisse grandissait en elle de minute en minute.

Philippe Blainec, commandant du détachement GIGN, vint à la rencontre d'Hadrien à grandes enjambées. L'officier au crâne dégarni et luisant affichait une mine contrariée. Une rapide poignée de main échangée et les deux hommes disparurent derrière les portes vitrées de la capitainerie.

56

Cassidy, qui ne tenait plus en place sur son siège, ouvrit la portière après s'être assurée que personne ne pouvait la voir. Elle fit les cent pas au pied de la tour de surveillance, luttant contre la peur qui lui étreignait le ventre.

De l'endroit où elle se trouvait, il lui était impossible d'apercevoir le voilier du ravisseur. En revanche, elle avait dans son champ de vision le van gris métallisé, garé à l'extrémité ouest du parking.

Des hommes revêtus d'une combinaison blanche s'affairaient autour du fourgon. Ils passaient au peigne fin chaque recoin du véhicule qui avait servi à transporter Adèle Gauthier. Ils recherchaient d'éventuelles traces de sang ayant appartenu à la victime.

Cassidy ne put s'empêcher d'imaginer le calvaire que Camille avait subi, ligotée et bâillonnée à l'arrière du van. Cette pensée la bouleversa. Prise d'une douleur lancinante venue du plus profond de ses entrailles, la jeune femme se précipita vers l'entrée des sanitaires. Impossible d'y accéder sans badge! L'estomac au bord des lèvres, elle se laissa glisser sur la marche du trottoir. Elle enroula ses bras autour de ses jambes et enfouit sa tête entre ses genoux.

« Ce n'est pas le moment de flancher, ma vieille, murmura-t-elle entre deux inspirations profondes. Camille aura besoin de toi quand tout sera fini. »

Cassidy serra les poings à s'en faire craquer les jointures. Quand tout sera rentré dans l'ordre, rectifia-t-elle intérieurement.

Pour ne pas se laisser envahir par des pensées funestes, elle focalisa son attention sur le dernier étage de la cour de contrôle. Elle n'eut aucune peine à reconnaître l'ombre d'Hadrien parmi celles des opérateurs qui se dessinaient dans la lumière tamisée.

Derrière les vitres teintées, les gendarmes, campés près des écrans de surveillance, paraissaient indécis. Cassidy percevait la scène comme si elle se déroulait au ralenti. Elle ne comprenait pas pourquoi ils mettaient autant de temps à se décider. Pour libérer Camille, il n'y avait pourtant pas trente-six mille manières de procéder. Il suffisait d'envoyer des gaz anesthésiants par les grilles de ventilation du voilier et le tour serait joué. Compte tenu du profil du ravisseur, c'était selon elle le seul moyen de sauver son amie sans risquer de mettre sa vie en péril. En cas d'assaut frontal, Charles Desperoys n'hésiterait pas une seconde à abattre son otage d'une balle en pleine tête.

Étourdie par le mouvement de rotation incessant des pales de l'hélicoptère, elle pressa ses deux mains contre ses oreilles et ferma fort ses yeux. Des lueurs vives semblables à des étincelles papillonnèrent sous ses paupières. Elles fusaient de toute part accompagnées d'une ribambelle de détonations. Hadrien lui apparut en transparence au centre de cette cacophonie. Sa silhouette évanescente se dissipa jusqu'à disparaître complètement.

— Cassidy ? appela une voix qui lui était familière.

La jeune femme leva le menton et battit frénétiquement des cils. Non, ce n'était pas une hallucination. Hadrien était bien là, en chair et en os, accroupi devant elle.

Cassidy passa une main sur son front humide. Elle réalisa qu'elle s'était assoupie, assise sur la bordure du trottoir.

— Encore un peu de patience… Nous allons tenter une dernière approche. S'il refuse de se rendre, nous irons le déloger.

Les inflexions de sa voix traduisaient sa détermination.

— En attendant, je vous demande de ne pas bouger d'ici. Je ne veux pas avoir à m'inquiéter pour vous…

Oppressée, Cassidy peinait à respirer. Le gendarme posa les mains sur ses épaules.

— Vous me le promettez ? insista-t-il.

Elle secoua la tête de manière désordonnée.

Alors qu'il s'apprêtait à tourner les talons, Cassidy se redressa d'un bond.

— Attendez, Hadrien…

Sans même s'en rendre compte, elle l'avait saisi par l'avant-bras. Sur la figure du gendarme, l'inquiétude laissa la place à l'étonnement.

— J'ai un mauvais pressentiment, bégaya-t-elle. Je crains qu'il ne vous arrive malheur…

Il retint sa main entre les siennes un instant. Elles étaient froides comme la mort.

— Ne vous inquiétez pas, tout va bien se passer, répéta-t-il. Vous pourrez serrer votre amie dans vos bras sous peu.

— Non, vous ne comprenez pas… C'est pour vous que je suis inquiète.

Le gendarme eut un sourire forcé. Bien qu'il n'en laissât rien paraître, il prit cette recommandation au sérieux.

D'un pas décidé, il rejoignit le groupe d'intervention qui l'attendait au pied de la tour.

L'estomac noué, elle le vit disparaître à l'angle de la capitainerie.

57

L'hélicoptère de la gendarmerie nationale prit son envol au-dessus du bassin, emportant dans le ciel constellé d'étoiles scintillantes son faisceau de lumière blanche.

Le ponton numéro 10 retrouva son ambiance tamisée. Les lampadaires implantés au sol tous les vingt mètres diffusaient une pâle clarté ; on eut dit que le port s'était drapé d'un voile feutré. Une étrange quiétude régnait en ces lieux frappés par le sceau de la destinée.

Sig Sauer au poing, Hadrien talonna les membres du groupe d'intervention. L'officier Blainec avait estimé que son degré d'expertise et sa parfaite connaissance du dossier seraient de sérieux atouts dans cette ultime tentative de négociation.

Les gendarmes progressèrent à pas feutrés sur la rampe d'accès qui descendait au ponton, veillant à ne pas faire tanguer l'édifice flottant sous leurs poids. C'était à peine si l'on percevait le bruit de leurs rangers sur les lattes de bois.

Blainec, l'adjudant Artaud et Hadrien se positionnèrent face à la proue du voilier. Les autres membres du groupe d'intervention se déployèrent sur les ponts des bateaux amarrés de part et d'autre de la *Marie-Rose* en empruntant les catways. Telles des ombres silencieuses, ils évoluèrent avec une agilité et une discrétion remarquables. Deux tireurs d'élite équipés de fusil à lunette de précision étaient en faction sur les quais. Depuis ce promontoire, les snipers disposaient d'une vue plongeante sur l'ensemble du bassin. Rien ne pouvait leur échapper. Ils avaient reçu l'ordre de tirer à vue. Deux plongeurs opérationnels attendaient dans l'eau à quelques mètres de la coque du bateau.

Blainec posa un genou à terre, aussitôt imité par les deux hommes qui l'accompagnaient. Il empoigna le mégaphone qu'il portait en bandoulière et le porta à sa bouche. Sa grosse voix grésilla dans l'appareil portatif.

— Charles Desperoys, vous êtes cerné. Veuillez sortir de la cabine, les mains en évidence au-dessus de votre tête.

Il n'eut que le clapotis de l'eau et le tintement des cordages des bateaux pour échos.

— Le port est quadrillé. Vous ne pourrez pas vous échapper. Rendez-vous !

La *Marie-Rose* demeura silencieuse. Les lumières étaient éteintes, les rideaux tirés. Pas le moindre bruissement, pas le moindre mouvement en provenance de la cabine.

— C'est votre dernière chance avant qu'on ne lance l'assaut…

La voix grave de Blainec se perdit dans un souffle. En sept ans de carrière, il pouvait compter sur les doigts d'une main les prises d'otage qui avaient mal tourné. Rares étaient les forcenés jusqu'au-boutistes. La plupart acceptaient la reddition in extremis par crainte d'être abattu par les forces de l'ordre.

La mine renfrognée, Blainec se tourna vers son coéquipier.

— Y fait l'mort ! Ça sent le roussi, annonça-t-il à voix basse.

— Il est possible qu'il se soit foutu en l'air… acquiesça Artaud. Ce ne serait pas le premier à choisir cette porte de sortie. L'examen de la coque par les plongeurs n'a révélé aucune présence. Silence radio.

— Il attend qu'on vienne le chercher ! trancha Hadrien.

— Qu'est-ce qui te permet d'être aussi catégorique ?

— Ce n'est pas le genre de gars à renoncer aussi facilement.

Il gardait à l'esprit l'avertissement de Cassidy.

— Je suis prêt à parier qu'il a prévu un plan B. Ce type travaillait comme ingénieur au service de la Défense.

Une grimace déforma les traits d'Artaud.

— Tu penses à une bombe artisanale ?

— J'y crois pas une seconde, déclara Blainec en saisissant sa radio. Ok, si c'est l'affrontement qu'il cherche, il va pas être déçu du voyage !

— Attendez ! Laissez-moi lui parler, intervint Hadrien.

Les sourcils épais de Blainec se soulevèrent.

— Si t'as une idée de génie, c'est le moment. J'te donne cinq minutes, après quoi, on y va !

Blainec lui tendit le porte-voix.

D'un geste du bras, Hadrien lui fit comprendre qu'il n'en avait pas besoin.

— Charles Desperoys, ici Hadrien Velganni, OPJ à la brigade de Carquefou, se présenta-t-il d'une voix claire et puissante. La jeune femme que vous retenez n'est pas responsable du décès de Valentine. Elle est maman d'une petite fille de dix-huit mois, songez-y !

Hadrien s'interrompit. Il s'employa à chasser les images des cadavres d'Adèle Gauthier et de Maxime Desplanches qui lui apparaissaient. Il devait se reprendre, maîtriser ses émotions. Feindre l'empathie à l'égard de cet individu qui n'avait rien d'un enfant de chœur. Charles Desperoys était un homme froid et calculateur, capable d'échafauder des plans machiavéliques pour obtenir ce qu'il voulait. Un adepte de « la fin justifie les moyens ». Il n'avait pas hésité à s'en prendre à Cassidy pour brouiller les pistes.

— Je comprends parfaitement ce que vous ressentez… mais cela ne la ramènera pas. Valentine n'aurait pas souhaité tout ça !

— Laissez tomber, Velganni, l'enjoignit Blainec. Si vous croyez l'attendrir, vous vous gourez ! Ce type n'a pas de cœur !

— Charles ! cria Hadrien. Vous avez songé à votre mère ? Que va-t-elle devenir ? Elle n'a plus que vous…

Il y eut un grésillement dans la radio de Blainec. Une voix presque métallique résonna.

— Ça bouge ! Ça bouge là-dedans !

58

L'appareil d'écoute subaquatique des plongeurs venait de capter des bruits sourds en provenance de la coque du bateau.

— Poursuivez, Velganni ! chuchota Blainec. Je crois bien que vous venez de trouver son talon d'Achille.

— Charles ! Si vous ne libérez pas Camille Mancini, nous n'aurons pas d'autre choix que de faire venir votre mère ici. Épargnez-lui ce spectacle !

Le battant du hublot latéral gauche s'ouvrit dans un claquement sec.

Les gendarmes braquèrent leur arme en direction de l'ouverture.

Le visage effaré de Camille apparut dans l'encadrement de l'ouverture. Une ombre se tenait derrière elle. Les gendarmes perçurent le reflet d'une lame au niveau de la gorge de la captive.

— Laissez ma mère en dehors de tout ça ou je la bute ! Vous m'entendez ? hurla le ravisseur.

Il referma aussitôt le hublot et tira le rideau.

Blainec pressa l'interrupteur du mégaphone et le porta à ses lèvres…

— Libérez la jeune femme sur-le-champ ou je donne l'ordre de ramener votre mère ici !

L'officier eut à peine achevé sa phrase que la porte de la cabine s'ouvrit dans un grand fracas. La silhouette chancelante de Camille surgit sur le pont du voilier. D'un bras, le forcené la maintenait plaquée contre son torse. De l'autre, il pressait la lame d'un couteau contre la carotide de Camille. La malheureuse gémissait et pleurait tout à la fois, les bras ballants de chaque côté de son corps. Ses jambes se dérobaient sous elle. Le forcené la soutenait fermement pour qu'elle ne s'écroule pas au sol.

— Foutez le camp ou je lui tranche la gorge ! Je n'ai plus rien à perdre. Dégagez !

— Charles ! Posez votre arme ! Le port est quadrillé, le quartier est bouclé. Vous ne pourrez pas vous enfuir ! cria Hadrien.

— Hors de question !

Charles Desperoys recula de quelques pas vers la poupe du voilier, poussant devant lui le corps pantelant qui avait cessé de gémir. Des filets de sang ruisselaient sur le cou de Camille, imbibaient l'étoffe de sa robe jusqu'à faire disparaître les motifs floraux. Bouche grand ouverte, la malheureuse suffoquait sous la pression de la lame.

— Qu'est-ce qu'il fout ? beugla Artaud. Il est complètement barge.

— Il s'apprête à larguer les amarres… commenta Blainec d'une voix traînante. Il croit qu'on va le laisser filer sans lever le petit doigt.

Hadrien plissa les yeux. Il distingua dans la pénombre une toile de jute qui recouvrait une caisse en plastique. Charles Desperoys était sur le point de l'atteindre. En une fraction de seconde, il réalisa les intentions du forcené.

— Il va tout faire sauter, hurla-t-il en se redressant, Sig Sauer au poing.

Blainec saisit sa radio à pleine main, et lança l'ordre d'abattre le forcené.

Alors que l'homme esquissait un mouvement de bras en direction de la toile, Hadrien pressa la détente. Une déflagration retentit dans l'obscurité.

Atteint d'une balle en pleine tête, Charles fut projeté contre la rambarde. Son corps bascula par-dessus bord et frappa l'eau dans un bruit d'éclaboussures.

Camille s'était effondrée sur le pont telle une poupée désarticulée.

59

Vendredi 27 juin, 18 h 10

Après une journée de travail harassante, Hadrien s'éternisa sous le jet d'eau froide. Le front appuyé contre la barre en acier de la douche, il s'efforça de ne penser à rien d'autre que l'instant présent. La sensation vivifiante de l'eau ruisselant sur son corps fit naître en lui des réminiscences de son escapade bretonne. Il frissonna au souvenir des moments passés en compagnie de Cassidy.

À regret, il coupa l'eau du robinet et se dirigea vers sa chambre d'une démarche mécanique. Il s'étendit en travers d'un lit aux draps défaits, sur le ventre, bras écartés, le téléphone portable à portée de main. Depuis combien de temps n'avait-il pas dormi plus de cinq heures d'affilée ? Une semaine, peut-être plus.

Il consulta une énième fois la messagerie de son portable. Pas un message, pas un appel de Cassidy. Depuis la libération de Camille Mancini, il n'avait plus reçu de nouvelles d'elle.

Sans doute était-ce mieux ainsi.

Épuisé, Hadrien sombra dans un sommeil agité.

La journée s'était déroulée sous un soleil de plomb. Elle lui avait paru interminable. Pour le sixième jour consécutif, le thermomètre avait flirté avec les 37 degrés à l'ombre. La France battait tous les records de chaleur. Pas le moindre nuage dans le ciel azuré, pas le moindre souffle d'air dans les locaux de la brigade.

Les ventilateurs de l'unité avaient été redéployés dans la résidence pour seniors située en face de la caserne. En l'espace d'une semaine, deux octogénaires avaient succombé à la canicule. Météo France ne prévoyait aucune amélioration dans les semaines à venir.

Les collègues nantais appelés en renfort pour faire face à la crise sanitaire qui frappait la brigade de Carquefou tardaient à venir. Les gendarmes croulaient sous les dossiers empilés aux quatre coins des bureaux.

S'il n'y avait pas eu l'enquête Mancini à boucler, Hadrien aurait volontiers donné sa démission. Il avait mis assez d'argent de côté pour s'octroyer une pause. Le temps de réfléchir au sens qu'il voulait donner à son existence, et pourquoi pas, lui offrir une nouvelle orientation.

La sonnette de la porte d'entrée coupa court à ses rêveries.

Il récupéra son téléphone portable qui avait atterri sur le parquet.

19 h 20. Exception faite de ses collègues, Hadrien ne recevait que très peu de visites. Résider à la caserne présentait des avantages indéniables ; pas

de trajet, et surtout, pas de loyer. La disponibilité 24h/24 et l'absence d'intimité étaient le prix à payer.

La sonnerie se fit plus insistante ; il accéléra le mouvement. Il enfila un bermuda en toile légère et attrapa le premier t-shirt qu'il trouva dans la corbeille de linge à repasser.

Il le tenait encore à la main lorsqu'il ouvrit la porte d'entrée.

Décontenancé, il ne put cacher son trouble en découvrant la silhouette de Cassidy campée sur son paillasson. Les muscles de ses mâchoires se figèrent en une grimace d'étonnement.

La jeune femme, essoufflée par l'ascension des quatre étages sans ascenseur, lui tendit maladroitement un paquet enveloppé d'une feuille d'aluminium. Ses lèvres teintées d'un rouge carmin s'étirèrent en un sourire franc, découvrant deux rangées de dents bien alignées, d'un blanc éclatant.

— Tenez, c'est pour vous, Hadrien !

Sa main resta en suspens dans le vide. Il passa le t-shirt par-dessus sa tête.

— Comment êtes-vous entrée ?

— J'ai croisé l'un de vos collègues en bas de l'immeuble. Il m'a dit que vous étiez en repos jusqu'à lundi.

— C'est exact. J'ai besoin de faire un break.

Le gendarme avait d'immenses cernes sous les yeux. Comme elle le regardait avec insistance, il accepta le paquet. D'un air sceptique, il en inspecta le contenu.

— Ce sont des confiseries écossaises à base de crème de whisky, précisa-t-elle. Elles ont souffert du voyage, mais vous verrez, c'est un délice.

Il se détendit ostensiblement.

— C'est vous qui les avez faites ?

— Non, mes talents de cuisinière se limitent aux pâtes et au riz.

Hadrien se surprit à sourire en songeant au semblant de repas qu'elle lui avait servi le dimanche soir.

— Ma mère m'en a envoyé une boite entière par la Poste. Elle sait que j'adore ça.

— Je ne voudrais pas vous en priver, gardez-les.

Le visage de Cassidy se rembrunit.

— Ça me fait plaisir de vous les offrir. C'est ma manière de vous remercier pour tout ce que vous avez fait. Sans vous, Camille serait…

— C'est inutile, coupa-t-il plus sèchement qu'il ne l'aurait souhaité. Je n'ai fait que mon travail.

Les yeux clairs de la jeune femme se ternirent. Contrit, Hadrien enfonça les poings dans les poches de son bermuda.

— Vous voulez entrer une minute ?

— Non, je dois passer à l'école vétérinaire avant sa fermeture.

— Un problème avec votre perroquet ?

— Barbie refuse de s'alimenter. Elle ne quitte plus sa volière.

— Elle doit souffrir de la canicule, comme la plupart d'entre nous.

— Cette espèce de perroquet est originaire d'Australie. Je crains que ce soit bien plus grave.

— Elle est malade ?

— Malade ou plutôt empoisonnée…

— Qui pourrait vouloir du mal à votre perroquet ?

— Je l'ignore. Tout ce que je sais, c'est que sa santé a commencé à décliner le lendemain de l'intrusion de Charles Desperoys dans mon appartement. Elle est amorphe. Je crains le pire…

— Vos voisins doivent être ravis !

Elle scruta les traits du visage de son interlocuteur. Elle ne décela aucune présence d'humour. Elle esquissa un mouvement en direction de l'escalier. Il la retint par l'épaule.

— Excusez-moi si j'ai été désagréable… Je suis sur les rotules. À dire vrai, je dormais quand vous avez sonné à ma porte. Laissez-moi vous offrir un verre pour me faire pardonner.

Désagréable ? Le mot était faible, songea-t-elle. Quant à se faire pardonner, il lui faudrait plus d'un verre. Elle eut envie de tourner les talons, de le laisser en plan sur le paillasson.

Le véritable motif de sa venue se rappela à sa mémoire ; elle revint sur ses pas et accepta son invitation.

60

Hadrien déposa les confiseries sur le meuble de l'entrée et referma la porte derrière eux.

L'appartement fut plongé dans la semi-obscurité. De minces faisceaux de lumière obliques filtraient au travers des lattes des volets roulants. Des frissons parcoururent sa peau au contact de l'air plus frais. D'une démarche mal assurée, Cassidy s'aventura dans le salon. Ses yeux s'habituèrent peu à peu à la faible luminosité. Ses pas résonnèrent sur le carrelage de cette pièce à l'aspect monacal.

Le logement de fonction de l'adjudant-chef Velganni correspondait en tous points à l'idée qu'elle s'en était faite. Les murs étaient blancs, la décoration sans fioriture, froide et impersonnelle. Un canapé d'angle en cuir noir, une table basse en acier et un meuble sur lequel on se serait attendu à trouver une télévision. Une simple ampoule suspendue au plafond. Pas de bibelots, pas de cadre photo. Rien qui ne laissa supposer que l'adjudant-chef Velganni avait une vie en dehors de son métier de gendarme.

Elle s'intéressa au seul tableau qui ornait les murs du salon. Celui-ci offrait une vue panoramique de la Voie lactée. Admirative, Cassidy émit un long sifflement.

— Vous vous intéressez aux mystères de l'univers ?

Elle ne lui laissa pas le temps de répondre.

— Je pensais que votre métier était votre seule passion !

Elle regretta aussitôt cette parole sarcastique, inspirée d'un slogan publicitaire qu'elle avait entendu à la télévision. Hadrien n'avait pas compté ses heures pour l'aider à retrouver Camille. Sous ses airs parfois arrogants, il n'avait eu de cesse de veiller sur elle, comme personne ne l'avait fait jusqu'à présent.

Appuyé contre le montant de la porte du salon, Hadrien affichait une attitude flegmatique.

— Qu'est-ce que je vous offre à boire ?

— Un thé glacé, si vous avez. Sinon je prendrai la même chose que vous.

Il revint dans la pièce quelques minutes plus tard, un verre dans chaque main, une bouteille de limonade calée sous le bras. Il déposa le tout sur la table basse avec précaution. D'un signe de tête, il l'invita à prendre place sur le canapé. Il s'installa à sa droite sur la méridienne.

— J'ai rendu visite à votre amie en début d'après-midi, l'informa-t-il en remplissant les verres.

— Oui, Camille me l'a dit. Je sors de chez elle à l'instant.

Elle ajusta le tissu de sa robe sur ses genoux et s'appliqua à lisser les plis du revers de la main.

— Vous m'avez l'air bien songeuse.

Elle porta le verre à ses lèvres et le but d'une traite.

— J'ai quelque chose d'important à vous dire, annonça-t-elle en faisant tourner son verre entre ses doigts.

— Je me doutais bien que vous n'aviez pas fait le déplacement juste pour mes beaux yeux.

Elle crut percevoir dans la voix du gendarme une pointe de déception mêlée à de l'ironie.

Elle voulut ouvrir la bouche pour protester, il la devança.

— Si ça concerne l'enquête en cours, je ne…

— Oui, je sais… Vous n'êtes pas autorisé à parler de l'enquête.

— Ce n'est pas ce que je voulais dire.

Elle esquissa une moue interrogative.

— Je ne tiens pas à en parler avec vous, un point c'est tout.

— Ça revient au même, non ? Bref, je ne suis pas venue pour vous extorquer des informations mais pour vous en apporter sur un plateau.

Le gendarme posa son verre.

— Je suis tout ouïe.

— Mais avant de vous dire quoi que ce soit, j'aimerais être certaine que Camille ne sera pas inquiétée.

Hadrien écarta les mains. Il ne pouvait rien promettre.

— Tout dépend de ce que vous allez me dire, mademoiselle Higgins.

Il l'avait appelée par son nom, instaurant une sorte de distance entre eux. Bien que Cassidy fût piquée au vif, elle n'en laissa rien deviner.

61

Après s'être éclairci la voix, elle commença ainsi :

— Lorsque je suis entrée dans la chambre de Camille, ça m'a fait un choc. Elle était aussi pâle que ses draps. Elle n'avait plus que la peau sur les os. Je l'ai à peine reconnue. Nous n'avions pas encore pu nous retrouver seule à seule depuis sa libération. Je n'avais qu'une envie, la serrer dans mes bras.

— Je suppose que ce désir était partagé ! Sans votre ténacité, elle serait loin d'ici à l'heure où nous parlons.

Cassidy baissa les yeux.

— Non, justement. Elle s'est montrée distante. D'une froideur implacable. J'ai senti qu'il y avait quelque chose qui n'allait pas. Comme si le lien entre nous était rompu.

— Il va lui falloir beaucoup de temps pour se remettre d'un tel traumatisme. Je l'ai trouvée extrêmement fatiguée.

— Je ne comprends pas pourquoi les médecins l'ont laissé sortir aussi vite.

— Votre amie a beaucoup insisté pour rentrer chez elle. Son mari a dû signer une décharge pour qu'elle puisse quitter l'hôpital malgré les réserves des médecins.

— Venant de Gabriel, ça ne m'étonne pas ! Il n'y a pas plus égoïste que lui.

— Quand je suis passé à leur domicile, je l'ai trouvé plutôt avenant avec sa femme. Mieux, je dirais qu'il était aux petits soins pour elle. Il m'est apparu presque sympathique.

Un rictus se forma à la commissure des lèvres de Cassidy.

— Il essaie de se racheter une conscience, voilà tout !

— Pour avoir trompé sa femme ?

— S'il n'y avait que ça…

Le gendarme l'interrogea du regard.

— Camille vous a-t-elle dit pourquoi elle avait viré de l'argent sur le compte de Maxime ?

— Non, j'ai prévu de l'interroger à ce sujet dès qu'elle aura repris des forces.

— Et Gabriel ? Vous l'avez interrogé ?

— Je l'ai à peine vu. Il devait faire l'aller-retour en Bretagne pour récupérer sa fille.

— Je comprends mieux…

— Dans ce cas, vous êtes bien la seule dans cette pièce, car moi je ne vous suis pas.

Cassidy ne pouvait plus faire marche arrière. Son sang afflua par saccades de chaque côté de ses tempes. Elle appuya sa tête entre ses mains pour y développer ce qu'il se passait dans son cœur. Elle allait devoir revenir sur la promesse qu'elle avait faite à Camille. Mais la vérité devait éclater. Il le fallait !

— Vous ne connaissez pas toute la vérité à propos de l'accident de Concarneau !

La figure du gendarme changea de couleur.

— Cette nuit-là, ce n'était pas Marc qui conduisait… c'était Gabriel !

— Vous êtes sérieuse ?

— Absolument.

Le gendarme massa sa nuque dans un mouvement circulaire.

— Dites-moi que vous n'étiez pas au courant, bégaya-t-il tant il appréhendait la réponse de la jeune femme.

— Non. Je viens juste de l'apprendre… et encore, je l'ai découvert par hasard.

— Comment ça par hasard ?

— Oui, enfin presque. Elle s'est absentée quelques instants pour aller aux toilettes. Je suis restée seule dans sa chambre. Son portable a vibré sur la table de chevet. Comme je sentais que Camille me cachait des choses, je me suis permis de lire le SMS qui s'était affiché sur l'écran.

— Que disait-il ?

— « *Tu me manques…* ». Il était de Zacharie, précisa-t-elle.

— Le musicien ?

Elle acquiesça.

— Je vois… Elle n'a rien à voir avec le modèle de vertu que vous vous en faisiez.

Cassidy ne pouvait que lui donner raison. Elle confia au gendarme sa déception, sa tristesse… Un gouffre sans fond, un océan infini.

Celle qu'elle avait toujours considérée comme sa sœur n'avait eu de cesse de lui mentir. Les révélations que Camille lui avait faites l'obligeaient à faire une relecture du passé. Cassidy s'était remémorée les dix dernières années qu'elle avait passées à ses côtés. Que de mensonges, que de trahisons ! N'avait-elle jamais été sincère ?

— Les amis les plus proches sont bien souvent ceux qui nous déçoivent le plus. On projette sur eux des attentes qu'ils ne sont pas en mesure de combler.

Il marqua un temps d'arrêt avant d'ajouter :

— C'est bien pour cette raison que je n'en ai pas !

Cette confidence faite, il l'invita à poursuivre son récit.

— Comme je connais son code, j'ai lu les autres messages qu'ils s'étaient envoyés, notamment celui où il lui disait que « la famille de Marc devait savoir ». C'est là que j'ai compris. Quand elle est revenue dans la chambre, j'avais encore son portable à la main. Je lui ai demandé des explications.

— Elle vous les a données ?

— Oui, elle a fini par craquer.

Hadrien apprécia à sa juste valeur la démarche de Cassidy. En venant le voir, elle l'assurait de la profonde confiance qu'elle lui portait.

— Curieusement, elle paraissait soulagée. Maintenant, c'est à mon tour de me décharger de ce poids. Je ne puis garder un tel secret.

Cassidy délaissa le canapé et fit quelques pas dans le salon, les mains croisées sur ses bras.

— Cette nuit-là, commença-t-elle d'une voix étranglée, comme vous le savez déjà, hormis Marc, tous les passagers avaient bu et consommé du cannabis. Camille a reconnu en avoir pris elle aussi. Ce n'était pas dans ses habitudes.

Elle laissa échapper un rire clair.

— Elle n'était pas dans son état normal ! C'est du moins l'excuse qu'elle m'a donnée. Alors qu'ils étaient presque arrivés à destination, Gabriel a stoppé le véhicule sur le bord de la route. Marc et lui ont eu une violente altercation.

— À quel sujet ?

— Marc a reproché à Gabriel de rouler plus vite que la vitesse autorisée, qui plus est, sur cette route sinueuse. Si Maxime ne s'était pas interposé pour les séparer, les deux hommes en seraient venus aux poings. Finalement, Gabriel a repris le volant. Tout le monde est remonté dans le véhicule.

— Ça paraît insensé. La BMW appartenait à Marc !

— Vous ne connaissez pas Gabriel ! Quand il veut quelque chose, il l'obtient. Il est bâti comme une armoire à glace. À côté de lui, Marc ne faisait pas le poids.

— Et ce qui devait arriver, arriva…

— La passagère arrière qui n'avait pas bouclé sa ceinture a été projetée contre le pare-brise. Elle est morte sur le coup. Marc, qui était assis sur le siège avant passager, n'a pas survécu à l'impact. Gabriel, lui, s'en est tiré avec une jambe cassée et quelques contusions. Quant à Maxime et Camille, ils s'en sont miraculeusement sortis avec quelques égratignures. Gabriel était en panique ; il savait que l'armada d'avocats de son père ne pourrait rien faire pour lui éviter la prison. Il pouvait tirer un trait sur sa brillante carrière et un avenir prometteur. Je ne sais pas comment il s'y est pris, mais il a réussi à convaincre Maxime de l'aider à extraire le corps de Marc de la carcasse. Ils l'ont installé derrière le volant et ont attaché sa ceinture de sécurité. Le véhicule étant au nom de Marc, les enquêteurs n'ont pas cherché plus loin.

— Camille Mancini les a-t-elle aidés à déplacer le corps ?

— Non, elle s'occupait de la conductrice de l'autre véhicule. C'est d'ailleurs elle qui a appelé les secours.

— S'est-elle opposée au déplacement du corps ?

Cassidy cessa de faire les cent pas dans la pièce. Elle se tourna vers lui.

— Je l'ignore. Tout ce que je sais, c'est qu'à l'époque, elle était très amoureuse de Gabriel. Elle était littéralement subjuguée, rectifia-t-elle. J'imagine qu'elle aurait fait n'importe quoi pour lui. Ils étaient sur le point de se marier. Dénoncer Gabriel revenait à renoncer à la vie dont elle avait toujours rêvé.

— Pourquoi, selon vous, ne s'est-elle jamais confiée à vous ? Vous m'avez dit que vous n'aviez aucun secret l'une pour l'autre.

Elle le jaugea.

— Pourquoi me posez-vous cette question ? J'ai l'impression d'être dans le box des accusés. Rien ne m'obligeait à venir vous raconter tout ça.

— La loi vous y oblige, rétorqua-t-il d'un ton cassant.

Il poursuivit d'une voix plus amène :

— J'essaye simplement de comprendre ce qu'il s'est passé. Je n'ai pas toutes les cartes en main. J'ai besoin de saisir la chronologie des événements. La mort de Maxime Desplanches et celle d'Adèle Gauthier ont un lien étroit avec l'accident, au même titre que l'enlèvement de votre amie. Tout est parti de cette nuit-là.

Elle souleva les épaules.

— Elle savait probablement que je dénoncerais Gabriel à la police.

— C'est ce que vous auriez fait ?

— Oui, déclara-t-elle sans la moindre hésitation. La famille de Marc a été dévastée par l'annonce de sa mort. Savoir qu'il était responsable du décès de deux autres personnes n'a pas dû les aider à faire leur deuil. Je trouve ça injuste ! Gabriel s'est vite remis sur pieds, il s'est marié comme si rien ne s'était produit. Pour lui, la vie a continué. Il a prétendu n'avoir gardé aucun souvenir du drame.

— Ça paraît difficile à croire.

— Quand le Samu est arrivé sur les lieux de la tragédie, il était allongé sur le trottoir, inconscient. Je suis prête à parier qu'il jouait la comédie.

— Vu ce que vous venez de me dire, ça ne m'étonnerait pas, en effet.

Cassidy vint se rasseoir sur le canapé. Ses cuisses tremblaient nerveusement. Elle but le verre de limonade qu'il lui tendit.

Elle fixa le fond du verre comme si elle y cherchait des réponses.

— Que va-t-il se passer à présent ? Je veux dire… maintenant que je vous ai tout raconté.

— Je vais vérifier ces informations et transmettre aux collègues de Concarneau. L'enquête va être réouverte.

— Et ensuite ? interrogea Cassidy, inquiète.

Il croisa ses doigts sur sa nuque.

— Gabriel Mancini sera jugé en Cour d'Assises.

Il sera certainement condamné pour triple homicide involontaire, assorti de recel de cadavre.

— Recel de cadavre ?

— Il a déplacé le corps de Marc Hardy pour faire croire que c'était lui qui était au volant. Cette infraction sera retenue comme une circonstance aggravante. Je pense que le magistrat prononcera une peine de sept ans ainsi qu'une annulation de permis de conduire.

— Il ne sera pas poursuivi pour avoir conduit sous l'emprise de l'alcool et de stupéfiants ?

— Non, sans analyse à l'appui, cela ne pourra pas être retenu contre lui.

Cassidy secoua la tête de droite à gauche en signe de désolation.

— Sept ans pour avoir tué quatre personnes… C'est bien peu ! Et pour Camille ? Que va-t-il se passer ? Risque-t-elle aussi d'être condamnée ?

— Votre amie va être poursuivie d'une part pour non-dénonciation de crimes, d'autre part pour non-dénonciation d'un délit puisqu'elle a été témoin de l'échange de conducteur. En se taisant, elle s'est rendue complice de recel de corps. Les peines seront confondues. Elle risque deux ans.

Cassidy enserra ses épaules de ses mains. Des perles de sueur glissèrent le long de sa colonne vertébrale.

— Deux ans ! Je pensais qu'une épouse n'avait pas l'obligation de dénoncer son mari.

— Le droit français ne reconnaît pas cette protection entre époux ou conjoint, puisque nous sommes tous pourvus de discernement. Nous avons une conscience ; nous contrôlons nos actes. Elle aurait dû informer les autorités judiciaires de ces faits aussi bien délictuels que criminels. A contrario, une personne ne pourra défendre son conjoint de par la reconnaissance de vie commune. En droit, il est dit qu'il ne faut être : « ni parent, ni allié, ni au service des parties »

Cassidy sentit une boule se former dans le fond de sa gorge. Elle déglutit avec peine. Hadrien temporisa :

— Toutefois, le magistrat peut considérer qu'elle était sous l'influence de son époux. Il peut retenir cette subtilité et l'affranchir de sanction ou, le cas échéant, prononcer une peine avec sursis.

— Je l'espère pour elle… Honnêtement, j'ai toujours pensé qu'elle était tombée sous son emprise. Depuis qu'elle s'était mariée avec Gabriel, elle avait changé du tout au tout.

— Autre point important : une procédure de réhabilitation pourra être engagée pour Marc Hardy. Ce qui aura pour conséquence d'annuler toutes les procédures à son encontre prises par les sociétés d'assurance. Celles-ci se retourneront inévitablement contre le véritable conducteur. Gabriel Mancini va être poursuivi pour escroquerie. Les sommes engagées par la compagnie d'assurance du véhicule vont devoir être restituées. Les ascendants des victimes pourront réclamer des dommages et intérêts. J'espère qu'il a les reins solides…

— Côté finance, il n'y a pas lieu de vous inquiéter, Gabriel est à l'abri du besoin.

— Quoi qu'il en soit, vous ne devez avoir aucun regret. En venant me voir, vous avez fait ce qui vous paraissait juste.

Un sourire triste glissa sur le visage de Cassidy.

— Il faut croire que j'ai le don de semer la zizanie.

— Pourquoi dites-vous cela ?

— Si les juges se montrent moins indulgents que dans vos prévisions, Clara sera une nouvelle fois séparée de sa maman. Sans compter ce qui est arrivé à Adèle Gauthier…

Il la dévisagea d'un air grave.

— Je ne vois pas en quoi vous seriez responsable de la mort de cette femme. Expliquez-moi.

— Avant d'être abattu, Charles Desperoys a révélé à Camille comment il s'y était pris pour l'enlever, comment il s'était débarrassé de toutes les personnes qui s'étaient mises en travers de sa route. Elle m'a tout raconté…

Elle redressa la tête. Ses yeux fixaient le vide.

— Ce qui m'a choquée, c'est qu'en l'écoutant, j'ai eu la sensation qu'elle prenait la défense de son ravisseur. Elle lui trouvait systématiquement des excuses.

— C'est ce qu'on appelle le syndrome de Stockholm. Il n'est pas rare que le preneur d'otage parvienne à susciter une forme de compréhension voire d'empathie chez sa victime.

Cassidy secoua vivement ses jolies boucles.

— Non, je sens qu'il y a autre chose. Camille évitait de croiser mon regard. Je suis convaincue qu'elle ne m'a pas tout dit.

62

Les confidences que Camille lui avait faites étaient semées d'incohérences.

Charles Desperoys ne s'était jamais vraiment remis du décès de sa compagne et de son enfant à naître.

Quelques mois après la tragédie, il avait déménagé sur Rennes pour se rapprocher de ses parents. Au décès de son père, il avait pris la décision d'emménager au domaine du Bois Noir pour s'occuper de sa mère.

Il n'avait plus remis les pieds à Concarneau jusqu'en décembre dernier. En déplacement dans la région pour son travail, il était tombé sur Maxime par hasard lors d'une soirée organisée dans un bar.

Charles Desperoys avait surpris une conversation entre Maxime et une jeune femme. Le jeune homme avait exhibé les cicatrices qu'il avait conservées d'un accident de la circulation. Lorsque Charles avait réalisé qu'il évoquait l'accident qui avait emporté sa compagne, de vieux démons qui sommeillaient en lui s'étaient réveillés. Durant sa semaine de formation, il avait passé son temps à suivre Maxime.

Il s'était intéressé à son travail, à ses fréquentations. Puis, il était rentré au domaine du Bois Noir. Il avait placé cette rencontre fortuite sous le signe du destin. Il était retourné plusieurs fois à Concarneau, sans réellement savoir ce qui l'animait.

En mai, il avait croisé Maxime au Madison Club. Le jeune homme fêtait l'anniversaire de l'un de ses amis. Il avait payé des tournées à tour de bras, clamant à qui voulait l'entendre qu'il avait touché le jackpot. Charles n'y aurait pas prêté attention si Maxime n'avait pas porté un toast à la mémoire de Marc. Charles l'avait entraîné à l'extérieur de la discothèque pour lui demander des explications. Il l'avait contraint à monter à bord de sa camionnette. Ils avaient roulé jusqu'aux falaises de Trénez. Le ton était monté entre les deux hommes. Affolé, Maxime avait basculé dans le vide alors qu'il tentait de s'enfuir. Avant de tomber, il avait révélé que ce n'était pas Marc qui était au volant de la BMW, mais Gabriel Mancini. Charles avait consacré les semaines suivantes à échafauder un plan pour se venger de l'homme qui avait brisé sa vie. À l'origine, ce plan consistait à le faire souffrir autant qu'il avait lui-même souffert.

— Il projetait d'assassiner sa femme ?

— Oui, c'était ce qu'il avait initialement prévu. Mais entre-temps, Charles s'est rendu compte que Gabriel trompait Camille. Il a donc changé ses plans.

— Il a pensé que la mort de sa maitresse impacterait davantage Gabriel…

— Non. Selon Camille, le meurtre d'Adèle ne faisait pas partie de ses projets.

— Ça paraît difficile à croire…

— Je ne fais que vous répéter ce que Camille m'a confié. Le samedi soir, vers 20 heures, Charles s'est introduit chez Gabriel pour récupérer le traitement de Camille. Elle est atteinte d'une dystrophie musculaire. Cette maladie est dégénérative. Si elle ne suit pas son traitement, elle risque la paralysie. Charles n'avait pas prévu que la maîtresse de Gabriel serait présente ce soir-là. Adèle l'a surpris dans la cuisine et menacé d'un couteau. Le coup s'est retourné contre elle. Pensant l'avoir tuée, Charles l'a portée à l'arrière de son fourgon. Il comptait faire disparaître le corps dans l'Erdre. C'était le soir de la Fête de la musique, il a dû patienter avant de pouvoir opérer en toute discrétion. Au moment de lester le corps pour le mettre à l'eau, Adèle a repris connaissance. Elle s'est débattue. Il l'a maintenue sous l'eau jusqu'à ce qu'elle ne respire plus. La suite, vous la connaissez.

Émue, Cassidy essuya de son index le bord de ses yeux.

— Si je n'avais pas mis mon grain de sable dans cette histoire, les choses ne se seraient pas passées ainsi. Adèle Gauthier serait peut-être toujours en vie.

— Ce ne sont que de simples supputations.

— Charles a commencé à devenir nerveux quand il a compris que je ne renoncerai pas à retrouver Camille. Il nous a vu discuter ensemble le soir de la Fête de la musique, place Aristide Briand. Vous portiez votre uniforme. C'était quelques heures seulement avant qu'il ne s'en prenne à Adèle. Ce qu'il faut savoir, c'est qu'avant d'enlever Camille, il s'était renseigné sur ses habitudes, les personnes qu'elle fréquentait. Il connaissait mon existence ; il savait où j'habitais. Il disposait du double de la clef de mon appartement. Il l'avait prélevé sur le trousseau de Camille. Je suppose qu'il a fouillé dans mes affaires, lu ma messagerie.

Le gendarme croisa les bras sur son torse, l'air sceptique.

63

— Camille vous a-t-elle dit ce que son ravisseur comptait faire ensuite ? Où il avait l'intention de l'emmener ?

— Oui, mais pour comprendre ce que Charles avait en tête, il faut savoir que la ressemblance entre Camille et sa compagne était saisissante. Lorsque Charles l'a vue la première fois, il a été frappé au point d'en être troublé.

— Ce qui peut expliquer qu'il ait renoncé à la tuer comme il l'avait prévu initialement.

— Je pense que dans son malheur, c'est ce qui lui a sauvé la vie. Il est allé jusqu'à lui faire porter des vêtements qui avaient appartenu à sa compagne…

— Comment le savez-vous ?

— Camille me l'a dit. À l'occasion d'un dîner, elle a vu une photo de Valentine. C'est ce soir-là qu'elle a compris pourquoi il s'en était pris à elle et pourquoi il éprouvait autant de haine à l'égard de Gabriel.

— Lui avait-il dit où il comptait l'emmener à bord de son voilier ?

— Non, il avait vaguement évoqué de la famille au Portugal. Dans son délire, il imaginait faire sa vie avec elle. Et même avoir un enfant ! Il lui avait fabriqué un collier sur mesure qui lui permettait de la soumettre. Elle m'a expliqué son fonctionnement. Ça fait froid dans le dos rien que d'y penser.

— Oui, j'ai vu cet engin de torture. Il a été placé sous scellé comme pièce à conviction. Ça m'a rappelé de mauvais souvenirs…

Hadrien évoqua une enquête sur laquelle il avait travaillé avant d'arriver à la brigade de Carquefou. Il avait concouru à l'arrestation d'un sexagénaire bien sous tout rapport, notable, marié et père de trois enfants. Il avait aménagé au sous-sol de sa résidence secondaire une sorte de studio aveugle, au confort spartiate. Il y avait séquestré une femme d'une trentaine d'années durant une quinzaine d'années. Elle vivait dans ce dix mètres carré, enchainée par le cou à un réseau de poulies et de câbles. Ce système ingénieux lui permettait de se déplacer dans un périmètre établi. Lorsque nous l'avons libérée, la chair avait presque recouvert le collier.

— Quel événement a permis de mettre un terme à son calvaire ?

— Le ravisseur a été confondu par sa femme. Elle pensait qu'il avait une liaison depuis des années. Mais le jour où elle a découvert dans le coffre de la voiture de son mari du lait en poudre ainsi qu'un nécessaire de toilette pour nourrisson, elle a commencé à le surveiller de près. Elle a fini par découvrir que la situation était pire que ce qu'elle avait imaginé. Le père de ses enfants était un tortionnaire qui n'en était pas à son coup d'essai.

D'autres jeunes femmes avaient été séquestrées dans ce studio. Aucune n'avait survécu. On a retrouvé leurs ossements enterrés dans le jardin.

Percevant la blancheur de son interlocutrice, il mit un terme à ce récit macabre.

— Je ne sais pas comment vous arrivez à trouver le sommeil après avoir vu toutes ces horreurs... souffla-t-elle.

— On ne s'y habitue jamais. Les affaires comme celle-ci nous hantent des années durant. Elles restent gravées dans nos mémoires. Vous voyez, je vous en parle aujourd'hui avec la même émotion. C'est l'aspect du métier qui me pèse le plus. Mais ce n'est pas le seul...

Il fit craquer les jointures de ses phalanges.

— Pour tout vous dire, j'envisage de démissionner. Ce n'est plus qu'une question de jours. Ma lettre est sur mon bureau, prête à être envoyée à ma hiérarchie.

Cassidy releva le menton. Cette révélation inattendue la laissa sans voix.

— Je termine cette enquête et je passe la main.

— Qu'est-ce que vous allez faire ? Vous avez des projets ?

Il s'appuya contre le dossier du canapé et baissa les paupières à demi.

— Prendre enfin du temps pour moi... Voyager, découvrir le monde, faire ce que je n'ai pas encore eu le temps de faire.

— Vous ne supportez plus votre métier ?

— Devenir gendarme, ce n'était pas une vocation. Je n'ai fait que suivre le chemin tracé par mon père. Je suis plutôt du genre électron libre. Travailler en équipe, ça n'a jamais été mon fort. Mais le plus pesant, ce sont les horaires décalés, les astreintes ; j'ai le sentiment de passer à côté de ma vie. J'ai quarante ans, et comme vous pouvez le constater, je ne suis pas marié, je n'ai pas d'enfants.

Elle croisa les bras sur sa poitrine.

— Vous pensez qu'avoir une famille vous permettrait d'avoir une vie plus accomplie ?

— N'est-ce pas la destinée de tout un chacun ? L'être humain n'est pas fait pour vivre seul.

Cassidy ne put s'empêcher de faire le parallèle avec sa propre situation. Il lui arrivait parfois de se sentir bien seule. Mais, à l'heure du numérique, il devenait de plus en plus difficile de trouver son âme sœur ailleurs que derrière un écran. La plupart des couples qui s'étaient formés dans son entourage avaient matché sur des sites de rencontre. Cassidy n'y voyait qu'une forme d'avilissement des mœurs.

— Si vous pouvez vous le permettre financièrement, ça me semble une bonne idée, conclut-elle. J'admire les personnes qui ont le courage de changer de vie. Personnellement, je ne sais pas si je pourrais renoncer à mon confort de vie. À moins d'hériter d'un généreux donateur.

Le gendarme profita de cette ouverture pour changer de sujet. Parler de lui n'était pas son fort. Encore moins en présence d'une personne qu'il ne connaissait que depuis peu de temps. Fut-elle aussi charmante que l'était Cassidy. Il revint à l'affaire qui le préoccupait.

— Camille Mancini vous a-t-elle expliqué pourquoi elle a donné la somme de 32 000 euros à Maxime Desplanches ? Se livrait-il à un chantage sur sa personne ?

Elle acquiesça.

— Maxime a perdu son travail en décembre, l'année dernière. Il s'est très vite retrouvé à court d'argent. Il s'est alors souvenu de la promesse que lui avait faite Gabriel la nuit du drame. Ce dernier s'était engagé à lui renvoyer l'ascenseur en cas de besoin. Maxime savait que les Mancini menaient un train de vie plus que confortable.

Le gendarme plissa le front.

— Gabriel Mancini a déclaré ne pas avoir eu connaissance de ces transactions. Il aurait menti à ce sujet ?

— Non. Maxime s'est adressé à Camille. Il savait que Gabriel n'était pas un homme de parole et que cela risquerait de se retourner contre lui d'une manière ou d'une autre.

— En clair ?

— Gabriel a les dents longues. Il est le digne fils de son père, aussi corrompu que lui.

— J'ai lu dans son dossier qu'il est originaire de Corse et que sa famille travaillait dans le domaine de l'immobilier.

— C'est exact, elle avait bâti tout un empire sur des pratiques douteuses. C'étaient dans les années 80, à l'époque où le FLNC semait la terreur sur l'île de beauté. Après avoir été condamné pour fraudes, Mancini père est venu s'installer en France. Il coule des jours paisibles dans sa forteresse dorée située à quelques kilomètres de Quimper. La relève est assurée par ses trois fils.

— C'est bon à savoir, nota le gendarme.

— En s'adressant à Camille, il a joué la carte de la sécurité. Tous deux sont parvenus à un accord. Elle devait lui verser au total la somme de 50 000 euros.

— La mort de Maxime Desplanches lui aura fait faire une belle économie…

— Maxime n'a plus donné signe de vie. Elle a pensé qu'il avait lâché l'affaire. Elle était à mille lieues de se douter que Charles Desperoys était sur le point de s'en prendre à elle.

Cassidy cessa de parler. De son index, Hadrien pianotait sur son téléphone portable.

— Je vous écoute, lança-t-il.

Une nouvelle sonnerie capta son attention. Il se plongea dans la rédaction d'un SMS. Son visage était fermé. Cassidy consulta l'écran de son téléphone et se leva du canapé.

— Je n'ai pas vu le temps passer. L'école vétérinaire est fermée, il faudra que j'attende demain matin, dit-elle avec une pointe de regret.

Hadrien avait replacé son portable dans sa poche et s'était levé à son tour. Ils se dirigèrent en silence vers la porte d'entrée.

Les yeux de Cassidy tombèrent sur les confiseries qu'il avait déposées sur la desserte.

— Vous devriez les mettre dans votre réfrigérateur si vous ne voulez pas vous rendre malade.

Il posa la main sur la poignée puis la laissa retomber mollement le long de son corps. Il paraissait soucieux.

— J'ai un service à vous demander.

— Dites-moi de quoi il s'agit. Si je peux vous aider, je le ferai. Je vous dois bien ça…

— Comme je vous l'ai déjà dit, vous ne me devez rien.

— Que puis-je faire pour vous ?

— Je dois descendre à l'appartement de Simon. Vous voulez bien m'y accompagner ?

Elle devina au son de sa voix qu'il avait une arrière-pensée.

64

L'appartement de l'adjudant Belfort était situé au deuxième étage du bâtiment abritant les logements de fonction des militaires.

Hadrien pressa la sonnette. Sans attendre de réponse, il poussa la porte d'entrée. Il fit signe à Cassidy de le suivre. Ils furent accueillis par les jappements d'un bâtard à la robe fauve, aux oreilles taillées en pointe. L'animal, quoique court sur pattes, faisait des bonds de quatre fois sa hauteur comme s'il fût monté sur des ressorts mécaniques.

Instinctivement, Cassidy s'agrippa au bras d'Hadrien.

— Rassurez-vous, Billy est un vieux pépère édenté. Il se nourrit exclusivement de boîtes de pâté mouliné. Vous n'avez rien à craindre.

Cassidy répondit par un sourire crispé. Ce petit corniaud était certes moins impressionnant que le molosse à la mâchoire diabolique du voisin de Camille, mais c'était plus fort qu'elle, elle avait une peur viscérale de tout ce qui se déplaçait à quatre pattes.

À peine eurent-ils mis un pied à l'intérieur du logement qu'ils furent enveloppés par une chaleur moite, presque suffocante.

— L'appart est exposé plein sud, expliqua Hadrien ; l'hiver c'est appréciable, mais l'été c'est une vraie fournaise !

À peine remise de ses émotions, Cassidy se contenta de hocher la tête. Au fur et à mesure qu'elle progressait dans l'appartement, une sensation étrange s'empara d'elle ; une sensation d'oppression et de tension mêlées. C'était comme si un poids s'était abattu sur ses épaules, l'obligeant à courber l'échine. Cela n'avait rien à voir avec la température ambiante. Et encore moins avec le corniaud qui était allé se réfugier dans son panier par crainte de s'en voir dépossédé.

L'adjudant Belfort somnolait dans le salon devant l'écran de télévision qui déversait un flot continu d'informations. Il était recroquevillé au fond du canapé, à moitié dénudé, une serviette de toilette pliée sur le front. Hadrien s'empara de la télécommande et coupa le son. Les paupières de Simon se soulevèrent avec peine, laissant entrevoir des yeux bleus auréolés de cernes violacés. Ses pupilles étaient dilatées. Sous l'éclairage des leds, sa peau était diaphane. Apercevant la jeune femme qui se tenait aux côtés de Hadrien, il se redressa au prix d'un effort soutenu en grimaçant de douleur.

— Je me suis endormi, s'excusa-t-il en tendant ses doigts amaigris vers les coussins.

Hadrien vint à son aide et les cala de chaque côté de son collègue pour l'aider à se maintenir en position assise.

— Quelle heure est-il ? demanda-t-il en étouffant un bâillement.

— 20 h 15.

Étonné, Simon émit un grognement. Un rapide coup d'œil lancé en direction du journal télévisé lui confirma qu'Hadrien ne se jouait pas de lui. Il avait perdu la notion de temps.

— Tu veux que j'ouvre les volets et que j'aère la pièce ? proposa Hadrien.

Simon agita la tête comme l'aurait fait un enfant.

— Non, surtout pas ! se récria-t-il. La lumière m'éblouit. J'ai déjà l'estomac au bord des lèvres. Pas la peine d'en rajouter.

— Comment tu te sens ?

— Pas pire, pas mieux.

— C'est déjà ça.

— Ça se voit que c'est pas toi qui morfles. J'ai l'impression d'avoir quatre-vingt-dix balais.

— Ne vous inquiétez pas, les origines marseillaises de Simon remontent à la surface quand il est malade, lança Hadrien à l'adresse de Cassidy.

Puis, se tournant vers son collègue qui gémissait de plus belle :

— T'es sûr que t'en fais pas des caisses ?

— Le simple fait de me déplacer du lit au canapé me fait un mal de chien.

Il porta les mains à ses poumons.

— J'ai la cage thoracique comprimée. Si ça continue, je vais finir à l'hosto.

Il reprit son souffle :

— T'as des nouvelles de Paul et de Guillaume ?

Hadrien n'en avait pas eu depuis la veille. Aux dernières nouvelles, ils étaient toujours en soins intensifs.

Paul était sur le fil du rasoir. Il jugea préférable de ne pas inquiéter Simon davantage qu'il ne l'était.

— Les médecins testent un nouveau protocole de soin. Leur état est stable.

Des soubresauts nerveux secouèrent l'adjudant Belfort.

— Le pire dans toute cette histoire, c'est que si on crève, on ne saura même pas de quoi !

Sa voix se perdit dans une toux rauque.

Hadrien jeta un regard oblique à Cassidy. La jeune femme était blanche comme un linge.

— Ne t'inquiète pas, Simon, je suis certain qu'ils ne vont pas tarder à trouver le moyen de vous remettre sur pieds.

Simon parut en douter.

— Les chercheurs bossent jour et nuit pour neutraliser l'agent neurotoxique qui vous empoisonne. On gagnerait du temps si on savait comment il a été introduit dans vos organismes. Les médecins pensent que vous avez ingéré un produit chimique d'une grande toxicité. Ce serait lui qui empoisonnerait votre système nerveux central et l'empêcherait de fonctionner à la normale. Reste à déterminer lequel...

— Ils font fausse route !

— Qu'est-ce qui te fait dire ça ?

Simon plia le poing et redressa un à un ses doigts à chaque argument avancé.

— Primo, on a pris aucun repas ensemble ; deuzio, on ne s'est jamais retrouvés tous les trois dans la même pièce au même moment ; tertio, Guillaume était en congé cette semaine ; par conséquent, il n'a pas eu accès aux bureaux.

Il se tut. Son regard balaya la pièce de gauche à droite comme s'il la passait au rayon X.

— Non, pour moi, cette saleté traîne dans l'air qu'on respire.

— Si c'était le cas, j'aurais été contaminé ainsi que le reste de l'équipe. Je viens te voir presque tous les jours. Il y a nécessairement un point qui vous relie tous les trois.

Simon souffla pour chasser l'air vicié de ses poumons.

— Avec ce mal de crâne à me taper la tête contre les murs, je n'arrive même plus à m'entendre penser. J'ai déjà retourné le problème mille fois dans ma tête… Paul a pris un verre ici après le boulot deux jours avant de tomber malade. Quant à Guillaume, il n'est jamais monté à l'appart. On n'est pas vraiment potes tous les deux.

— Je ne sais pas si tu es au courant, mais Lucile et Gaspard sont eux aussi sur le carreau. Par chance, leurs symptômes sont moindres.

Simon renversa sa tête en arrière sur le dossier du canapé.

— Voilà qui complexifie l'équation.

65

Tandis que les deux hommes poursuivaient leur discussion et émettaient des hypothèses qu'ils abandonnaient aussitôt, Cassidy fixait les éléments du décor comme si elle voulait les conserver dans sa mémoire.

L'appartement de l'adjudant Belfort contrastait radicalement avec celui d'Hadrien.

Le gendarme, habile de ses mains, avait confectionné des meubles au design industriel, alliant le bois et le métal.

Les murs fraîchement repeints dans des tons chauds étaient ornés de cadres qui rappelaient les matériaux qui avaient servi à la création du mobilier.

Cassidy fit un pas en direction de la bibliothèque. Le corniaud qui s'était enrubanné dans son drap blanc sortit la tête en dehors de son panier. Son regard rencontra celui de Cassidy. Il se précipita dans ses jupes en jappant.

En deux enjambées, Hadrien l'intercepta. Il glissa une main sous le poitrail de l'animal et le souleva comme s'il ne pesait rien pour le caler sous son bras tel un pain de trois livres. Les gendarmes reprirent le fil de leur échange.

Les étagères de la bibliothèque étaient encombrées d'objets de formes et de matériaux éclectiques dignes d'une boutique de brocanteur. Elle fut attirée par un emballage aux couleurs chatoyantes qui reposait sur l'étagère du bas, à l'écart. Elle reconnut au premier coup d'œil le paquet qu'elle avait aperçu sur le bureau de l'adjudant Belfort le jour où elle était venue déclarer la disparition de Camille. Des réminiscences de ce qu'elle avait ressenti à son contact la rendirent méfiante.

Avec prudence, elle se pencha légèrement en avant. Elle allongea le bras pour effleurer le papier du bout de ses doigts. Des fourmillements se propagèrent dans son bras, coururent le long de sa moelle épinière.

Les membres engourdis, la respiration coupée, Cassidy se redressa subitement.

La discussion entre les deux hommes avait cessé. Hadrien, qui ne l'avait pas quittée des yeux, l'interrogea d'un froncement de sourcils. Il comprit à la mine stupéfaite de Cassidy que quelque chose d'anormal venait de se produire. Sur le canapé, Simon changea brusquement d'attitude.

— Attends, Hadrien, je vais tout t'expliquer, bredouilla-t-il en s'agitant entre les cousins.

Il voulut se lever, mais ses forces l'abandonnèrent. Il retomba mollement contre le dossier.

Hadrien se pencha à son tour au-dessus de l'étagère et voulut s'emparer de l'objet.

— Je vous déconseille d'y toucher, le mit-elle en garde.

Le gendarme préleva deux stylos dans le pot à crayons qui reposait sur l'étagère du haut. Avec une précaution extrême, il s'en servit pour écarter les pans du papier cadeau. Ses yeux s'écarquillèrent face à l'objet qu'il contemplait.

L'état de sidération passé, il s'en prit violemment à son collègue.

— Qu'est-ce que ce livre fout là, Simon ?

L'un après l'autre, Cassidy dévisagea les deux militaires qui se défiaient en silence.

Son regard glissa sur l'ouvrage à la couverture énigmatique. L'illustration réalisée au fusain représentait une déesse de la mythologie grecque, celle de la juste colère des dieux et de la rétribution céleste. Parée de ses ailes, elle tenait dans sa main gauche une branche de frêne. Le titre, *La voix de Némésis*, gravé à la manière d'un tag gothique lui était inconnu. Il lui faisait penser à la célèbre formule de la Torah, « Œil pour œil, dent pour dent ».

Le nom de l'autrice, Amandine Doucet, lui disait vaguement quelque chose. Elle chercha dans sa mémoire. Elle se souvint que quelques jours plus tôt sur la plage, Hadrien avait évoqué une affaire criminelle qui avait ébranlé la brigade de Carquefou. Elle l'avait interrogé sur la cicatrice qu'il portait à la cuisse droite. Il lui avait expliqué que c'étaient les stigmates d'une blessure par balle. Simon Belfort et lui-même avaient été personnellement impliqués dans cette histoire. Hadrien était resté très évasif. Elle n'en savait guère plus.

— Tu m'expliques, Simon ? s'impatienta Hadrien. Comment as-tu eu ce bouquin ?

Embarassé, Simon se tourna vers Cassidy, le visage défait.

— Si cela ne vous dérange pas, mademoiselle Higgins, j'aimerais m'entretenir avec mon collègue, en privé.

Saisissant à demi ce qui se tramait dans la pièce, Cassidy ramassa son sac à main et se dirigea vers la sortie, laissant les deux hommes s'affronter en chien de faïence dans le salon.

Hadrien lui demanda de l'attendre sur le palier.

— Je raccompagne mademoiselle Higgins au portail, et je remonte, lança-t-il à l'adresse de son collègue d'un ton péremptoire.

66

Hadrien précéda Cassidy dans les escaliers. Ils n'échangèrent pas une parole. Tout dans sa physionomie traduisait qu'il s'était replié sur lui-même, isolé du monde extérieur.

Le gendarme quitta le bâtiment à pas rapides, appuya sur le bouton d'une télécommande. Le portail de la caserne s'ouvrit dans un crissement métallique.

Tête baissée, Cassidy plongea la main dans son sac, affectant de chercher ses clefs de voiture. Elle cherchait à gagner du temps. Plusieurs questions lui brûlaient les lèvres. Elle n'osait les poser par crainte de s'attirer les foudres d'Hadrien.

Pourquoi lui avait-il demandé de l'accompagner chez son collègue ? Est-ce qu'il s'était attendu à ce qu'elle fasse ce genre de découverte ? Enfin, le roman entreposé sur l'étagère de la bibliothèque avait-il un lien avec l'épidémie qui sévissait au sein de la caserne ?

La ride du lion creusée, le gendarme scruta la façade du bâtiment de l'école élémentaire qui faisait face à la gendarmerie. Des tonnerres d'applaudissements s'échappèrent des fenêtres du réfectoire, suivis de sifflements. Le spectacle organisé par l'équipe éducative marquait la fin de l'année scolaire. Une page se tournait.

Au plus grand étonnement de la jeune femme, le gendarme la devança.

— J'imagine que vous vous interrogez après ce qui vient de se passer là-haut…

Elle remua la tête de telle sorte qu'il ne sut si cela voulait dire oui ou non.

— Je regrette de vous avoir embarquée dans cette histoire. Cela ne vous concerne pas.

Les excuses glaciales du gendarme eurent l'effet d'une claque sur la jeune femme.

Elle allait riposter qu'elle n'avait fait qu'accéder à sa demande, qu'en aucun cas, elle avait fait preuve d'indiscrétion, quand il reprit d'une voix empreinte de chaleur :

— Vous devez vous demander pourquoi j'ai tenu à ce que vous m'accompagniez chez Simon. Votre interrogation est légitime… Sachez que, moi-même, je l'ignore…

Il grimaça plus qu'il ne sourit.

— Quoi qu'il en soit, vous avez de nouveau ébranlé mes certitudes, avoua-t-il sans la regarder.

Elle profita de cette brèche.

— Vous pensez que ce livre est à l'origine du mal qui frappe votre brigade ?

Il posa ses yeux noirs sur elle.

— Je pense que vous êtes plus encline que moi à résoudre cette énigme…

Dans l'attente d'une réponse, Hadrien positionna ses mains dans son dos comme s'il était au garde-à-vous.

— Tout ce que je peux vous dire c'est que mettre les pieds dans cet appartement a été éprouvant.

— Vous cherchez à me culpabiliser davantage que je ne le suis.

— Je réponds simplement à votre question. Une fois à l'intérieur, je me suis sentie oppressée. Que vous y croyiez ou non, le logement de l'adjudant Belfort est saturé d'ondes négatives. Je n'avais encore jamais vu ça… Lorsque votre collègue déclare que cette saleté flotte dans l'air, je pense qu'il n'est pas loin de la vérité.

— Je vais prendre les mesures de sécurité qui s'imposent.

Il recula d'un pas pour la laisser passer.

— En attendant de faire la lumière sur cette affaire, je vous demanderai d'être discrète.

Cassidy fut une nouvelle fois blessée par les propos d'Hadrien. Pour qui la prenait-il ? Une colporteuse de bas étage ? Loin d'elle l'idée d'aller crier sur les toits ce qu'elle avait découvert. D'autant qu'elle ne savait pas exactement de quoi il retournait.

— Ne vous inquiétez pas, je n'avais pas l'intention de contacter la presse ! rétorqua-t-elle sèchement.

— Prenez soin de vous, lança-t-il avant de s'éloigner.

67

Au volant de sa Fiat 500, Cassidy maugréa contre cet homme qui maniait avec dextérité le chaud et le froid. En présence d'Hadrien, elle ne savait jamais sur quel pied danser. L'attitude du gendarme ne faisait que révéler sa propre ambivalence à son égard. Elle en avait parfaitement conscience.

À peine rentrée chez elle, l'amertume céda le pas à l'inquiétude. L'idée qu'Hadrien puisse être à son tour contaminé par l'agent neurotoxique la plongea dans une grande affliction.

En s'approchant de la volière, elle fut accueillie par les jaseries habituelles de son perroquet. Elle constata à son plus grand soulagement qu'il avait vidé sa mangeoire. Barbie avait retrouvé l'appétit !

Elle s'installa sur sa terrasse, berçant le volatile contre sa poitrine. Le perroquet posa sa tête dans le creux de son épaule et s'assoupit.

Elle en profita pour effectuer des recherches sur son téléphone portable. Il y avait pléthore d'articles de presse en ligne au sujet de l'affaire Amandine Doucet. À leur lecture, elle comprit pourquoi Hadrien avait réagi aussi violemment en découvrant l'ouvrage. Le roman faisait office de cheval de Troie. En le conservant dans sa bibliothèque, l'adjudant Belfort avait pris des risques inconsidérés.

68

Téléphone collé à l'oreille, Hadrien avait rejoint son collègue, gravissant les marches quatre à quatre. Une équipe de scientifiques était en route.

Simon n'avait pas changé de position ; il était assis dans le canapé, les mains jointes. Hadrien se rua vers la fenêtre pour aérer la pièce.

— J'attendais le bon moment pour t'en parler, gémit Simon.

— Garde tes explications pour plus tard, la priorité est de te sortir de là…

L'inquiétude se lisait sur la figure d'Hadrien.

— Qu'est-ce qui te prend ? bredouilla Simon.

Hadrien le saisit par les aisselles.

— Pose pas de questions et suis-moi !

Simon dut prendre appui sur son collègue ; ses jambes se dérobaient sous lui.

Avant de refermer la porte de l'appartement, Hadrien siffla Billy. L'animal se précipita dans l'escalier, croyant l'heure de la promenade arrivée.

Ils gravirent la dizaine de marches qui conduisaient à l'étage supérieur. Ils furent devancés par le chien qui s'agitait dans tous les sens.

Après l'avoir installé sur son propre canapé, Hadrien alla chercher un verre d'eau fraîche à la cuisine et le posa sur la table basse.

— Maintenant, je t'écoute !

Au travers d'un récit entrecoupé de pauses, ponctué de soupirs, Simon lui révéla pourquoi il n'avait pas observé les règles qui s'imposaient. Ce livre qui lui avait été personnellement adressé contenait des fragments de sa vie privée. Amandine Doucet y exposait leur relation pour le moins ambiguë. Il avait révélé à la jeune femme des informations confidentielles au risque de compromettre le travail des enquêteurs. Afin de savoir à quoi s'en tenir, il avait voulu en prendre connaissance avant de le confier aux mains des experts.

— C'est une pièce à conviction ! objecta Hadrien. À ce titre, elle aurait dû être mise sous scellé et de surcroît manipulée avec la plus grande des précautions.

Simon baissa les yeux.

— Je n'ai pas pensé une seconde que ce livre puisse représenter un danger pour la brigade.

Simon s'empara du verre d'eau et le but à petites gorgées. Chacune d'entre elles parut douloureuse.

— Amandine décrit avec une précision macabre comment elle a assassiné toutes les personnes qui se sont mises en travers de sa route. Elle explique pourquoi elle s'en est prise à Caroline…

Il se tut, accablé par la vivacité des souvenirs.

— Elle retranscrit ce qu'elle a ressenti en serrant le foulard autour de son cou… Je n'ai lu que quelques pages ; je n'ai pas eu la force d'aller jusqu'au bout.

Hadrien tira une chaise et s'y laissa choir.

— Tu l'as depuis quand exactement ?

— Depuis mercredi de la semaine dernière. Une femme s'est présentée avant la fermeture des locaux ; elle a précisé qu'il devait m'être remis en main propre.

— Qui était cette femme ?

— C'était elle…

Les yeux d'Hadrien s'agrandirent.

— Le docteur Levasseur ?

Simon confirma que Karen Levasseur[2] était venue en personne. Il avait visionné les enregistrements de la caméra de vidéo surveillance de l'accueil. Malgré le foulard et les lunettes de soleil qu'elle portait, malgré les précautions qu'elle avait prises pour ne pas se trouver dans l'axe de l'objectif, il l'avait formellement identifiée.

— Tu as relevé ses empreintes sur le livre ?

— Oui, mais aucune n'est exploitable. Connaissant le docteur Levasseur, cela n'a rien d'étonnant.

— Qui d'autre que toi a eu accès à ce bouquin ?

— Paul était dans le bureau quand j'ai ouvert le colis.

— Il l'a manipulé ?

— Oui, c'est lui qui a procédé au relevé des empreintes. Il était de garde ce soir-là.

— Et Guillaume ? Il a été en contact avec le livre ?

— Pas à ma connaissance. Il était en congé. Lorsque je l'ai confié à Paul, je lui ai recommandé la plus grande discrétion.

— Il faut croire qu'il n'a pas suivi tes préconisations.

---

2. *Voir* Les ombres de l'Erdre, *même auteur, même collection.*

— Qu'est-ce qui te fait penser que c'est le livre qui nous a tous rendus malades ?

— Une intuition…

— La tienne ou celle de mademoiselle Higgins ? interrogea-t-il avec une pointe de sarcasme.

Hadrien ne cilla pas. Simon laissa échapper un rire nerveux.

— On se croirait dans *Le Nom de la Rose !*[3]

— Je te rappelle que deux de nos collègues sont allongés sur un lit d'hôpital !

— Pas la peine d'enfoncer le clou, je me sens suffisamment coupable.

Simon regrettait amèrement d'avoir une fois de plus sous-estimé le docteur Levasseur. Il aurait dû se douter qu'après ces mois de cavale, elle était sortie de l'ombre pour finir le travail. Ce livre était un cadeau empoisonné. Aveuglé par ses sentiments, il s'était fait avoir comme un bleu.

Il fut pris d'une violente quinte de toux qui lui coupa la respiration. Hadrien se précipita à son chevet.

— Tu veux que je t'apporte quelque chose ? Un gant de toilette humide ?

Simon lui fit comprendre qu'il suffoquait.

Hadrien écarta les vantaux de la fenêtre et créa un courant d'air en ouvrant la porte d'entrée.

Quand il revint au salon, Simon s'était recroquevillé sur le flanc, tenant serré contre lui la petite boule de poils qui léchait sa main.

Des bruits en provenance de la cage d'escalier indiquèrent que l'équipe d'intervention était arrivée sur place.

---

3. Référence au roman d'Umberto Eco.

23 h 45

Hadrien se laissa tomber lourdement sur son lit sans prendre la peine de se devêtir. La journée s'était étirée à n'en plus finir. Seule note positive : les médecins étaient en mesure d'identifier l'agent neurotoxique et de fabriquer un antidote. Ce n'était plus qu'une question d'heures.

Les prochains jours s'annonçaient tout aussi mouvementés, entre les auditions du couple Mancini, les investigations pour tenter de retrouver le docteur Levasseur, sans oublier l'amas de dossiers qui stagnait sur son bureau…

Il reprit en main le téléphone qu'il avait posé sur sa table de chevet. Il sélectionna dans ses contacts le numéro de Cassidy. Après avoir mûrement réfléchi, il prit la résolution de lui écrire. Le SMS qui à l'origine devait être aussi laconique que possible s'étalait finalement sur une vingtaine de lignes. Il le relut, et le trouvant d'une niaiserie affligeante, il l'effaça aussitôt. Il renouvela l'opération, jusqu'à ce qu'il fût pleinement satisfait.

« *Si votre proposition tient toujours, je vous accompagnerais volontiers en Écosse. Hadrien.* »

Ses doigts hésitèrent encore quelques secondes. Il appuya sur la touche ENVOI.

Épilogue

L'homme au teint basané jeta un coup d'œil furtif par-dessus son épaule.

— Siffle si quelqu'un vient ! ordonna-t-il à son acolyte qui se tenait en retrait, près de l'entrée des garde-meubles.

D'un geste vif, le gitan ouvrit la porte métallique et s'engouffra dans le box.

La lumière blafarde du plafonnier révéla un amoncellement éclectique de cartons et de caisses en plastique de formes et de couleur variées. Le tout, empilé à la façon des pyramides, côtoyait une ribambelle d'outils de jardinage : taille-haie, débroussailleuse à dos, tronçonneuse et tondeuse sans fil. Plusieurs bicyclettes étaient entreposées contre le mur de droite à côté des trottinettes électriques : une vraie caverne d'Ali Baba !

L'homme se dirigea sans hésiter vers la seconde pile. Il empoigna une caisse rouge et la déposa à ses pieds. Il fit sauter le couvercle et farfouilla parmi la multitude de smartphones dernière génération qu'elle contenait. Il y en avait de toutes les marques :

Samsung, Apple, Xiaomi. À faire pâlir les rayons de téléphonie des grandes surfaces du coin.

Chacun était soigneusement emballé dans un sac hermétique étiqueté. Tous réinitialisés, prêts à être revendus sur un site d'occasions en ligne.

L'homme grinça des dents. Le mobile qu'il cherchait ne s'y trouvait pas. Il allait devoir se coltiner une dizaine de caisses dans lesquelles reposaient pêle-mêle autant de portables en attente d'être anonymisés, vidés de leur contenu.

Par chance, la seconde boîte fut la bonne. Il s'empara d'un modèle Samsung S22 qui paraissait comme neuf.

Un beau petit bijou, songea-t-il.

— Alors ? s'impatienta le guetteur de l'autre côté de la porte. T'as trouvé le portable que Miguel nous a demandé ?

À l'intérieur de la réserve, l'homme fit la sourde oreille, il attendait que l'appareil sorte de son sommeil, les yeux rivés à l'écran.

— Ce téléphone doit avoir quelque chose de spécial pour que Miguel insiste autant pour le récupérer ! Tu sais, toi ?

Il n'eut aucune réponse.

L'homme parcourait la messagerie du jeune auquel avait appartenu le mobile. Un certain Maxime, d'après ce que lui avait raconté Miguel. L'imprudent avait fait une chute mortelle du haut des falaises de Trénez. L'enquête venait d'être réouverte. La police voulait le téléphone. Pour qui ? Pour quoi ? Il l'ignorait. Sans trop savoir ce qu'il cherchait, de son pouce, il fit défiler les conversations sauvegardées. La pensée de s'immiscer dans la vie d'un mort lui procura une sensation étrange, bien que ce ne fût pas la première fois.

Ses yeux s'arrêtèrent sur un message dont il ne comprit pas tout de suite le sens.

« *On sait tous les deux que c'est toi qui conduisais, Camille !* ».

Il remonta le fil de la discussion. Ses pupilles se rétrécirent jusqu'à former un point à peine perceptible au centre de leur disque. L'objet venait de livrer son mystère.

Le gitan éteignit le téléphone et le soupesa dans la paume de sa main. Il le fit tournoyer entre ses doigts, l'air pensif. L'ingénu auquel avait appartenu ce portable ne l'était pas tant que ça, au regard du chantage qu'il avait exercé sur une dénommée Camille.

Un beau petit bijou, se répéta-t-il, qui allait lui rapporter un bon pactole. Il comprit pourquoi Miguel tenait tant à récupérer le mobile. Un sourire mauvais au coin des lèvres, il glissa le téléphone dans la poche arrière de son jean.

— Pas trouvé ! Déjà vendu ! déclara-t-il en claquant la porte du box derrière lui.

L'été écrasait de tout son poids la région. Sur la route côtière qui bordait la plage des Sables Blancs, les arbres, déjà, perdaient leur feuillage flamboyant. L'automne, inexorablement, suivra ; puis l'hiver viendra… elle s'en repentira !

Fin

Remerciements

Mes premières pensées vont tout naturellement à mon conjoint, Didier, sans qui ce roman n'aurait jamais vu le jour. Au-delà de ses conseils précieux, son soutien inconditionnel, son extrême patience m'ont insufflé jour après jour l'énergie d'écrire malgré les moments de doute, malgré la fatigue visuelle.

Je remercie également Sylvie et Philippe pour leur relecture attentive.

Merci à Delphine Hamon, mon éditrice, ainsi qu'à Myriam Morizur pour la pertinence de leurs relectures, leur professionnalisme et leur écoute.

Enfin, cette belle aventure n'aurait pas eu la même saveur sans l'accompagnement et la bonne humeur de Jean-Louis Jossic et d'Anne-Céline.

Si l'écriture d'un roman est souvent émaillée de mille difficultés, l'aventure en devenir, les échanges avec les lecteurs les font très vite oublier.

Vous pouvez me faire part de vos retours sur Facebook ou Instagram : @AlineDuretAuteure

Inscrivez-vous gratuitement,
et sans aucun engagement de votre part,
à notre bulletin d'information
en nous retournant le coupon ci-contre.

Vous serez averti(e) des parutions en exclusivité,
pourrez bénéficier d'offres spéciales,
de cadeaux, etc.

Chaque nouvel inscrit recevra
une petite surprise…

Rejoignez-nous vite !

Et n'hésitez pas à proposer l'inscription
à vos parents et amis…

Je désire m'abonner gratuitement
au bulletin d'information des Éditions du Palémon :
je serai informé(e) des parutions
d'Aline Duret,
ainsi que de l'actualité et des offres Palémon.

Nom ....

Prénom ....

Adresse ....

....

Code Postal .... Ville ....

Pour encore plus d'offres et d'infos,
indiquez votre adresse e-mail :

E-mail ....@.....................

Bon à compléter ou à recopier
et à retourner par courrier à l'adresse suivante :

ÉDITIONS DU PALÉMON
ZI de Kernevez
11B rue Röntgen
29000 QUIMPER

Vos données sont collectées par les éditions du Palémon afin de vous inscrire à notre lettre d'information. Le recueil des données est facultatif et limité à ce qui est strictement nécessaire pour vous faire parvenir notre catalogue et/ou notre newsletter. Vous pouvez à tout moment accéder à vos données, les rectifier, demander leur suppression ou la limitation de leur traitement. En cas de question, vous pouvez nous contacter au 02 98 94 62 44 ou sur **contact@palemon.fr.**

❒ Je consens à l'utilisation de mes données

❒ Je souhaite m'inscrire à la newsletter

AD03

Retrouvez l'ouvrage d'Aline Duret
et tous les titres des Éditions du Palémon sur :

www.palemon.fr

ÉDITIONS DU PALÉMON
ZI de Kernevez - 11B rue Röntgen
29000 QUIMPER
02 98 94 62 44
Dépôt légal 4e trimestre 2022

ISBN : 978-2-372606-74-5

Achevé d'imprimer en octobre 2022
sur les presses de CPI Bussière
18200 Saint-Amand-Montrond
Numéro d'impression : 2067509
1er tirage

Imprimé en France